# *University* BAD BOY

JULIE PERRY

# University BAD BOY

ROMAN

&H

HARPERCOLLINS FRANCE
83-85, boulevard Vincent-Auriol, 75646 PARIS CEDEX 13.

www.harlequin.fr

ISBN 978-2-2804-9089-4 — ISSN 2271-0256

*À mon papa,*
*À jamais, pour toujours*

*Crawling in my skin*
*These wounds, they will not heal*
*Fear is how I fall*
*Confusing what is real*
*There's something inside me that pulls beneath the surface*
*Consuming, confusing*
*This lack of self-control I fear is never ending*
*Controlling*
*I can't seem*
*To find myself again*
*My walls are closing in*
*(Without a sense of confidence, I'm convinced)*
*(That there's just too much pressure to take)*
*I've felt this way before*
*So insecure*

LINKIN PARK, *CRAWLING*

# Prologue

*4 ans plus tôt*

— Tu vois, c'est facile, il suffit d'introduire le point que tu veux pour ta démonstration et d'utiliser la relation de Chasles.

Sentant son regard me brûler, je levai les yeux de la copie, crayon toujours en main.

Je ne me trompais pas. Coudes sur le bureau, le menton reposant sur sa paume, il m'observait comme si j'étais le seul centre d'intérêt de la pièce. Sa posture décontractée légèrement penchée en avant acheva de me troubler. Je sentis mes joues s'échauffer.

— En fait, tu n'écoutes rien de ce que je te dis, lançai-je en tâchant d'éviter de le regarder en face.

Il était beaucoup trop près.

— Effectivement.

Surprise, je ne pus m'empêcher de lever la tête. Un sourire narquois étirait ses lèvres. Je sentis la moutarde me monter au nez. Pourquoi solliciter mon aide si c'était pour ignorer mes explications ? Il est vrai que j'avais trouvé sa requête étrange. Il était brillant sans se forcer, en maths comme dans les autres matières ; c'était même l'un des meilleurs élèves de seconde. Lorsqu'il m'avait demandé de l'épauler sur ce chapitre, la surprise m'avait cueillie. Mais ce sentiment avait fait place à un autre beaucoup plus sournois : la fierté. Du coup, mon ego avait balayé toutes mes interrogations sur l'absurdité de la situation. Dans l'immédiat, cependant, j'étais juste agacée. Et très gênée. Ce mec était le plus canon du lycée. Seuls ses deux potes pouvaient rivaliser avec lui. Ils formaient un trio qui affolait les hormones de toutes les ados d'Archer's. Des dieux vivants. Dotés d'un charisme qui éclipsait tout ce qui se trouvait dans leur sillage.

Mais avant tout il était dangereux. Clairement, en cet instant, ses yeux étincelants valaient tous les signaux d'alarme.

Me tirant de ma transe, je fermai brutalement le livre de mathématiques.

— Dans ce cas, je n'ai rien à faire ici, annonçai-je en rangeant mes affaires.

Je fus stoppée dans mon élan par une main puissante qui se posa sur mon bras. La chaleur de sa paume envoya une onde de choc à travers tout mon corps et je me figeai, incapable de faire quoi que ce soit. Parler, bouger, penser. Tout ce que je pouvais faire, c'était me perdre dans ses yeux émeraude alors qu'il avait réduit la distance entre nous à quelques minuscules centimètres.

— Est-ce que tu es vierge, Becca ?

*Quoi ?* Moment de flottement. J'avais beau être transformée en *jelly* anglaise, ses paroles avaient tout de même atteint mon cerveau. Je ne respirais plus. Et comme je restais immobile, j'avais l'impression d'être en train de prendre un cliché radiologique. « Ne respirez plus, ne bougez plus. » C'était tout moi. Sauf que je ne passais pas de radio, que j'étais assez près de Rafael Crawford pour sentir son agréable haleine mentholée et que j'allais me liquéfier de honte.

Un sourire incurva ses lèvres qu'il approcha de mon oreille, comme au ralenti.

— Je serai ta première fois, *Starlight*[1], et ce sera un putain de feu d'artifice.

J'allais le détester de toutes mes forces.

Car il n'allait pas tenir sa promesse.

1. Lumière d'étoile, en français.

# 1

## *Becca*

Je déambulais sur le campus, cherchant le bâtiment où avait lieu mon premier cours. J'étais arrivée tôt ce matin, sans même avoir déposé mes affaires dans mon appart, et n'avais pas pris la peine d'étudier le plan des infrastructures. En réalité, j'avais repoussé au maximum tout ce qui avait trait à mon déménagement à San Diego, regrettant San Francisco et son excentricité. Ainsi que les kilomètres qui la séparaient d'Encinitas, cette ville de mon enfance que j'aimais et que j'exécrais à la fois. Si cela n'avait tenu qu'à moi, je n'y aurais jamais remis les pieds. Toutefois, ma mère en avait décidé autrement, et il avait fallu suivre, comme d'habitude.

Je lâchai un soupir en tournant sur moi-même, appréciant malgré tout ce début de matinée ensoleillée.

— Tu t'es perdue ?

La voix me sortit de mes pensées, je clignai les paupières pour revenir à la réalité. Une fille se tenait devant moi, un sac sur l'épaule et quelques cahiers à la main. Très jolie, la fille. Quoiqu'un peu petite. Je faisais bien une tête de plus qu'elle. Je ne me gênai pas pour la détailler. D'un point de vue général, je ne me gênais pas pour grand-chose. Mais elle ne parut pas s'en offusquer.

— Je cherche le bâtiment D, affirmai-je, décidant d'accepter son aide.

D'un geste du menton, elle m'indiqua la direction à suivre.

— C'est par là, viens avec moi si tu veux, j'y vais justement.

Nous fîmes quelques pas en silence, mais il ne dura pas longtemps.

— Tu es en première année, alors ?

— Non, deuxième. Mais j'ai fait ma première à San Francisco. D'où le fait que je ne connaisse pas encore le campus.

Ses yeux s'illuminèrent.

— San Francisco ! J'adore cette ville. Je trouve qu'elle ne ressemble à aucune autre.

Elle venait d'éveiller mon intérêt.

— Tu connais bien ?

— J'y ai vécu un temps, dit-elle.

J'attendais une suite, mais elle n'avait visiblement pas l'intention de s'étendre.

Mon guide improvisé s'arrêta soudain devant un imposant édifice.

— Voilà, bâtiment D. Je te souhaite la bienvenue à San Diego…

L'intonation me fit comprendre qu'elle attendait que je me présente.

Après tout, c'était le moins que je puisse faire. Et puis, elle me revenait bien cette fille, avec ses grands yeux noisette.

— Rebecca Stiller, lançai-je en tendant la main.

Un sourire illumina son visage, la rendant encore plus avenante.

— Hope Sanders. Ravie de t'avoir rencontrée Rebecca, peut-être aurons-nous quelques cours en commun ?

Je me rendis à l'accueil du campus après les cours. Je récupérai mes clés et tous les docs que la secrétaire me tendit. J'étais en coloc avec trois autres filles. J'espérais juste qu'elles n'étaient pas du genre casse-pieds. En général, je m'entendais bien avec les gens, mais il ne fallait pas me chercher. Je ne me laissais pas faire. Je regagnai ma voiture, une petite Ford noire sans prétention que je garai devant le bâtiment abritant mon nouveau chez-moi. Juste le temps de déposer mes affaires et j'irais ensuite la mettre au parking.

Je considérai le petit immeuble moderne et me félicitai ; pour une fois, j'avais eu de la chance. C'était propre, récent et ça envoyait ; avec toutes ces vitres teintées, on se serait cru au siège d'une grande entreprise. Toutefois, et c'est ce que j'appréciais, l'habitation ne comportait que trois étages, je n'avais pas l'impression d'être dans une cage à poules. J'avais vu d'autres résidences en chemin, bien plus grandes et moins récentes. Je n'étais pas fan. Certes, j'avais un peu plus à marcher pour rejoindre le centre du campus, mais cela ne me dérangeait pas.

Arrivée au deuxième étage, chargée de deux valises et d'un énorme sac à dos, j'avisai la porte 205. Un coup d'œil sur la droite m'apprit que j'étais au bon endroit : mon nom était bien inscrit sur le petit encart vitré, en plus de trois autres. Je ne pris pas la peine de les retenir, j'allais avoir tout le temps pour ça. Par ailleurs, le ruban rose accroché à la poignée avait attiré mon attention et me rendait dubitative.

Sans prendre le temps de tergiverser, je tournai la clé dans la serrure et ouvris la porte en grand, pressée de me décharger.

J'avais à peine mis un pied dans l'appartement que mes yeux me piquèrent. Une brune aux longues jambes était assise sur le bar de la cuisine, une tête blonde et bouclée entre ses cuisses. Une vision dont je me serais assurément passée. Le type n'eut pas du tout l'air distrait par l'arrivée d'un spectateur et poursuivit tranquillement son affaire, tirant des gémissements indécents à sa partenaire.

Je vis rouge. J'étais loin d'être coincée, ayant moi-même essayé tous les endroits possibles et imaginables dans ma grande période de chasseuse, mais là, c'était un manque de respect patent. L'appart avait quatre chambres pour quatre occupants.

L'idée du petit déj' que j'aurais à prendre dans la cuisine le lendemain me fit presque tourner de l'œil.

Puisque aucun des deux ne semblait perturbé, je posai mon sac à dos sur le sol avec fracas.

— Pepper, Ginny, Irina, ou qui que tu sois, bouge ton vagin de ce bar ! hurlai-je, vraiment en pétard.

Finalement, j'avais bien retenu les prénoms de mes colocs.

Le type recula enfin, s'essuyant le visage sur la manche de son T-shirt, très fier, avant de m'offrir un sourire à mille dollars. Il n'était pas mal d'ailleurs, il affichait un petit air de Chris Hemsworth.

— Putain, t'as pas vu le nœud ? T'as interrompu un truc là.

Le ton et les paroles de la fille augmentèrent ma colère d'un niveau. Toujours sur le bar, elle me fixait comme si c'était moi, qui dérangeais.

J'avançai d'un pas assuré.

— Alors là, ma cocotte, ça ne va pas le faire. Pas question de ça ici. T'as une piaule, tu l'utilises. Tu peux te faire retourner dans tous les sens, je m'en tape. Mais tu gardes tes fluides en dehors des espaces communs. C'est clair ?

Mon intonation était tranchante comme une lame de rasoir. S'il fallait mettre les choses au point, c'était maintenant. Qui savait ce qu'elle faisait d'autre dans cet appart ? Quelques images me traversèrent l'esprit, et je les écartai bien vite.

Elle souffla bruyamment, descendit du bar et baissa sa jupe.

— T'es la nouvelle casse-couilles, c'est ça ?

Je plissai les yeux et l'observai s'approcher en me jaugeant. Qu'à cela ne tienne, j'étais experte à ce petit jeu et ne me laissai pas démonter.

— Bon, fit-elle, une main sur la hanche. Ici, on a des règles. Tu vois un ruban rose sur la poignée, t'entres pas, c'est clair ?

La tension monta. J'aurais presque pu la découper au couteau.

Thor dut s'en apercevoir aussi, car il ne mit pas longtemps à s'éclipser. Je ne le regardai même pas, tant j'étais occupée à ne pas sauter sur la pouffe insolente devant moi.

— *Breaking news*, dis-je lentement : les règles changent. À partir d'aujourd'hui, chacun baise dans sa chambre. Plus de nœuds roses, bleus ou verts. Pigé ?

Son regard s'assombrit. La porte s'ouvrit au moment où elle faisait un pas dans ma direction.

Aucune de nous ne fit mine de cesser notre duel de regards.

J'entendis soupirer derrière moi.

— Ginny, tu n'as vraiment pas le sens de l'accueil.

Je haussai les sourcils. Le sens de l'accueil ? Elle avait de l'humour celle-ci. Décidément, cette année commençait sur les chapeaux de roues !

Curieuse, je ne pus résister et tournai la tête. La fille qui nous observait un sourire aux lèvres était un vrai rayon de soleil. De longs cheveux montés en une queue-de-cheval haute, des yeux bleu turquoise, un corps tonique si l'on en jugeait par les muscles finement dessinés de ses bras et de ses longues jambes fuselées. Elle était très jolie, mais ce qui la rendait radieuse, c'était cet air espiègle et bienveillant. Je me détendis légèrement : peut-être qu'une de mes colocs allait être sympa finalement.

Rayon de soleil s'avança pour me faire face et me tendit une main délicate.

— Je suis Pepper, bienvenue chez toi Rebecca.

Elle roula des yeux.

— Et ne t'en fais pas pour Ginny, elle peut être sympa quand elle veut bien s'en donner la peine.

L'intéressée siffla entre ses dents pour toute réponse.

Sans lui accorder d'attention, je serrai la main de Pepper.

— Merci. Il m'a semblé utile de faire une petite mise au point avec Ginny.

Nous allons vivre sous le même toit pendant au moins un an, je juge important de respecter l'intimité de chacune.

Pepper soupira bruyamment.

— Oui, j'ai rencontré Calvin en montant.

Elle se tourna vers sa coloc, partie se faire un café comme si de rien n'était.

— Ginny, combien de fois on te l'a dit : pas de nœuds à la porte ! Ou alors, tu mets un nœud pour nous prévenir que tu n'es pas seule et tu vas dans ta chambre.

La principale intéressée garda sa composition de pouffe et leva les yeux au ciel.

— Ce que vous pouvez être chiantes. Commencez par ranger vos affaires, on en reparle après.

Pepper plissa les yeux.

— Celle qui laisse ses affaires traîner dans la salle de bains, c'est toi, ma belle. Viens pas me chauffer.

Je souris intérieurement. Son prénom lui allait à ravir ; Pepper avait l'air de ne pas se laisser marcher sur les pieds, et ce, malgré son air aimable.

# 2

## *Becca*

Ma chambre n'était pas très spacieuse, mais propre et lumineuse. Le parquet couleur miel conférait une atmosphère chaleureuse, tout comme les meubles en bois dans le même ton. J'avais rangé mes affaires dans l'armoire et la commode, fait mon lit et ajouté quelques décos personnelles.

Je me laissai tomber ensuite comme une masse sur le matelas. Il ne couina pas. Bon début. Rien de pire qu'un mauvais matelas. L'an dernier, je n'avais pas été aussi chanceuse et j'avais eu le dos en compote. La tête aussi, à cause des nuits blanches à me retourner pour trouver la bonne position.

Fermant un instant les paupières, je repensai à cette première journée. Elle n'avait pas été si terrible. Les premiers cours s'étaient bien passés, j'avais fait quelques connaissances rapides et ma piaule était décente. Seule ma rencontre avec Ginny faisait tache. Je grimaçai, rien qu'en y repensant.

Toc, toc, toc.

— Rebecca ?

Je grognai et enfouis ma tête sous mon oreiller.

*Toc, toc, toc.*

— Rebecca, tout va bien ?

Avec un soupir, j'abandonnai toute idée de me rendormir. Mécaniquement, je me levai et allai ouvrir la porte.

Une Pepper toute fringante se tenait devant moi. Mes yeux bouffis de sommeil la détaillaient avec ennui.

— En pleine forme, je vois, dit-elle en ricanant. Je venais te proposer d'aller manger un morceau avec des amis, mais j'ai comme l'impression que tu vas préférer retourner t'enfoncer dans ton matelas.

Je réprimai un bâillement.

— Bien vu, marmonnai-je, prête à refermer la porte et retrouver le confort de ma couette. Mais c'est sympa d'avoir pensé à moi.

Elle opina, pas vexée du tout. Cette Pepper me plaisait de plus en plus.

— OK, il reste quelques trucs dans le réfrigérateur si tu veux. Et sûrement qu'Irina sera là aussi.

La troisième coloc.

— Pas Ginny ?

Ma voix transpirait d'espoir. Rien à faire, cette fille me donnait de l'urticaire.

— Non, pas Ginny, répondit-elle en riant. Bon, j'y vais !

Elle pivota sur ses pieds.

— Hé, me dit-elle en se retournant finalement, ce soir, je n'insiste pas, mais après je t'aurai à l'usure.

Je lui adressai un sourire indécis.

— Merci ?

Elle s'esclaffa et s'en alla en faisant virevolter sa queue-de-cheval acajou.

La pièce commune était plutôt spacieuse et bien agencée. Un canapé et deux poufs encadraient une table basse en laqué blanc. Un meuble de rangement se tenait dans le coin de la pièce à côté de la baie vitrée et une autre table, plus grande, cette fois, trônait à côté de la cuisine, ouverte sur le reste.

Comme je n'avais pas réussi à me rendormir, j'avais décidé d'aller manger un morceau. Et ce n'était pas mon estomac qui gargouillait qui allait s'y opposer. Après tout, il était 20 heures passées.

J'ouvris le réfrigérateur et constatai qu'effectivement il y avait de quoi manger. Toutefois, je n'avais pas eu le temps d'aller faire les courses et cela m'embêtait de me servir alors que je venais d'arriver.

Je ricanai quand je vis la quantité de boîtes avec une étiquette collée par-dessus. « Ginny ». Sans blague, pourquoi n'étais-je pas étonnée ?

Le bruit d'une porte qui s'ouvre interrompit mes réflexions.

Une brune aux yeux noirs comme la nuit fit son apparition. Ce ne pouvait qu'être Irina… J'imaginais pourtant une grande blonde aux yeux bleus. Les clichés ont la vie dure. Dès qu'elle me vit, elle sursauta et mit une main sur sa poitrine comme si elle allait faire une crise cardiaque.

Je haussai un sourcil. Encore une qui avait le sens du *drama*.

Elle sourit timidement.

— Désolée, j'avais oublié que tu étais arrivée.

Sympa.

— Pas de souci, dis-je en me relevant.

Je l'observai, perplexe. En fait, elle avait juste l'air timide. Tant et si bien qu'elle semblait mal à l'aise sous le feu de mon regard.

— Tu veux manger avec moi ? dit-elle en se dirigeant à son tour vers le frigo.

Je répondis d'un mouvement de la main.

— Je n'ai pas eu le temps de faire des courses. Il me reste quelques gâteaux, ça ira.

Elle roula des yeux.

— N'importe quoi ! Il y en a bien assez pour toi et, si cela t'inquiète, on tapera forcément dans tes trucs, donc n'hésite pas.

— Ah bon, pourtant, j'ai cru comprendre que chacun avait sa bouffe attitrée, lançai-je, ironique, en pensant aux petites étiquettes.

— Ah, Ginny, s'exclama-t-elle en riant. Ce sera la première à te piquer à manger, je te préviens.

Je secouai la tête. Elle s'enquiquinait à mettre son nom pour bien faire comprendre qu'il ne fallait pas toucher à ses plats mais ne s'embarrassait pas pour se servir chez les autres… De mieux en mieux.

— Et vous ne dites rien ?

— Perso, je m'en moque, je préfère éviter les conflits, expliqua-t-elle en haussant les épaules. Mais avec Pepper, ça chauffe parfois.

— Tu m'étonnes, répondis-je les dents serrées.

— Cela dit, Ginny n'est pas méchante, juste atrocement égoïste. Cela ne les empêche d'ailleurs pas d'être amies.

*Égoïste.*

Je soupirai.

— Ouais, ben je crois que je vais être un peu plus exigeante dans le choix de mes « amies ».

Irina se contenta de sourire à nouveau. Nous partageâmes le dîner, et je me rendis compte qu'elle était très agréable et aussi très cultivée. Son léger accent d'Europe de l'Est transparaissait à peine, mais roulait suffisamment pour donner une délicieuse tonalité à sa voix.

Elle retourna cependant assez vite étudier dans sa chambre – je me demandai bien quel travail pouvait l'occuper à cette heure-ci, un premier jour de rentrée –, et je réintégrai moi aussi mes quartiers.

# 3

## *Becca*

— Très bien, vous m'enverrez par mail vos binômes ainsi qu'une première idée du secteur d'activité sur lequel vous souhaitez travailler. Bonne rentrée et bonne semaine !

Un concert de murmures répondit à Mme Ponnymelly, notre prof de marketing. Avec son chignon strict et sa tenue très classique, elle aurait pu tourner dans *Downtown Abbey*. Heureusement, elle était beaucoup moins ennuyeuse que son look.

Un coup de coude me sortit de mes réflexions.

— On se met ensemble ? me proposa Pepper.

— Avec plaisir. J'ai déjà une idée d'entreprise.

— Ah oui, dit-elle, intéressée. À quoi tu penses ?

— Des batteries écologiques. On nous bassine avec les voitures électriques pour préserver l'environnement. Sauf qu'une fois la batterie morte, on ne sait pas comment s'en débarrasser et c'est monstrueusement polluant.

Pepper opina avec enthousiasme.

— Excellente idée. Je suis assez sensible à ce sujet, ça me plaît bien, conclut-elle avec un sourire.

Elle jeta un œil à sa montre.

— J'ai une pause d'une heure avant mon prochain cours. On va se prendre un panini à la cafèt' ?

Nous trottâmes ensemble vers le centre du campus. Le ciel était d'un bleu magnifique et le soleil inondait la pelouse sur laquelle se prélassaient les étudiants. Une journée splendide qui balayait toutes les ombres qui se tenaient, patientes, à l'orée de mon esprit.

— Tu t'es fait beaucoup d'amis, ici ?

Pepper était une jeune femme spontanée et très agréable, il n'avait pas dû être difficile pour elle de lier connaissance lors de sa première année. Moi, ma première année, je l'avais faite à San Francisco. J'allais devoir tout recommencer.

— Pas mal, me confia-t-elle. Comme partout, il y a des clans et je n'ai pas les mêmes affinités avec tous, mais dans l'ensemble, c'est cool.

— J'imagine que tu choisis les clans où se trouvent les plus beaux mecs, la taquinai-je.

Elle roula des yeux comiquement.

— Mais pas du tout, quelle idée ! J'ai un faible pour les plus moches, dit-elle en riant.

Sa longue queue-de-cheval se balançait au rythme de ses pas, reflétant, selon les ombres, les reflets cuivrés que lui conférait le soleil de midi.

Elle posa un index sur ses lèvres, l'air coupable.

— Bon, il se peut, que – par le plus grand des hasards, hein ! – le groupe avec lequel je traîne le plus est aussi celui mené par les trois plus beaux mecs de la planète, lança-t-elle avec un air faussement ingénu.

Je souris sous cape.

— Mais je n'y suis pour rien, se défendit-elle (très mal) en agitant frénétiquement les mains, ça s'est fait comme ça.

Elle ponctua sa phrase d'un claquement de doigts.

— Mais bien sûr ! dis-je en éclatant de rire.

Elle ne tarda pas à m'accompagner.

— Bon et ces trois canons, ils sont célibataires, demandai-je avec intérêt ?

Pepper inclina la tête vers moi.

— Hum…, fit-elle les yeux plissés. Je suis vraiment la plus stupide des nanas. Je leur ramène une fusée atomique qui va me dégommer en moins de deux !

Je secouai la tête, amusée.

— N'importe quoi, entre toi et moi, y a pas photo.

Certes, j'avais du succès auprès des hommes, mais je trouvais Pepper beaucoup plus… vivante. Je la préférais largement à moi.

Ma nouvelle amie haussa les sourcils.

— Voilà un point de désaccord, Becca Stiller ! Les mecs de l'université vont te tourner autour comme les mouches avec le miel.

L'emploi du diminutif me fit plaisir. En général, je ne laissais que les gens que j'appréciais l'utiliser. Et il semblait que Pepper allait bientôt faire partie de cette catégorie. De plus, elle n'avait pas tort, j'allais être de la chair fraîche et donc très intéressante aux yeux de la gent masculine pendant les prochaines semaines. Depuis toujours, j'attirais les regards. J'en avais souffert, mais maintenant j'en profitais et me servais de mes atouts.

— Sinon, pour te répondre, poursuivit-elle d'un ton enjoué, l'un des trois est carrément maqué jusqu'au cou et, vu comment il est toujours collé à sa nana, aucun espoir de ce côté-là. En plus, c'est une copine, elle est très sympa. Les deux autres en revanche…

Elle fit glisser son index sur son pouce dans un claquement sonore.

— Libres comme l'air !

Son sourire devint prédateur et fut communicatif.

— Intéressant. Mais comment se fait-il que tu ne les aies pas encore mis dans ton lit ? l'interrogeai-je.

Pepper ricana.

— Ah ah, c'est que tu ne les as pas encore vus, ma cocotte. Ils sont…

Elle chercha ses mots.

— Impressionnants.

— Impressionnants ?

Des mecs de vingt ans, impressionnants ?

— Je t'assure, confirma-t-elle en opinant. Je suis attirée par eux, mais j'ai trop peur de ne pas faire le poids.

Je levai les yeux au ciel.

— Pepper, il va falloir qu'on discute toutes les deux. Aucun mec ne doit te donner cette impression. Ou alors, prends tes jambes à ton cou.

Pile à ce moment-là, mon regard se posa sur un groupe à quelques pas de nous. Un grand brun sublime était en train de mordiller le cou d'une blonde qui lui donna une légère tape sur la tête en riant. Le blond à côté d'elle leva les yeux au ciel d'un air faussement ennuyé. Lui aussi était fabuleux. Comme l'autre, il affichait un corps de sportif, on devinait les muscles fermes sous le tissu de ses vêtements ; les reliefs et les creux qui le façonnaient et le sublimaient avec finesse.

Mais ce ne fut pas lui qui attira mon attention.

Ce ne fut pas lui qui me tétanisa au point où j'en oubliai de respirer.

Ce fut l'autre, debout, sur le banc en pierre.

Celui qui me fixait de ses yeux verts, magnifiques, envoûtants.

Et remplis d'une haine meurtrière.

# 4

## *Becca*

Le temps fut brusquement suspendu. Je n'entendis plus les rires ni les conversations des autres étudiants ; je ne voyais plus le ciel sans nuages, le soleil éclatant ou la pelouse d'un vert éblouissant. En réalité, je ne percevais plus rien.

Sauf sa présence. Irradiante, étouffante.

Intense.

Ma gorge s'assécha, et mon cœur menaça d'éclater quand je réalisai qu'il sautait de son banc avec une souplesse toute féline pour s'approcher de moi. Sa démarche fluide, quasi nonchalante contrastait avec le feu qui animait ses prunelles, sa mâchoire et ses poings serrés.

Il était encore plus beau que dans mon souvenir. Un ange tombé du ciel, irréel et implacable. Ses cheveux légèrement bouclés étaient un peu plus longs et désordonnés – peut-être un peu plus foncés aussi –, accentuant l'aspect sauvage qu'il dégageait naturellement. Il s'arrêta à quelques centimètres de moi et croisa les bras. Malgré moi, mon regard fut attiré par la tension de ses biceps. Il avait revêtu un T-shirt kaki près du corps, épousant parfaitement ses courbes.

— Stiller, cracha-t-il, les dents serrées.

Il laissa une pause durant laquelle il m'évalua méthodiquement de la tête aux pieds. Je me sentis rapetisser.

— Je croyais avoir été clair la dernière fois.

Son ton tranchant me tira de mon hébétude. Je n'avais pas passé les quatre dernières années à le maudire pour en arriver là aujourd'hui. Il faut dire que je ne m'attendais pas à cette rencontre. Puisant au fond de moi toute la souffrance accumulée, je bombai le torse et trouvai le courage de l'affronter.

— Tout ne tourne pas autour de toi, Crawford. Pour tout te dire, revoir ta charmante personne ne faisait pas partie de ma *to-do list*.

Je martelai chaque mot avec force. Je n'allais pas me laisser impressionner.

Une étrange lueur zébra l'émeraude de ses iris, et je réprimai difficilement un tremblement.

Il finit par relâcher ses bras et fit quelques pas à reculons, sans me quitter du regard. Un petit sourire incurva le coin de ses lèvres. Un sourire qui aurait dû me faire fuir à toutes jambes.

— Que la fête commence, *Starlight*.

# 5

## *Becca*

C'était un véritable cauchemar. J'étais partie comme une voleuse, laissant en plan une Pepper qui n'avait rien compris à ce qui venait de se produire. Elle avait bien essayé de me rattraper, mais il l'en avait empêchée. Avant cela, j'avais pris le temps de les observer. Tous. Mes jambes avaient vacillé, mais je devais donner le change. *Ne montre pas ta peur face aux prédateurs.* C'était un mantra que je me répétais depuis quatre bonnes années.

Ses deux meilleurs potes, Mike et Jace, que j'avais finalement reconnus comme étant les deux super canons qui l'entouraient, me toisaient d'un air hostile. Comme c'était surprenant ! Je serrai les poings. *Qu'ils aillent se faire foutre !* pensai-je amèrement. Mes yeux me piquèrent et je m'en voulus. J'étais plus forte que ça. Plus forte qu'eux.

Et deux autres choses me contrariaient. Déjà, la fille que Jace Wentworth tenait collée contre lui m'avait semblé familière ; j'avais finalement reconnu Hope Sanders. Ma première rencontre à San Diego. Si j'avais pensé m'en faire une amie, eh bien, c'était foutu.

Enfin, et ça, c'était le pompon : la cinquième personne du groupe n'était autre que Ginny. Côté karma j'avais la totale. Les Dark Angels étaient là, *il* était là, dans la même fac que moi.

Je savais que j'avais une chance de le croiser à Encinitas en rentrant à la maison le week-end. Faible, cela dit, car j'avais prévu de ne pas sortir. Ma mère avait eu le mal du pays, mais ce n'était pas mon cas.

Un quart d'heure après, assise sur mon lit genoux repliés, je me répétai la scène inlassablement. Comment ? Pourquoi ?

Avec son intelligence hors norme et l'aisance financière dont il disposait, je pensais qu'il serait allé à Harvard ou Yale. Il en parlait tout le temps, c'était son rêve. Pourquoi diable se trouvait-il à San Diego aujourd'hui ? J'appliquai mes paumes sur mes yeux et les massai. Une vilaine migraine menaçait de poindre, portée par une série de souvenirs nauséabonds.

— Becca, attends !

Surprise, je me retournai. Pepper se dirigeait vers moi à grandes enjambées.

— On se voit demain ? dis-je à Coline, une étudiante française, en lui faisant un petit geste de la main.

— Une nouvelle amie ? demanda Pepper.

J'acquiesçai de la tête.

— Elle est en sociologie avec moi, elle a l'air plutôt sympa.

Nous marchâmes un peu ensemble dans le bois que nous devions traverser pour rallier notre résidence. Le silence était lourd. Comme je le craignais, elle finit par le rompre.

— C'était quoi, tout à l'heure ?

Je me mordis la lèvre, presque soulagée. Visiblement ils ne lui avaient rien dit. Jusqu'à quand ? Ou bien avaient-ils tout déballé et faisait-elle mine de ne pas savoir ? Je me massai les tempes, luttant toujours contre un mal de tête carabiné.

— Rien. Laisse tomber.

Elle pinça les lèvres.

— Écoute, dit-elle, je viens de faire ta connaissance et je t'apprécie déjà. De plus, on habite ensemble… Ce sont des personnes que je fréquente régulièrement. J'ai besoin de savoir de quoi il retourne pour ne pas être sans arrêt le cul entre deux chaises.

Lasse, je poussai un soupir.

— Ne change surtout rien pour moi, Pepper. Reste amie avec eux et vois-les autant que tu veux. Pour ma part, j'ai décidé qu'ils ne m'empêcheraient pas de vivre normalement sur ce campus. Que je sache, il ne leur appartient pas.

Après m'être apitoyée sur mon sort une bonne heure, je m'étais mis une bonne claque mentale. J'allais me reprendre et leur montrer que je n'étais plus cette petite fille impressionnable. Je ne me ferais plus chasser de nulle part.

— Euh, marmonna-t-elle, non, en effet, le campus ne leur appartient pas.

Elle chercha mon regard, hésitante.

— Mais honnêtement… ils ont beaucoup d'influence. Soit t'es avec eux, soit t'es contre.

— Ha ha, tu m'en diras tant !

La pauvre, elle ne savait pas à quel point j'étais au courant. Toutefois, je ne pouvais pas passer mes nerfs sur elle. Pepper tentait de bien faire, elle ne méritait pas que je la refoule. Lorsque nous arrivâmes devant l'entrée de notre bâtiment, je m'arrêtai pour lui faire face.

— Écoute Pepper, j'apprécie ton soutien, vraiment.

J'inspirai un grand coup.

— Oui, je connais les Dark Angels. Oui, j'ai un problème avec eux. Mais je ne souhaite pas en parler. Pas maintenant en tout cas. Ni jamais.

Elle posa doucement une main sur mon épaule, me sondant de ses yeux turquoise.

— OK.

# 6

## *Becca*

*Quatre ans plus tôt*

— Tu es en retard.

Il m'observait, son avant-bras posé sur le chambranle de la porte dans une attitude nonchalante.

Son ton sec contredisait son regard malicieux. Je posai une main sur ma hanche et le défiai, me dévissant le cou pour ne pas avoir à parler à ses pecs délicieusement moulés dans un T-shirt blanc. Pourtant, je n'étais pas si petite pour une fille.

— Tu veux peut-être que je reparte ?

Ses lèvres frémirent, et il s'écarta pour me laisser passer.

Comme d'habitude, nous montâmes dans sa chambre et commençâmes par un cours de maths. Aujourd'hui, les logarithmes étaient au programme.

Et, comme d'habitude, il fit mine de m'écouter les dix premières minutes. Après, invariablement, il perdait patience et je me retrouvais sur ses genoux ou sur son lit, étourdie par un baiser enfiévré.

Je ne comptais plus ces fausses séances de maths. Nous savions tous deux qu'elles n'étaient qu'un prétexte à nous retrouver, et nous embrasser pendant des heures. Nous parlions beaucoup aussi, enfin surtout moi. Il était insatiable et me mitraillait de questions.

J'étais flattée qu'il s'intéresse autant à moi. Lui était beaucoup plus discret, et je devais bien avouer que cela m'ennuyait de plus en plus.

Son corps était si proche du mien que j'en perçus la chaleur. Je ne pus m'empêcher d'inhaler discrètement ; il sentait si bon. Le danger, l'aventure, la liberté. Des fourmillements se mirent à parcourir mes membres tandis que je luttais pour calmer les battements désordonnés de mon cœur. Je déglutis et osai enfin lever les yeux.

Il me regardait avec une intensité vertigineuse. Si près, si proche. Malgré moi, mes yeux se portèrent sur ses lèvres sensuelles, légèrement gonflées par les baisers que nous avions échangés.

Toutefois, je me fis violence et décidai qu'il était temps qu'il réponde à mes questions. Car au fond de moi j'étais terrifiée.

Rafael Crawford me faisait perdre la tête, et j'étais inexorablement attirée par lui. Je n'en revenais toujours pas qu'il s'intéresse à moi.

Mais une petite voix dans ma tête ne pouvait s'empêcher de me mettre en garde. Rafael et ses deux amis, qui formaient les « Dark Angels », étaient redoutés dans tout le lycée. Des rumeurs folles couraient sur leur compte. Soi-disant qu'ils fréquentaient l'un des cartels les plus dangereux de la région. Qu'ils étaient des habitués du *dark web* et trempaient dans des affaires criminelles. Certains affirmaient même qu'ils avaient du sang sur les mains. À notre âge, cela me paraissait impensable. Et pourtant…

— Rafael…

— Mmm…

Ses lèvres effleurèrent ma mâchoire.

Il savait l'effet qu'il me faisait, il savait et il en jouait. Mais cette fois j'étais déterminée. Je mis une main ferme sur son torse, tentant d'ignorer les lignes fermes sous ma paume.

Surpris, il haussa les sourcils, m'obligeant à plonger dans le vert envoûtant de ses yeux. Je résistai toutefois et ne m'y noyai pas.

— Rafael, j'ai besoin de savoir… ce qui s'est passé avec Carter…

Les traits tendus de son visage trahirent son agacement. Il s'écarta de moi, et je sentis le vide laissé par la chaleur de son corps avec une douloureuse acuité.

Mais tant pis. J'avais besoin de savoir. Qui il était. À quoi m'attendre réellement. Je ne me mentais pas, même si ce que j'apprenais me déplaisait, je n'aurais probablement pas la force de m'éloigner de lui. C'était ça, le plus terrifiant.

J'avais l'impression de me trouver au-devant d'un précipice et de risquer de tomber à tout moment.

Assis dos contre le mur, il posa nonchalamment son avant-bras sur son genou replié, le regard fixé devant lui.

Clairement, je le soûlais.

Je craignis un instant qu'il ne me demande de dégager et regrettai presque ma curiosité et mon insistance. Jusque-là, chaque fois que j'avais posé des questions sur le trio et voulu en savoir davantage, il avait habilement dévié la conversation. Peut-être était-ce la fois de trop ? Je paniquai.

Finalement, il poussa un long soupir.

— Qu'est-ce que tu veux savoir ?

Je fus si surprise que j'en eus le sifflet coupé. Un soulagement intense me submergea – il n'allait pas me jeter comme une vieille chaussette –, et je pris quelques secondes pour rassembler mes pensées.

— Carter a été envoyé en réa. C'est vous qui l'avez tabassé ?

Le type en question avait été salement amoché, et on avait même craint pour sa vie pendant quelques jours.

Rafael me regarda de travers.

— C'est Carter qui t'a raconté ça ?

— Non, ce n'est pas Carter. Mais tout le monde le dit.

— Donc, répliqua-t-il en détachant ses mots, tu crois tout le monde.

— Je te pose la question.

Il se tourna vers moi. Encore une fois, ses yeux verts me percutèrent.

— Et si c'est le cas, tu feras quoi ?

La question était posée sur un ton neutre, toutefois je ne pus m'empêcher d'y déceler un soupçon de menace.

Je déglutis.

— Je ne sais pas.

Il me fixa longuement sans rien dire, puis annonça :

— C'est nous qui lui avons mis une raclée. Et je ne regrette pas une seconde de l'avoir fait.

Un frisson glacé me dévala l'échine. Ses paroles étaient on ne peut plus claires. Il admettait sans remords avoir failli tuer quelqu'un. La nausée m'envahit, et je me sentis complètement paumée. Je devais fuir à toutes jambes.

Il m'observait, tête penchée.

— Tu ne me demandes pas pourquoi ?

Je clignai des yeux.

— Te demander pourquoi ? répétai-je bêtement, choquée.

— Oui. Puisque tu n'as pu refréner ta curiosité, va jusqu'au bout.

*Il a massacré un lycéen et il veut que je lui demande pourquoi ? Parce qu'il y a des raisons valables ?*

Pourtant, malgré moi, je m'entendis dire :

— Pourquoi ?

— Parce que c'est lui qui a organisé la tournante avec Estrela.

Mon souffle se bloqua dans ma gorge. Estrela. Une élève de ma classe qui, quelques jours après le drame, s'était donné la mort. Je n'étais pas très proche d'elle mais, comme tout le lycée, j'avais été choquée.

— Mais… comment…

Je n'eus pas le temps de finir ma phrase.

— Je le sais, c'est tout. Cet enfoiré avait tout organisé et il a entraîné les autres. Et d'ailleurs, que ces connards s'estiment heureux qu'on n'ait pas décidé de leur faire payer aussi.

# 7

## *Raf*

J'avais eu le souffle coupé, comme chaque maudite fois où j'avais posé les yeux sur cette fille. J'avais su que c'était elle avant même de voir son visage de madone. Comment ? Aucune idée. Une sorte de sixième sens qui n'était dédié qu'à elle et qui faisait réagir mon corps dès que cette sorcière était à proximité. Un frisson, une poussée d'adrénaline, une anticipation exaltante…

Toujours ce regard hypnotique, cette crinière ondulée dans laquelle je ne me lassais pas de passer les doigts auparavant… Elle était encore plus belle que dans mes souvenirs.

Heureusement, la blessure était toujours aussi vive. Et ma colère intacte, me rappelant l'essentiel. À savoir, qu'elle n'avait rien à foutre ici. Pas si elle tenait à sa santé mentale.

Tout en la buvant des yeux, j'avais décelé la seconde exacte où elle avait réalisé qui se tenait en face d'elle. Petit instant jouissif durant lequel son visage s'était crispé et son corps avait cessé de fonctionner normalement. Sur le moment, je m'étais même demandé si elle n'allait pas tomber dans les pommes. Mais elle s'était vite reprise, affichant un aplomb que je ne lui connaissais pas.

Toutefois, que savais-je vraiment de Rebecca Stiller ? Excepté le fait que c'était une putain de menteuse.

Mon esprit retourna quatre ans en arrière. Lorsque j'avais remarqué à la fête de Damon à quel point la petite Stiller était devenue une bombe atomique. Ce soir-là, elle portait une chemise blanche nouée autour de la taille ainsi qu'une minijupe plissée découvrant des jambes à vous propulser le pouls à 400. Elle détonnait au milieu des autres filles, un véritable soleil les éclipsant toutes. Évidemment, j'avais tout de suite jeté mon dévolu sur elle, certain de la mettre dans mon lit le soir même.

J'avais toutefois changé d'avis après l'avoir abordée. D'une part, elle ne me paraissait pas si facile, d'autre part, j'avais eu envie de faire durer les choses. *Rebecca Stiller était mon nouveau challenge.*

J'y étais donc allé doucement, inventant des prétextes pour me retrouver seul avec elle, attisant sa fébrilité à mon approche, la faisant douter pour mieux la cueillir après. Jace et Mike s'étaient foutus de moi, mais je n'en avais rien à cirer. Plus je fréquentais cette fille, plus mon attirance s'intensifiait, si bien qu'elle était devenue une obsession. La façon dont elle riait en rejetant la tête en arrière, sa manière de froncer le nez lorsqu'elle doutait, ses yeux embués de larmes lorsqu'elle pensait à son père… J'analysais chacune de ses expressions avec avidité.

Je voulais la connaître sur tous les plans, charnel et spirituel. C'était une grande première dans ma longue liste de conquêtes.

*Si seulement j'avais su…*

Elle m'avait trahi.

J'avais morflé. Ce sentiment de perte capable de vous trouer la poitrine… Il m'avait mis à genoux. Bordel, que ça faisait mal. Mais j'avais travaillé dur pour ne plus y penser. Pour ne plus regretter. Pour ne plus ressentir.

Rebecca avait tout fait voler en éclats sans même que je m'en aperçoive. Alors j'avais fait ce que je savais le mieux faire : remplacer la douleur par la rage. Et n'avais eu de cesse de lui pourrir la vie, jusqu'à l'obliger à déménager. Pour ne plus être contraint de la voir et me rappeler en permanence à quel point j'avais merdé.

Et voilà que quatre ans après elle réapparaissait comme une fleur. Me rappelant qu'elle avait toujours un pouvoir sur moi.

Une chose était sûre, j'allais la faire payer pour ça.

# 8

## *Becca*

Mon réveil sonna ; je le fis taire en râlant d'un glissement de doigt sur mon smartphone. J'étais épuisée. J'avais à peine fermé l'œil de la nuit, et le peu que j'avais dormi avait été agité. Je ne pouvais croire que j'allais côtoyer Rafael Crawford tous les jours. Mon année prenait l'allure d'un cauchemar, malgré toutes les bonnes résolutions et coups de pied aux fesses mentaux que je tentais de me mettre.

J'enfilai rapidement un T-shirt et un short, et me dirigeai, serviette en main, vers la salle d'eau. Vu que nous ne pouvions nous préparer toutes en même temps, au sein de la coloc, nous avions établi un planning précis pour que chacune prenne sa douche tranquillement. Et mon réveil était très exactement réglé deux minutes avant mon tour. Voilà pourquoi je grognai quand j'actionnai la poignée de la porte sans succès.

— Ginny, sors de là, c'est mon tour !

Un silence narquois me répondit. La moutarde me monta au nez. Cette fois, je tambourinai comme une sourde et mon effort fut récompensé par un : « C'est bon, j'ai presque fini ! » pas du tout gêné.

J'attendis trois minutes de plus. À ce stade, j'avais deux options : la première, je me servais de mes cours de combat et défonçais la porte, puis Ginny. La seconde, j'allais prendre mon petit déj'. Bien que la première fût très tentante, après avoir inspiré et expiré deux-trois fois pour me calmer, je retrouvai Pepper dans la cuisine. Ma coloc semblait toute fringante et enfournait une tartine de beurre de cacahuète avec entrain.

— Je vois que tu as la chance d'être douchée, constatai-je d'un air mauvais en me versant un verre de jus d'orange.

— Jalouse.

— C'est clair. Maintenant, si c'est comme ça tous les matins, ça ne va pas le faire, prévins-je. Elle ne vit pas toute seule et il faudrait qu'elle s'en rende compte.

— Tu as raison, admit-elle entre deux bouchées. Irina et moi avons été trop conciliantes. On va mettre Ginny en dernier, comme ça, elle pourra traîner dans la douche autant qu'elle veut. J'aurais dû y penser avant.

Je hochai la tête, satisfaite de la solution et me préparai moi aussi une tartine. C'est le moment que choisit mon horrible coloc pour arriver en trombe, douchée, habillée et maquillée comme pour un gala.

— Hello, tout le monde !

Pepper marmonna un bonjour mal embouché, quant à moi, je ne me donnai pas cette peine et préférai croquer dans mon bout de pain. Lequel se volatilisa à un demi-centimètre de ma bouche.

— Désolée, je suis à la bourre et je meurs de faim, brailla-t-elle en mordant dedans sans vergogne tout ouvrant la porte d'entrée.

— Ah, et au fait, y a plus d'eau chaude.

La porte se ferma dans un grand fracas tandis qu'abasourdie je tenais toujours devant ma bouche ma tartine imaginaire.

Le cours de macro se terminait enfin. J'avais pris des notes, machinalement, mais sans vraiment écouter. La raison ? Rafael Crawford. Il s'était installé juste derrière moi. Bien entendu, c'était intentionnel, vu que la place était prise lorsqu'il était arrivé et qu'il avait fait bouger la malheureuse étudiante d'un simple regard.

Rien n'avait transpiré dans mon attitude, mais tous les muscles de mon corps s'étaient crispés. Ma nuque me démangeait encore, et j'avais dû faire appel à toute ma volonté pour ne pas me retourner ou changer de place.

S'il s'était assis à côté, cela aurait été plus supportable. Mais derrière… Mon instinct me hurlait de fuir. Je me sentais vulnérable. Je détestais cela. Je travaillais d'arrache-pied pour ne plus expérimenter ce sentiment, m'entraînant sans relâche. Prête à riposter si je me sentais en danger. Mais mes compétences en sport de combat ne m'auraient servi à rien dans le cas présent.

La torture qu'il m'infligeait allait bien au-delà de ce qu'il pouvait imaginer. La sensation de son regard sur ma nuque me donnait des vertiges. J'étais à nouveau dans la peau d'une proie sans défense.

Depuis que j'avais découvert qu'il étudiait lui aussi à San Diego, je ne dormais plus. J'avais beau vouloir me montrer forte, mon subconscient, lui, n'en avait rien à cirer. Les magnifiques yeux verts de Rafael hantaient mes nuits, et malheureusement aussi mes jours. Je ne parvenais pas à me l'enlever de la tête. Et ce qui me rendait folle, c'est que la haine n'était pas la seule émotion qui s'emparait de moi. Elle m'était familière cette haine, elle me collait à la peau depuis quatre ans. Je la ruminais, l'entretenais, m'y accrochais. Elle ne me dérangeait plus.

Non, ce qui m'affolait, c'était l'embardée que faisait mon cœur chaque fois que je l'apercevais. Cette attirance était si intense que même maintenant je ne parvenais pas à la tenir en laisse.

Je l'entendis rassembler ses affaires et me raidis, sentant qu'il s'était rapproché.

— J'espère que tu as apprécié le cours, *Starlight*.

Ses lèvres effleurèrent à peine mon oreille, mais cela suffit pour qu'un long frisson me traverse l'échine. Et ce surnom… C'était la deuxième fois qu'il l'utilisait.

— Je t'interdis de m'appeler ainsi.

Je me retournai, les épaules bien droites alors que j'avais envie de courir me cacher dans un trou.

— D'ailleurs, je t'interdis de m'appeler tout court. Fous-moi la paix, Crawford, ou tu vas le regretter.

Un éclat zébra ses iris verts, et je sus que j'aurais mieux fait de me taire. Un sourire moqueur apparut sur ses lèvres.

— C'est un défi, S-t-a-r-l-i-g-h-t ?

Je pinçai les lèvres. Oui, définitivement, j'avais commis une erreur. Mais au diable la prudence !

Je me penchai en avant, choisissant cette fois de me mettre à un souffle de lui.

— Carrément.

J'ouvris la porte de l'appartement et trouvai une Pepper enfarinée, un tablier de Minnie Mouse venant parfaire sa tenue.

— Mmm, ça sent bon, lançai-je, réjouie, en humant avec plaisir l'odeur enchanteresse du chocolat.

— Yep. J'ai eu une envie subite de me mettre aux fourneaux.

Elle m'offrit un sourire toujours aussi lumineux.

— Et qu'est-ce que tu nous prépares de bon ? dis-je en m'approchant.

— Poulet frit et gâteau au chocolat de ma grand-mère. C'est une tuerie.

— Le gâteau ou le poulet ?

— Les deux, ma belle, les deux. Tu m'en diras des nouvelles. Pose ton sac et appelle les autres, on mange dans deux minutes.

J'opinai et allai toquer discrètement chez Irina. Elle ouvrit sa porte quelques secondes après. Lunettes sur le nez, elle paraissait un peu fatiguée.

— Pepper nous fait Top Chef ce soir, c'est presque prêt.

Son visage s'illumina ; visiblement, ma coloc ne mentait pas sur ses talents culinaires.

— J'arrive !

Maugréant, je passai à la porte suivante, celle de Ginny. Après sa sortie spectaculaire de ce matin, j'avais juste envie de l'étriper, mais je toquai quand même. Je n'obtins aucune réponse, ce qui me réjouit intérieurement. Elle n'allait pas me manquer.

Je repassai en cuisine me laver les mains.

— Irina arrive, Ginny ne répond pas, informai-je Pepper.

— Ah, fit-elle d'un ton laconique, tu n'as pas encore la technique.

Je la vis s'essuyer les doigts sur son tablier et se diriger vers la porte de notre colocataire qu'elle ouvrit en grand, sans sommation.

— À taaaaaaaaaable, hurla-t-elle à m'en faire dresser les cheveux sur la tête.

Elle referma aussi sec puis revint s'affairer comme si de rien n'était. Une minute plus tard, Ginny émergea, en petite tenue, les yeux gonflés.

— Tu vois, dit Pepper avec un clin d'œil, comme ça, ça marche.

Je levai les sourcils. Mieux valait pour elle qu'elle n'expérimente pas sa solution sur moi. Sur Ginny, en revanche, je n'y voyais aucun inconvénient.

— Tu es ma nouvelle idole, affirmai-je avec un soupir de satisfaction en dégustant son poulet. C'est presque aussi bon qu'une pizza.

— J'hésite entre t'énucléer avec ma petite cuillère ou t'aplatir la tête contre les restes de poulet, dit-elle en se léchant nonchalamment les doigts.

— Tu aimes la pizza tant que ça ? demanda Irina d'un ton calme.

Elle était d'un tempérament diamétralement opposé aux nôtres.

Je me demande comment elle pouvait nous supporter. Je crois que je ne l'avais encore jamais vue élever la voix.

— Non, je n'aime pas la pizza, Irina : je vénère la pizza, je pourrais en manger partout, n'importe quand et à profusion. Surtout si elle est épaisse et recouverte de fromage bien gras.

— Fais gaffe, tu vas devenir moche. Oh ! mince, c'est déjà le cas.

Jusque-là, Ginny n'avait pas encore ouvert la bouche et cela me convenait parfaitement.

— Espèce de mégère, lui lança Pepper en riant, t'es juste jalouse, ça pique les yeux.

La grande brune posa son menton sur sa main.

— Jalouse ? Tu rigoles ? Dis-moi, Rebecca, qu'as-tu bien pu faire pour te mettre à dos les Dark Angels ? Parce qu'il faut être soit débile, soit suicidaire. Et te concernant, je vois un peu des deux.

Les yeux plissés, elle fit une petite moue provocante qui me donna envie de la gifler.

— Au moins, rétorquai-je en la narguant d'un petit sourire, je ne me tue pas pour attirer leur attention. Si j'ai bien compris, jusqu'à maintenant, aucun des trois ne t'a baisée dans les chiottes de la fac, entre deux cours. Étonnant vu ton pedigree, non ?

Irina se tassa sur son coussin, l'air de vouloir se trouver partout sauf ici. Avant que la situation dégénère, ce que le regard de la brune laissait présager, Pepper se leva.

— Ginny, tu ne l'as pas volé. Maintenant, venez m'aider à débarrasser, je ne vais pas tout me coltiner pendant que vous vous entre-tuez.

Je suivis son conseil tout en me demandant ce qui avait le plus blessé Ginny : mon constat sur sa nature ou son échec cuisant avec les Dark Angels. À méditer. Heureusement que Pepper tenait le rôle d'arbitre : en quelques jours, la garce et moi nous serions probablement étripées une quinzaine de fois.

# 9

## *Becca*

L'air était doux quand je pointai mon nez dehors. Un beau soleil nimbait déjà le campus. La journée s'annonçait radieuse, comme d'habitude dans cette région. J'étirai mes bras vers le haut et fis rouler ma tête. Oui, ça allait être une belle journée, d'autant que les cours étaient annulés pour laisser la place aux présentations des associations de l'université. Je savais déjà que j'allais m'inscrire au club photo. C'était ma passion depuis toujours. Capturer des instants uniques, je trouvais cela fascinant. Une manière d'immortaliser les choses en beauté. Alors que je rouvrais mes yeux, Pepper me rejoignit. Comme d'habitude, elle était ravissante. Un top turquoise qui se mariait parfaitement avec ses yeux, tout en offrant un contraste fabuleux avec sa chevelure acajou, accompagnait un short blanc taille haute agrémenté d'une ceinture dans le même tissu. J'avisai le nœud parfait qui mettait en valeur sa taille de guêpe.

— Pas étonnant que tu sois à la bourre, ronchonnai-je, ça t'a pris combien de temps pour faire ce nœud ? Même Blanche-Neige n'en a pas un aussi beau.

Ravie, elle le regarda avec satisfaction.

— N'est-ce pas ? Je m'y suis reprise au moins à dix fois.

Je levai les yeux au ciel, oubliant que c'était tout à fait le genre de choses que j'étais capable de faire. Simplement, aujourd'hui j'avais opté pour une robe bleu ciel aux épaules découvertes qui mettait en avant ma silhouette. Des sandales plates-formes complétaient mon look estival. J'étais fin prête pour la journée des assos.

— Tu viens, j'espère, ce soir ?

Je grimaçai.

— Je ne sais pas. J'avais prévu de rentrer directement à Encinitas.

Mon amie roula des yeux.

— Tu rentreras demain, il n'y a pas le feu ! C'est la première soirée de l'année, franchement ce serait idiot de la manquer.

— Il y en aura d'autres.

— Non. Là, c'est l'opportunité pour les nouveaux de faire connaissance.

— Je te connais toi déjà, et Coline et Irina.

J'évitai gracieusement le coup de coude qu'elle avait prévu de m'envoyer dans les côtes. Elle me bassinait avec cette soirée depuis deux jours. Franchement, je ne savais pas trop quoi penser de Pepper. Nous nous connaissions depuis à peine une semaine, et elle agissait comme si j'étais sa meilleure amie depuis la maternelle.

— On va faire un feu de camp en forêt, ça va être super.

Je ne répondis pas.

— C'est à cause d'eux, c'est ça ?

Je tressaillis involontairement.

— Quoi ?

— C'est à cause des Dark Angels que tu ne veux pas venir ? Tu sais, autant changer d'université, ils seront toujours là.

— Cela n'a rien à voir avec eux.

Ma réponse fusa, mais ne sonna pas plus vraie à mes oreilles. Je ne voulais pas l'admettre, mais oui, je n'avais pas spécialement envie de me retrouver aux mêmes endroits qu'eux.

*Menteuse, tu crèves d'envie de le voir !*

Et tout cela ne collait pas du tout avec ma résolution de vivre ma vie comme *s'il* n'existait pas. Pourquoi était-ce si difficile ?

Je lâchai un soupir résigné.

— C'est bon, tu as gagné, je viendrai.

Elle poussa un cri victorieux qui nous valut quelques regards amusés.

L'université semblait en fête aujourd'hui. Toutes les associations et les clubs avaient installé leur stand dehors et, mon Dieu, il y en avait un paquet !

Pepper s'arrêta à plusieurs reprises pour saluer des étudiants ou discuter avec quelqu'un qu'elle me présentait toujours.

— Tu connais toute la fac !

Elle me sourit, les yeux brillants.

— J'aime les gens, le contact.

J'acquiesçai silencieusement. De mon côté, je n'avais jamais eu aucun mal à tisser des relations ; simplement, je prenais garde à ce qu'elles restent toujours superficielles. Je ne souhaitais pas m'attacher.

— Tu vas t'inscrire à quel club ?

— Pour l'instant, je vais renouveler mon expérience avec le BDE. Cela me permettra de mettre mon grain de sel dans toutes les fêtes, précisa-t-elle avec un clin d'œil. En plus, le président est ultra-canon.

— Ha ha, ricanai-je, es-tu sûre que ce n'est pas la toute première raison ?

Elle m'attrapa soudain le bras.

— Tiens ! Le voilà justement !

Deux secondes après, plus de Pepper. Elle s'agitait avec grâce devant un grand brun ténébreux qui ne manquait pas de sex-appeal.

Je haussai les épaules et poursuivis mon chemin. Tous les étudiants semblaient s'être rassemblés en ce jour spécial. Faire partie d'un club était primordial.

Les murmures et les éclats de rire rythmaient mon pas et, pendant un court instant, je me sentis légère, comme n'importe quelle jeune femme de vingt ans. J'appréciais les regards approbateurs des garçons que je croisais et leur souriais en retour. Ma petite robe bleue était un succès.

Après avoir déambulé quelques minutes, j'avisai le club photo.

Un groupe de jeunes s'étaient rassemblés devant le stand, et je me demandai si eux aussi souhaitaient s'inscrire. Je m'approchai et vis une étudiante portant un badge au nom de « Kiley ». Ce devait être elle qui se chargeait de l'accueil.

— Bonjour, dis-je avec un sourire, je viens me renseigner pour adhérer au club.

— Bien sûr ! Nous serions ravis de t'accueillir. Quel est ton nom ?

— Rebecca. Rebecca Stiller.

— OK, Rebecca, c'est très simple, il suffit de remplir ce formulaire (elle désigna du doigt une pile de documents). Veille bien à ce que tes coordonnées soient lisibles. Tu es débutante ?

— Disons que je m'intéresse à la photo depuis quelques années…

— Ah, génial, on va pouvoir s'éclater !

Je ne vis pas tout de suite l'ombre derrière moi.

— Kiley.

Cette voix basse et autoritaire… Je me raidis immédiatement. La pauvre fille en face de moi devint rouge pivoine. Je tournai la tête. Rafael Crawford nous dominait du haut de son mètre quatre-vingt-dix. Son attention fixée sur la jeune femme, il poursuivit d'une voix doucereuse.

— Les inscriptions ne sont-elles pas closes ? Je crois que vous avez atteint le nombre maximum d'adhérents.

Sa présence remplissait tout l'espace. Il était carrément impossible de l'ignorer.

Kiley écarquilla les yeux et s'apprêta à répliquer quand un éclair de compréhension traversa son regard.

— Euh, balbutia-t-elle, ses prunelles oscillant entre Crawford et moi, oui, oui, en effet.

Elle se tourna vers moi, tremblante et confuse.

— Navrée, Rebecca, nous avons atteint notre quota.

Une rage sourde monta en moi. Je devais réagir tout de suite si je ne voulais pas que mon année à San Diego devienne un enfer. Vibrante de colère, je me plantai devant lui.

— C'est tout ce que tu as trouvé ? demandai-je en ricanant. Me faire bannir du club photo ?

Ses billes vertes glissèrent paresseusement vers moi ; il ébaucha un sourire moqueur.

— Ça t'emmerde ?

Je pinçai les lèvres. Évidemment que ça m'emmerdait ! La photo était ma passion. Et il le savait parfaitement.

— C'est bon, Kiley, je prends la relève, annonça une voix inconnue.

Elle parut soulagée et se retira aussitôt. Je me tournai alors vers cette nouvelle présence non moins autoritaire que celle du salaud qui se tenait à mes côtés. Un étudiant que j'avais déjà croisé apparut devant nous. Ou plutôt devant Rafael. Et, mon Dieu, c'était quelque chose de voir ces deux-là se défier du regard. Le nouveau venu n'avait rien à lui envier question carrure. Pendant quelques secondes, j'eus l'impression que la température avait chuté de vingt degrés.

— Crawford.

— Coefield.

Ces simples mots auraient pu découper de l'acier comme du beurre.

— J'ignorais que tu t'intéressais à la photo, lança-t-il d'un ton ironique. Quel dommage ! La dernière place vient effectivement d'être prise par cette jeune fille.

Sa main se posa sur mon épaule avec une familiarité qui me surprit.

Crawford serra les dents et, l'espace d'une seconde, je crus qu'il allait lui rentrer dedans. J'étais stupéfaite. Rares étaient ceux qui se dressaient sur le chemin des Dark Angels. Et, lorsque cela arrivait, l'issue ne leur était jamais favorable.

Tendue, j'attendais la suite des événements, prête à m'interposer.

Finalement, mon ennemi desserra sa mâchoire puis tourna les talons.

— Coefield, dit-il en se retournant. Fais gaffe à toi.

L'autre se contenta de lui adresser un léger sourire.

Waouh ! La testostérone était montée à un tel niveau que je n'aurais pas été surprise de voir des étincelles crépiter. Mais qu'est-ce que c'était bon de voir Crawford se faire remballer !

Je réagis à peine quand mon sauveur me tendit une main amicale :

— Dylan. Je suis le président du club.

Finalement, reprenant mes esprits, je lui serrai la main.

— Merci. J'avoue être carrément impressionnée.

Un sourire charmant étira ses lèvres.

— Ne le sois pas. Les types dans son genre ne méritent pas ton attention.

Certes.

Il me plaisait de plus en plus ce Dylan. Mais une question me turlupinait.

— Je connais Crawford. Comment se fait-il que tu sois encore en un seul morceau ?

Il éclata d'un rire franc.

— Au temps pour mon ego !

Je rougis, effectivement, je présumais qu'il n'était pas à la hauteur de Crawford.

Il poursuivit :

— Nous sommes tous deux dans l'équipe de foot. Et même s'il

ne l'avouera jamais, je suis trop important pour être abîmé. D'autant que l'entraîneur lui a clairement fait comprendre qu'il se trouverait dans le pétrin s'il perdait ses nerfs. Les Dark Angels ont beau être très forts, ils ne sont pas omnipotents.

Il ponctua sa dernière phrase d'un clin d'œil pétillant.

# 10

## *Becca*

— Adélaïde, lançai-je un brin exaspérée, je rentre demain, je ne vois pas en quoi cela va changer ta vie.

Ma mère ne s'arrêtait pourtant pas de parler, utilisant sa méthode favorite : la culpabilité.

Depuis la mort de mon père, elle souffrait d'une grande dépression et nos relations ne tenaient qu'à un fil. Une chose était sûre cependant : elle était toujours aussi égocentrique. Tout ne tournait qu'autour d'elle, et je l'avais appris à mes dépens.

Malgré tout, c'était ma mère et elle n'avait plus que moi. Je ne me sentais pas le cœur de l'abandonner, et la plupart du temps elle venait à bout de ma résistance. Mais pas cette fois.

Je n'avais jamais eu de rapports extraordinaires avec elle. Pas d'effusions ni de câlins sinon pour l'apparence, pas de complicité mère-fille. Parfois, je me demandais si elle était capable de ressentir des émotions, des vraies, qui ne soient pas en rapport avec sa petite personne. Au début, je pensais que le décès de mon père l'avait anéantie ; mais j'en étais finalement venue à me demander si elle ne pleurait pas plutôt la déchéance sociale qui s'était ensuivie. La vérité, c'est que je n'en savais rien ; ma mère était une énigme et elle ne m'avait jamais laissé l'occasion de la déchiffrer.

Papa me manquait atrocement. Après quatre ans, la douleur était toujours intacte ; j'étais juste plus habile à la camoufler. Certains jours, pourtant, c'était plus dur que d'autres.

— Bon, écoute Adélaïde, je suis pressée, la coupai-je, lasse de ses récriminations, je serai là demain, fin de matinée.

Je me laissai tomber sur mon lit en soupirant. J'avais passé une excellente journée – mis à part l'interlude avec Crawford –, et elle venait de la ruiner.

Je fermai un instant les yeux, me massant les tempes. Pepper avait réussi à me faire reporter mon départ à Encinitas. Mais était-ce une bonne idée d'aller à cette soirée ? Oui, non, non, oui ? Je ne savais plus où j'en étais. Mais, si je me désistais au dernier moment, ma coloc m'en voudrait certainement.

Deux coups à la porte me tirèrent de mes pensées.

— Becca, je peux entrer ?

Quand on parle du loup… Je l'eus aussitôt invitée qu'elle posa ses fesses sur mon lit.

— Tu n'as pas commencé à te préparer ?

Je soupirai intérieurement, pourquoi donc avais-je cédé ?

— Tu en fais une tête, constata-t-elle en fronçant les sourcils. Qu'est-ce qui ne va pas ? Toujours Crawford qui te mine ?

Je lui avais raconté sa tentative mesquine pour m'évincer du club photo, elle n'avait pas apprécié son comportement. J'avais bien vu également qu'elle se demandait quelle était la cause de toute cette hostilité, mais Pepper était fine, je lui avais fait entendre que je n'en parlerais pas avant d'être prête, elle avait donc ravalé ses interrogations.

— Non, je pensais à mon père.

Son regard s'adoucit. J'avais mentionné qu'il n'était plus parmi nous, sans donner de détails.

— J'imagine qu'il te manque beaucoup, dit-elle doucement. Ça fait longtemps ?

J'avalais ma salive difficilement.

— Quatre ans. Et oui, il me manque chaque matin quand je me réveille et chaque soir quand je m'endors. Et entre les deux.

Mon amie hocha lentement la tête.

— Je… (elle hésita), est-ce indiscret de te demander comment il vous a quittées ?

Des images défilèrent dans ma tête, toutes plus douloureuses les unes que les autres. L'annonce, l'horreur, le déni puis l'acceptation avec toute la souffrance qui l'accompagnait.

— Ils ont conclu à un suicide, chuchotai-je, le regard dans le vide.

— Mon Dieu, Becca, je suis tellement désolée.

Sans savoir comment, je me retrouvai dans les bras de ma coloc dans une étreinte réconfortante.

Je fus choquée. D'une part, car j'avais toujours refusé d'en parler à quiconque, et au lycée, et à la fac, à San Francisco. D'autre part, car en règle générale je ne supportais pas les grandes effusions et personne ne me prenait dans ses bras sans que je l'y autorise. C'est-à-dire jamais, sauf pendant une séance de baise. Éventuellement.

Pourtant, je me laissai faire et ne tentai pas de me dégager.

Et, tandis que mes larmes coulaient, je réalisai que revoir Rafael Crawford avait cassé un mur. Celui-là même que j'avais érigé avec toute la rage de ma détresse.

— C'est encore loin ? me lamentai-je.

— Plus trop, continue de suivre la Range Rover devant, on devrait y être dans deux minutes.

— Tu es au courant que moi, je n'ai pas une Range Rover, ma belle. Tu aurais dû me dire que c'était aussi accidenté, j'aurais peut-être accepté de prendre ta voiture.

— Pfff, foutaises ! Tu étais tellement catégorique, personne n'aurait pu te faire changer d'avis ! C'est un peu vexant d'ailleurs, à croire que je conduis n'importe comment.

— Tu sais très bien qu'il ne s'agit pas de cela ! Je préfère juste ne pas être enchaînée et pouvoir partir quand j'en ai envie.

— Et me laisser tomber comme une vieille chaussette, seule et sans moyen de défense !

Je ris doucement.

— Pepper, la probabilité que tu sois seule dans les trente secondes où tu seras descendue de cette voiture frôle le zéro absolu !

Mon amie était très sociable et se mêlait rapidement à tout le monde, je n'avais aucune inquiétude à ce sujet. Le peu de temps que nous avions passé ensemble m'avait appris qu'elle connaissait tout le campus, et je ne parlais pas que des étudiants.

Sa moue boudeuse valait le détour.

— Arrête ça, gloussai-je en me garant, car nous étions finalement arrivées. D'ailleurs, tu n'as pas un *date* ce soir ?

Son magnifique sourire fut de retour en un instant.

— C'est bien ce que je me disais, raillai-je.

— Je suis sûre que tu vas t'éclater aussi, renchérit-elle en claquant la portière. Il y en a plus d'un qui a envie de tâter le « boule de malade de la petite nouvelle ultra-chaude ».

Je rigolai franchement.

— *Mdr*, laisse mes fesses tranquilles.

— Moi, je vais les laisser tranquilles, pour les autres, c'est moins sûr.

Elle jeta un regard appuyé sur mes courbes en haussant comiquement les sourcils et nous partîmes d'un grand éclat de rire, ce qui me fit un bien fou.

Je n'avais pas prévu de rentrer avec un mec ce soir, mais après tout rien n'était figé. J'avais besoin de m'aérer et de chasser les idées noires qui m'avaient embrumé le cerveau.

La soirée se déroulait au bord d'un lac, et il faisait encore assez jour pour que je puisse distinguer les ombres des grands sapins qui nous surplombaient. Un gigantesque feu de camp avait été établi – évidemment à distance de la végétation –, des tables de camping avaient été dressées offrant à boire et à manger mais, soyons honnêtes, surtout à boire. De multiples projecteurs LED avaient aussi été installés pour l'occasion. Tandis que Pepper et moi nous approchions, je pus constater que certains étaient déjà bien imbibés par l'alcool.

Pepper me prit par la main et m'entraîna vers un groupe ramassé autour d'un type qui jouait de la guitare.

— C'est Todd, me chuchota-t-elle tandis que nous nous asseyions à notre tour. Il a une voix d'enfer.

Elle laissa passer une seconde.

— Et pas que ! ajouta-t-elle malicieusement.

Je considérai le Todd en question d'un air appréciateur. Avec ses cheveux bruns en bataille et ses yeux noirs comme la braise, il avait de quoi chauffer les esprits. Sans compter qu'il semblait avoir un corps de rêve, ce que laissait entrevoir un T-shirt blanc qui moulait son torse à la perfection.

Ses doigts s'actionnaient sur les cordes et les cases de son instrument, égrenant des notes qui m'étaient familières. C'est quand il commença à chanter que je reconnus *The Man Who Sold the World*.

— Oh putain, je kiffe cette chanson de Nirvana !

J'étais trop hypnotisée par la voix de Todd pour reprendre ma coloc et lui dire que Nirvana n'avait fait qu'une reprise et que ce chef-d'œuvre était signé David Bowie. À l'instar du chanteur du célèbre groupe, Todd possédait une voix envoûtante, à la fois forte et fragile et qui vous prenait aux tripes pour les broyer inexorablement. Tous étaient suspendus à ses lèvres, et je n'étais pas en reste. La gorge nouée, je me laissai subjuguer par la douleur sombre qui transpirait de son timbre.

*I laughed and shook his hand*
*And made my way back home*
*I searched for form and land*
*For years and years, I roamed*
*I gazed a gazeless stare*
*We walked a million hills*
*I must have died alone*
*A long, long time ago*
*Who knows ?*
*Not me*
*I never lost control*
*You're face to face*
*With the man who sold the world*

Personne ne pipa mot lorsqu'il eut terminé. Nous reprenions tous notre souffle et nos esprits. C'est là que je remarquai les yeux brûlants qui me fixaient avec intensité. Il y avait quelque chose de torturé dans ce regard, de sombre et d'inquiétant. Mais cela ne pouvait pour autant masquer l'intérêt que j'y lisais. Je fus tirée de ma transe par les étudiants qui se levaient et se dispersaient, comprenant que le spectacle était terminé pour l'instant. J'aperçus Pepper un peu plus loin, au bras d'un grand blond au sourire ravageur. Amusée, je secouai la tête et m'apprêtai moi aussi à mettre les voiles quand on me retint par le bras. Surprise, je me retournai.

— Je ne t'ai encore jamais vue, tu es nouvelle ?

Le regard d'obsidienne de Todd me transperçait. Il me détaillait sans aucune gêne, et je fis de même. Ses lèvres s'incurvèrent légèrement et cela le rendit encore plus sexy.

J'inclinai ma tête sur la main toujours posée sur mon bras. Une main puissante et chaude, aux longs doigts fins, mais qui n'avait rien à faire là. À regret, il finit par la retirer. Et je daignais alors lui répondre.

— Je suis nouvelle. Et je n'apprécie pas qu'on me touche sans que je l'autorise.

Il haussa un sourcil, et son rictus s'accentua.

— C'est noté, la nouvelle. Ça te dit de prendre en verre ?

Il me désigna le stock d'alcool à quelques mètres.

Sa voix résonnait aussi riche que lorsqu'il chantait. Ce mec était ultra-hot. Mais pour l'instant je n'avais pas arrêté ma décision sur ce que j'allais faire de lui. Je penchai légèrement la tête.

— Je passe.

Je le laissai planté là, un sourire carnassier sur le visage. Si je voulais calmer ses ardeurs, c'était raté.

Je me servis un Coca et me baladai un peu partout, regardant les petits groupes qui s'étaient formés au gré des affinités et me laissant bercer par les éclats de rire et les cris de joie ou de fausse terreur. L'ambiance me plaisait, elle annonçait une soirée tumultueuse comme je les aime. C'était la rentrée, les gens étaient de bonne humeur, bronzés et transpiraient une promesse de débauche qui chatouillait agréablement mes narines.

— Rebecca ?

Cette voix m'était familière. Je me retournai et aperçus Dylan, du club photo. Aussitôt, mes lèvres s'étirèrent. Dylan m'inspirait confiance, avec ses boucles brunes et ses yeux francs. Quelque chose chez lui donnait envie de se réfugier dans ses bras, ce que bien évidemment je ne ferais jamais, mais l'instinct était là.

— Salut, Dylan !

— Tu traînes toute seule ?

— Je scanne les environs, répondis-je en riant. J'aime bien me faire une idée de l'ambiance avant de profiter.

Il parut amusé.

— Et ? Ta conclusion ?

— Beaucoup de gens vont s'envoyer en l'air ce soir.

Il rit franchement.

— Si tu étais habituée aux soirées de SD College, tu ne te donnerais pas la peine de le mentionner.

Nous fîmes quelques pas en silence.

— Tu n'as pas eu d'ennuis avec Crawford ?

Je m'en voulus aussitôt d'avoir posé cette question. Je ne voulais pas parler des Dark Angels, mais cela avait été plus fort que moi. Après tout, il avait pris un risque en s'interposant.

— Nan, et je n'en aurais pas, je t'ai dit. Les emmerdes que ça lui attirerait ne valent pas le coup.

Je hochai la tête, néanmoins rassurée.

— Tu connais Todd ?

— Todd Scarce ?

Je haussai les épaules.

— Todd. Qui chante comme un Dieu.

— Celui-là même. Oui, je connais Todd. C'est un mec plutôt introverti, sauf avec les filles. Là, on peut dire qu'il s'extériorise à fond ! Et si tu me poses la question, c'est que comme des centaines d'autres, tu es tombée sous le charme. Je me trompe ?

— Il n'est pas mal.

Il s'esclaffa.

— Arrête de te foutre de moi. Scarce est plus que pas mal et il peut faire tomber n'importe quelle fille. Il a ce truc sombre et torturé des musiciens qui vous fait toutes craquer.

— Et pas toi ?

Il s'arrêta de marcher, surpris.

— Toi, tu ne les fais pas toutes tomber ? Tu es dans l'équipe de foot et avouons-le tu n'es « pas mal » non plus.

Il ébaucha un sourire.

— Intéressée ?

— Curieuse.

— Ah. J'adore les petites curieuses. Je vais laisser planer le mystère, ça appâte les filles en règle générale, me taquina-t-il.

Je lui donnai un coup de coude amical qu'il évita sans difficulté.

— Allez, viens, on va se fondre dans la masse, je vais te présenter du beau monde.

# 11

## *Becca*

Entre deux bouchées de hot-dog, j'essayais de ne pas m'étrangler de rire. Dylan m'avait en effet présenté ses amis et ils ne manquaient pas de piquant. L'un d'eux était justement en train de raconter ses mésaventures de l'été. On se marra comme des idiots. En même temps, à part moi, tout le monde était bien éméché.

Quand Tyler, le type en question, souleva la blonde assise à ses côtés et l'installa à califourchon sur lui sans qu'elle n'offre la moindre résistance, nous comprîmes qu'il était temps de vaquer à d'autres occupations.

Le signal du départ fut d'ailleurs donné quand il enfonça sa langue dans sa bouche en lui tirant la tête en arrière.

J'allais me chercher un autre Coca quand quelqu'un me m'attrapa la main et m'entraîna en courant. Je faillis m'énerver, mais la magnifique chevelure acajou de ma coloc m'apprit son identité.

— Pepper, qu'est-ce qui te prend ?

— *Smells like Teen Spirit* ! On va s'éclater !

Décidément, c'était la soirée Nirvana. Je n'allais pas m'en plaindre, j'étais ultra-fan. Autour du feu, au son des enceintes à fond, des dizaines d'étudiants se déchaînaient sur cette mélodie carrément entêtante. Je plongeai avec joie dans la masse, sautant dans tous les sens et tamponnant les autres en hurlant derrière Kurt Cobain.

J'adorais me perdre ainsi, quitter la réalité ; je me laissai porter par les accents désespérés du génie qu'était ce chanteur, et plus rien ne comptait. Un peu comme quand je laissais un mec me prendre brutalement contre un mur, me concentrant uniquement sur le rythme brutal de ses coups de reins et de ses grognements de plaisir. Plus c'était sauvage, plus j'aimais. Je déconnectais. Complètement. Combien de fois avais-je plongé dans les affres de la décadence pour oublier ? *M'oublier.* Même si après,la réalité me sautait au visage.

La chanson finit par se terminer, à mon grand regret. Virage à 180 degrés et sans transition avec David Guetta ! Pepper me saisit les mains et commença une danse sexy en diable qui fit aussitôt grimper la température. Nous nous frottâmes l'une contre l'autre, jouant de nos atouts, nos lèvres à quelques centimètres. Je sentis quelques mains caresser mes épaules, effleurer le fin tissu de mon top en soie ou le galbe de mes courbes à travers mon slim. Mon amie rayonnait plus que jamais, et je me sentais juste bien. Quand la chanson s'acheva, j'avais tellement chaud que je décidai de laisser ma partenaire continuer sans moi. Deux super mecs l'entouraient, presque les mêmes que ceux dont je me défis en me faufilant vers l'extérieur.

L'air se fit plus respirable et j'eus soudain envie de faire un plongeon dans le lac. Un léger filet de sueur recouvrait ma peau et j'avais déjà hâte de me rafraîchir. Je mis un peu de distance avec les autres étudiants qui avaient eu la même idée de génie et s'éclataient dans l'eau puis trouvai finalement un spot assez isolé mais pas trop, de sorte que je profite d'un clair-obscur apaisant.

Je me débarrassai en hâte de mes baskets blanches, de mon top et de mon jean. Pour ce dernier, je me tortillai un peu et l'enlevai à l'envers pour plus de facilité. C'est en soutien-gorge et string blanc Calvin Klein que je me laissai glisser dans l'eau avec délices. Elle était fraîche, juste ce qu'il faut. Je fis quelques brasses pour détendre mes muscles et finis sur le dos, bras et jambes écartées. Un tête-à-tête avec les étoiles et l'immensité de l'univers. J'avais toujours adoré faire ça, je trouvais cela fascinant, cette idée de n'être qu'une poussière insignifiante. Parfois, le vertige m'emportait et je me laissai submerger par la puissance incommensurable de tout cet inconnu qui nous entourait. J'inspirai un grand coup et me laissai flotter encore quelques minutes avant de sortir.

L'eau m'arrivait encore à mi-mollet quand j'aperçus une silhouette adossée à un arbre, tout près du rivage. Les yeux plissés, je continuai d'avancer, lentement, tentant de distinguer les traits de l'intrus. La semi-pénombre artificielle aidée d'un rayon de lune argenté me dévoila finalement le visage parfait de Todd Scarce. J'ébauchai un léger sourire. Finalement, j'allais peut-être m'amuser un peu avec le sombre et ténébreux musicien.

— Tu m'as suivie, lançai-je en m'arrêtant au bord, main sur la hanche.

— Putain, je regrette pas.

— Et ?

Son regard noir transperça le mien à la manière d'une lame affûtée. Mais il ne bougea pas. Bras croisés, une jambe repliée sur l'énorme tronc, il se contenta de me fixer comme s'il voulait pénétrer mon esprit et le sucer jusqu'à la moelle.

Je frissonnai.

À la lueur de la pénombre orangée, il semblait encore plus inquiétant. Et sexy. Fait capital qui méritait d'être mentionné. Car il occasionna quelques changements physiques immédiats sur ma personne. Ses yeux dévièrent enfin de leur trajectoire pour se poser sur ma poitrine qui pointait sous le tissu blanc et mouillé. Ne manquait que la voiture de course, le seau et l'éponge. Un éclair de pure convoitise illumina ses prunelles. Todd Scarce avait tout du coup d'un soir, celui-là même auquel je pensais tout à l'heure : agile et sûr de lui, qui ne donne pas dans la douceur.

— Et, j'ai grave envie de te faire plein de trucs moites, glissants et invasifs. Sauf que je n'ai pas encore décidé par lesquels commencer.

Sa voix de velours s'infiltra sous ma peau. Oui, ce mec était parfait. Copie conforme de tous ceux que je m'étais envoyés l'année dernière. Et l'année précédente.

— Mmm, ça semble super tentant, ronronnai-je en m'approchant de lui jusqu'à ce que ma poitrine effleure son T-shirt.

Immobile, il se tint face à moi, les bras le long du corps. Et je la sentis, cette tension délicieuse qui rampait sur sa peau. Celle-là même qui faisait qu'il devait mobiliser toute sa volonté pour laisser ses mains où elles étaient. Scarce était malin, plus que je ne l'avais imaginé. Il avait compris que la seule personne qui donnait le coup d'envoi, c'était moi. Et personne d'autre. Il méritait bien une petite récompense.

Lentement, j'inclinai la tête et m'approchai de la sienne. Nos regards se fondaient l'un dans l'autre, je pus voir sa pupille se dilater. Ah l'anticipation. Quoi de plus excitant ?

Le contrôle, évidemment. Celui que j'exerçais sur ce type canon en ce moment même.

Du bout de la langue, j'effleurai ses lèvres et en dessinai le contour. Il avait un goût de rhum et de soleil. Au moment où sa bouche s'entrouvrit et ses mains s'animèrent, je reculai brusquement.

Si je pensais le décontenancer, je me trompais. Il ne s'y attendait pas certes, mais il se contenta de hausser un sourcil.

Il se décolla de l'arbre et me dévisagea, un demi-sourire en coin plaqué sur le visage.

— Suite au prochain épisode ?

Et, aussi simplement que ça, il tourna les talons, l'air décontracté, comme s'il m'avait raconté sa dernière réunion de famille.

Je le regardai partir vers la lumière, amusée et intriguée, avant d'aller récupérer mes vêtements. Ce Todd Scarce commençait vraiment, vraiment à me plaire.

Je n'eus malheureusement pas le temps de m'y appesantir.

— Eh bien, Stiller, au concours de la plus grosse salope de la soirée, tu gagnes haut la main.

Je ne pris même pas la peine de me retourner. Cette voix rauque et dépravée, je l'aurais reconnue entre mille.

— Jaloux, Crawford ?

Je rassemblai mes affaires d'une façon nonchalante, équivalente à un gros doigt d'honneur, puis daignai me retourner.

Chaque fois que je posais les yeux sur lui, le choc était toujours aussi intense. Il se tenait à quelques mètres de moi, une clope à la main, comme s'il était le maître du monde. Il était grandiose, avec ses cheveux châtains déclinés en une multitude de nuances, sa façon de plisser les yeux lorsqu'il tirait une taffe et sa gueule d'ange déchu taillée à la serpe. Mon Dieu, s'il n'était pas *lui*, je serais déjà en train de le rendre dingue, son sexe si profondément fiché en moi qu'il n'aurait plus jamais envie d'aller le tremper ailleurs.

*De mieux en mieux, Rebecca, depuis quand tu songes à l'exclusivité ? Ce mot qui te paraît aussi sexy que Gollum en pleine séance de masturbation.*

Scarce me paraissait bien fade tout à coup.

Je m'approchai de lui en prenant mon temps. Même si mon cœur battait à cent à l'heure. Je le défiai du regard à moins de dix centimètres. Le sien était plus étincelant que jamais, aussi menaçant que salace. J'eus comme une envie de serrer les cuisses pour faire taire les pulsations en leur centre. Ses yeux dévièrent aussitôt à cet endroit précis.

Ce connard avait un sixième sens. Ou un odorat digne de Damon Salvatore[1].

Au lieu du sourire condescendant que j'attendais, je vis ses mâchoires se crisper. Et j'en ressentis une satisfaction indécente.

*Reprends-toi, Becca, ce mec est un enfoiré notoire et tu le détestes !*

Malheureusement, cela avait beau être le cas, l'attirance était là, et, comme avant, la tension sexuelle qui nous animait lorsqu'on était à proximité semblait vouloir me consumer. J'avais envie de le toucher, de le laisser me toucher, de sentir son odeur, de lécher sa peau bronzée…

Reprenant un visage impassible, Rafael captura mon menton de sa main libre et, mon Dieu, je dus monopoliser toutes les terminaisons nerveuses de mon corps pour rester de marbre. Sa peau sur la mienne, les décharges insidieuses qui se propagèrent dans tous mes membres, c'était à la limite du supportable.

— Jaloux ? Pourquoi je serais jaloux d'un truc que j'aurai si j'en ai envie, *Starlight* ?

Toujours aussi présomptueux.

Trouvant la force de dégager sa main, je ricanai.

— Vraiment, Crawford ? Même si j'avais la chatte en feu avec une putain d'apocalypse et toi comme dernière option, je préférerais baiser un banc de piranhas enragés.

J'avais débité tout ça sans respirer.

Étais-je vraiment convaincante, là ? Avec mon corps frôlant les 45 degrés malgré mes sous-vêtements trempés et mon souffle haché comme un asthmatique sur le point de clamser ?

Son visage ne trahit aucune émotion. Mais le feu inquiétant de ses gemmes émeraude brûla chaque parcelle de ma peau avec

1. Personnage de la série *The Vampire Diaries*, adaptée du roman *Le Journal d'un vampire* de L.J. Smith.

application. Ses lèvres, ses magnifiques lèvres outrageusement sexy et dans lesquelles j'avais envie de planter les dents, se retroussèrent.

— Tu paries quoi, *Starlight* ?

Il écrasa son mégot avec son talon et me laissa plantée là, à mi-chemin entre une frustration sexuelle intense et une bonne crise d'hystérie.

— Un doigt dans ton cul, connard !

Sur ce, j'allai me rhabiller.

Je me garai et sortis de la voiture pour contempler ma nouvelle maison. Vue sur l'océan, gigantesques baies vitrées, ma mère n'avait encore une fois pas fait dans la demi-mesure. Je secouai la tête et soupirai. Pressentant qu'à cette heure-ci elle devait encore cuver son vin, j'actionnai la poignée de la porte d'entrée qui s'ouvrit sans difficulté. Je posai mon sac à dos et tournai sur moi-même. Un gigantesque salon m'accueillit, ultra-chic avec son sol en marbre rose, ses colonnes dignes de l'Empire romain et sa déco dernier cri.

La nausée me tordit l'estomac, et je choisis de monter immédiatement à l'étage. Je n'eus nul doute quant à la chambre que ma mère m'avait attribuée. Ah, elle était somptueuse, cela allait sans dire. Un lit à baldaquin pouvant recevoir au moins cinq personnes, une coiffeuse blanche à faire pâlir d'envie la Première dame, un canapé recouvert de coussins d'apparence si confortables que je choisis immédiatement d'aller m'y vautrer. Dommage qu'elle ait oublié que je n'avais plus cinq ans : la couleur rose bonbon qui dominait l'espace me donnait l'impression d'être dans la maison de Barbie.

# 12

## *Becca*

Je me réveillai avec l'impression d'avoir la tête emplie de coton. Il me fallut quelques secondes et toute ma volonté pour ne pas hurler à la vue de tout le rose qui m'entourait. Puis je me souvins. J'étais dans la nouvelle demeure ultra-chère que ma mère avait achetée. *De retour à Encinitas.*

Je passai rapidement me rafraîchir dans la salle de bains, tout aussi luxueuse que le reste, troquai mon jean pour une robe d'été assez ample et descendis l'escalier, mes sandales en corde dans la main.

Une exclamation enjouée m'accueillit.

— Ah, tu es enfin réveillée ! Alors ? Que penses-tu de notre nouveau chez-nous ?

Ainsi plantée au milieu du salon, une main sur la hanche, l'autre invitant à la contemplation des lieux, Adelaïde Stiller avait tout d'un agent immobilier première catégorie.

— Ton chez-toi, Adelaïde. Pas le mien.

Elle haussa les épaules.

— Ce que tu peux être rabat-joie. Et je t'ai déjà dit de ne pas m'appeler ainsi.

Je pinçai les lèvres, une réplique cinglante les brûlant.

Satisfaite, elle se dirigea vers la cuisine brillant de mille feux.

— Tu dois avoir faim, non ? J'ai commandé chez le traiteur, regarde donc dans le frigo. On va s'installer sur la terrasse.

Mon ventre se rappela en effet à moi et émit un gargouillis explicite. Je n'avais rien mangé depuis hier soir donc, oui, je mourais de faim ! Toutefois, la perspective d'un tête-à-tête avec ma génitrice me donna quelques sueurs froides.

— C'est cool, mais j'ai d'autres plans pour cet après-midi.

Évidemment, je n'avais rien de tel. Encinitas était pour moi une terre brûlée que j'avais fuie comme la peste.

— Tu vas retrouver tes amis ?

Ma mine s'allongea. Comment pouvait-on être aussi à côté de la plaque ? Depuis la mort de mon père, tout sens de la réalité l'avait désertée.

— Adelaïde, tu sais bien que je n'ai plus d'amis ici. Raison précise pour laquelle je ne souhaitais pas revenir.

Elle afficha une expression contrariée et ouvrit la bouche ; je lui coupai le sifflet.

— Oui, je sais, je ne t'appelle pas comme ça. À plus, Adelaïde.

Je claquai la porte et rejoignis ma voiture. Une fois à l'intérieur, je posai ma tête sur le volant, le cœur lourd. Ma mère était un véritable fardeau. Et je ne voulais pas être ici. Trop de souvenirs, trop de souffrances. Je démarrai et roulai sans but pendant deux heures.

Le paysage défilait, douloureusement familier, chaque virage était un coup de poignard acéré. J'aimais Encinitas, c'était chez moi et, jusqu'à ce que je perde mon père, j'y étais heureuse. Populaire au lycée Archer's bien que discrète, j'étais invitée à toutes les fêtes et j'avais même attiré l'attention du mec le plus canon – et le plus craint – du lycée. Toutes les filles étaient subjuguées par les Dark Angels. Toutes rêvaient d'écarter les cuisses pour eux, n'importe lequel. Était-ce l'impression de danger qu'ils dégageaient ? Leur intelligence hors du commun ? Car, en plus d'être incroyablement beaux, ils étaient brillants et en tête du podium dans toutes les matières. En tout cas, leur popularité ne s'était jamais démentie.

Même moi, qui étais la seule sainte du bahut à ne pas avoir couché, je ne pouvais m'empêcher d'imaginer ce que ce serait, un simple baiser avec eux. Ou plutôt avec *lui*, Rafael Crawford, celui dont je ne pouvais détacher les yeux.

L'incorrigible romantique que j'étais était pourtant persuadée d'être déçue. Avec toute cette force, cette puissance à l'état brut, Rafael ne devait pas faire dans la douceur.

Comme de nombreuses fois à son sujet, je m'étais trompée.

# 13

## *Rafael*

*Quatre ans plus tôt*

J'étais complètement rincé. À chaque entraînement, je me donnais à fond, mais en ce moment je me surpassais. Un trop-plein d'énergie à évacuer probablement, mais ce n'était pas pour déplaire au coach.

Je vidai une bouteille d'eau sur ma tête, appréciant le rafraîchissement. Une grande claque sur l'épaule me prit par surprise, mais je ne regardai même pas en arrière. Il n'y avait pas cinquante personnes qui oseraient une telle familiarité sans craindre une décapitation immédiate : Jace ou Mike.

— T'as bouffé une chatte sous stéroïdes, mec ?

Je ricanai.

— Quoi, Jace, tu as peur que je te vole la vedette ?

— Raf, quand tu vas comprendre que c'est moi le meilleur, tu vivras mieux.

— Arrêtez de vous masturber, les mecs, c'est chiant.

Ça, c'était Mike.

— Cela dit, Jace n'a pas tort, t'es à ton top niveau.

— Ouais, c'est mon nouveau moi. De l'énergie, des couilles à vider, tout ça, faut que ça sorte.

— Putain, fit Jace en rangeant ses affaires, c'est vrai, ça fait une semaine que t'as pas fourré ta queue dans un trou ! Si l'abstinence te fait cet effet, par pitié, ferme ta grande gueule, manquerait plus que le coach réévalue ses exigences.

— T'inquiète, ma queue n'est pas inactive. Juste un peu moins que d'hab.

— Deux fois par jour au lieu de trois ? J'ai entendu Tess se plaindre que tu l'avais rembarrée hier.

Après m'être essuyé le visage, j'enroulai ma serviette autour du cou et ramenai mon sac de sport sur l'épaule.

— Mike, Tess, je l'ai testée par tous les orifices et tu devrais le savoir, raillai-je.

Nous rîmes de bon cœur.

Il nous arrivait souvent de partager avec Mike et Jace, et Tess avait effectivement eu plusieurs services pour le prix d'un. Elle était docile et d'une souplesse digne d'une danseuse d'opéra. Mais en ce moment elle me donnait autant envie qu'une compotée d'épinards au jus de citrouille.

Nous quittâmes le stade tels trois dieux grecs sur le mont Olympe : arrogants, invincibles et menaçants.

Et, lorsqu'une silhouette élancée surgit du bâtiment B, je plantai mes potes sans remords.

— À plus, les mecs, j'ai un truc à faire.

J'ignorai royalement leurs ricanements débiles.

Rebecca Stiller longeait le mur, sa masse de cheveux blonds se balançant gracieusement au-dessus du petit cul le plus sexy d'Archer's ; j'adorais mes potes, vraiment, mais ma queue avait eu le dernier mot.

Cette fille avait un don, il lui suffisait d'apparaître pour que les coutures de mon boxer menacent d'exploser.

Sans prévenir, j'attrapai son poignet et la plaquai contre le mur, un bras replié de chaque côté de sa tête. Elle poussa un petit cri d'oiseau blessé qui me fit durcir encore plus.

— Rafael, t'es malade ou quoi, j'ai failli avoir une attaque !

Mes yeux passèrent de son adorable visage de poupée aux yeux transparents à sa très fabuleuse paire de seins. Bordel, même sous son T-shirt, on devinait leur délicieuse rondeur ; j'imaginais déjà y planter mes dents. Je bougeai légèrement mon entrejambe. À ce rythme-là, j'allais devoir m'acheter des pantalons XL.

— Ton cœur me semble en pleine forme, murmurai-je, affamé. Mais je serais ravi de te faire un petit massage cardiaque si besoin.

Ses pommettes flambèrent aussitôt, et son regard se fit plus brillant.

— Je pense que cela ira, merci.

Elle couina comme la petite souris prise au piège qu'elle était. Et moi, fidèle à mon statut d'enfoiré de première catégorie, je lui offris mon sourire le plus séduisant. Celui qui faisait fondre les culottes et tomber leurs propriétaires à genoux.

Ce ne serait pas le cas de Rebecca, elle était différente, plus réservée. Je savais l'effet que je lui faisais, et ça me faisait bander grave.

— Tu es sûre de toi, chuchotai-je, en me rapprochant doucement de sa bouche.

Elle était rouge comme une cerise bien mûre, charnue avec un arc de Cupidon terriblement tentant. Pour ne rien arranger, ses lèvres s'entrouvrirent légèrement sous le coup de la surprise.

— Rafael…

Encore un peu plus près. Je sentis son souffle sur ma peau, promesse de délices indécentes. Sa respiration s'accéléra, et je ne résistai pas plus longtemps. Sans plus attendre, je réduisis la distance à néant, sortis le bout de ma langue et dessinai le contour de sa lèvre inférieure. Comme d'habitude, elle avait un goût divin évoquant des coulées de miel chaud aromatisé à la cannelle. J'imaginais si facilement son joli petit corps recouvert de cette substance luisante, pendant que je m'appliquerais à l'en débarrasser de coups de langue qui la feraient gémir à en pleurer.

Je la sentis trembler juste avant qu'elle ne m'autorise un plus large accès à sa bouche. Elle était douce et chaude et, lorsque nos langues se rencontrèrent en une caresse langoureuse, un petit bruit s'échappa de sa poitrine, faisant écho au grognement beaucoup plus primal de la mienne. Quelque chose explosa en moi. Et force était de constater que même si j'étais sur le point d'éjaculer dans mon caleçon – chose qui ne m'était pas arrivée depuis l'âge de dix ans et qui dès à présent deviendrait mon secret le mieux gardé –, cette éruption se passait un peu plus haut. Finalement, c'était peut-être moi qui allais faire une putain de crise cardiaque à cause d'un putain de baiser mouillé.

Pourtant, ce n'était pas la première fois qu'on s'embrassait, qu'on se touchait, même si je faisais de sorte que pour l'instant ça reste soft. Mais, chaque fois, l'attraction qu'elle exerçait sur moi était un peu plus forte. Chaque fois, j'avais un peu plus envie de la prendre dans mes bras et de la serrer un peu plus fort pour la garder contre moi et enfouir mon nez dans ses cheveux. Et de faire tout un tas d'autres choses bien moins sages.

Aujourd'hui, je n'avais carrément pas envie de la laisser partir.

Troublé, je m'écartai d'elle, les biceps tellement bandés qu'ils me faisaient mal. Je lui coupai toujours toute retraite mais, vu ses pupilles dilatées et le rythme de sa respiration, je ne pense pas que cela lui importait.

— Tu es pleine de surprises, Rebecca.

Ses yeux insondables me fixèrent, et cette fois je reculai pour de bon. Avant de la planter comme un connard. C'était ça où j'arrachais sa culotte pour m'enfouir dans sa petite chatte serrée jusqu'au cou. Vu qu'elle était vierge, cela aurait été une très, très mauvaise idée.

Mais je ne pourrai plus me retenir très longtemps.

# 14

## *Becca*

*Aujourd'hui*

— La liberté d'expression est un concept fondamental dans notre pays. Tout un chacun a le droit de s'exprimer. Ce droit est protégé par le premier amendement de la Constitution des États-Unis et par les lois de nombreux États. Toutefois, il existe quelques exceptions. Quelqu'un peut-il m'en citer une ?

Je perçus un mouvement dans mon dos. Je retins mon souffle. Comme d'habitude, il était derrière moi dans les cours que nous avions en commun.

— Oui, monsieur Crawford ?

— La diffamation ?

Notre professeur de droit, Mrs Cartwright, parut satisfaite.

— Très bien. Pourriez-vous nous expliquer, monsieur Crawford, en quoi consiste la diffamation et pourquoi elle fait partie des exceptions.

— Avec plaisir, professeur Cartwright.

Ce ton doucereux ne me dit rien qui vaille.

— La diffamation, c'est l'attribution d'un fait imaginaire à un individu. Un fait qui peut porter préjudice à cet individu, qui vise par sa nature à le présenter aux yeux des autres comme une mauvaise personne, voire un criminel.

Un filet de sueur courut le long de mon échine. S'il avait pris la parole, ce n'était pas par hasard. Je levai la main à mon tour.

— Oui, mademoiselle… ?

— Stiller. Rebecca Stiller.

— Très bien, mademoiselle Stiller, avez-vous quelque chose à rajouter ?

— Oui, dis-je fermement.

Je me tournai pour faire face à cet enfoiré de Crawford.

— Toute la difficulté est de déterminer le caractère réel de la diffamation. Ainsi, lorsqu'une victime accuse une personne de faits ou de comportements répréhensibles, il revient à la justice d'enquêter. Alors, seulement en l'absence de preuves ou d'éléments solides, l'accusé pourra faire valoir la diffamation.

— Très…

Crawford interrompit brutalement le professeur.

— Quand la « présumée » victime accepte de retirer ses propos diffamatoires contre un paquet de fric, moi j'appelle cela du chantage et de l'extorsion.

— Quand la victime est manipulée, elle n'a d'autre choix que de se soumettre.

— Quand la présu…

— Stiller, Crawford !

Mrs Catwright sembla irritée.

— Ce cours n'est pas un lieu de débat pour des sujets visiblement… personnels. Je vous prie de vous rasseoir et d'adopter une attitude plus constructive.

Je clignai des yeux et m'aperçus que nous étions effectivement debout tous les deux, nous jaugeant comme deux gladiateurs dans une arène. Ses yeux étincelaient. Il était encore plus beau que Lucifer Morningstar[1] entouré des flammes de l'enfer. Et moi j'étais complètement tarée, car jamais cette pensée n'aurait dû surgir ainsi, vaporisant la rage qui m'animait.

Tous les élèves avaient les yeux rivés sur nous, captivés par notre échange verbal. Je me rassis, feignant de regarder mes notes.

Après le cours, je partis sans demander mon reste, ignorant les regards et murmures interrogateurs. J'accélérai le pas une fois hors du bâtiment. J'étais sûre que Pepper allait vouloir me parler et je n'en avais aucune envie.

— Rebecca !

Et merde !

Ce n'était pas ma coloc, mais cela ne changeait rien. J'avais besoin de décompresser et de lâcher la pression.

— Rebecca, répéta Dylan en me rattrapant.

— Non, Dylan, je n'ai pas envie d'en parler.

— OK. Mais franchement, je préfère rester avec toi, tu as l'air d'une bombe à retardement.

Je compris ce qu'il voulait dire en m'apercevant du tremblement de mes membres.

Je m'arrêtai et lui fis face en soupirant.

— Écoute, Dylan, tout va bien ; j'ai juste besoin d'être un peu seule pour me reprendre.

Ses grands yeux sombres me sondèrent, il sembla m'évaluer comme un médecin avec son patient. Visiblement, le résultat ne fut pas concluant.

— Viens, je connais un coin sympa pour se détendre.

Comprenant que je ne m'en débarrasserais pas, je capitulai.

1. Personnage de fiction de DC Comics, Roi des Enfers.

— Tiens, un peu de sucre ne te fera pas de mal.

Je lorgnai la barre chocolatée avec envie. Après tout, c'était l'heure du déjeuner, j'aurais dû être en train de m'empiffrer d'une bonne pizza surgelée à la cafèt'.

— Merci, dis-je en m'en saisissant. Et toi, tu ne manges pas ? m'enquis-je en mordant dans la texture savoureuse.

*Caramel et beurre de cacahuète, mes préférées.*

— Pas pour l'instant. (Il sourit et me fit un clin d'œil.) Je peux me passer d'un repas sans tomber dans les pommes.

Je ne répondis rien, contemplant le panorama face à nous. Dylan avait raison, c'était un bel endroit. À l'écart de la foule du campus, en hauteur, offrant une vue magnifique sur San Diego. L'endroit idéal pour se relaxer au soleil, assis dans l'herbe.

— Ce n'est pas très accessible, comment as-tu connu ce petit coin de paradis ?

Nous avions marché un moment et pris pas mal de virages avant d'y arriver. Je n'étais pas sûre de retrouver mon chemin si je repartais toute seule.

— C'est Gwyneth, ma sœur jumelle, qui me l'a fait découvrir.

— Tu as une sœur jumelle ! C'est chouette. Pourquoi n'êtes-vous jamais ensemble ?

Un blanc s'ensuivit.

— Elle n'est plus à SD College.

— Ah. Vous vous êtes fâchés ?

Il parut surpris par ma supposition.

— Fâchés ? Mon Dieu, non ! Ma sœur est tout pour moi. C'est elle qui a demandé à changer d'université, mais cela n'a rien à voir avec moi.

Je sentis que je m'avançai sur un terrain miné.

— OK, dis-je alors simplement.

Il leva les sourcils puis éclata de rire.

— OK ? Tu es la fille la moins curieuse que j'ai rencontrée de toute ma vie !

Et ça, il avait dû en rencontrer des tonnes, vu son physique de top-modèle. Dylan était vraiment le cliché du tombeur. Pour ma part, je n'étais pas d'humeur à flirter, mais je n'avais même pas l'impression que c'était ce qu'il tentait de faire.

— Eh bien, répondis-je en prenant une autre bouchée, je voulais être polie, mais vu que tu m'as l'air prolixe : pourquoi ta sœur a-t-elle quitté SD College ?

Son regard se riva au mien.

— À cause de Rafael Crawford.

J'arrêtai de mâcher. Celle-là, je ne m'y attendais pas. Pourtant, cela expliquait l'hostilité palpable entre les deux hommes. Pepper m'avait bien dit qu'ils étaient à couteaux tirés, mais je pensais qu'il s'agissait davantage d'une histoire d'ego. Dylan était lui aussi très populaire, quoique dans un genre différent. Il était, disons, plus… sage.

— Et c'est là que l'on découvre que toi et moi on a un ennemi commun et que je vais tout te raconter. Ah ah, bien joué, mais non.

— Arrête d'être parano. Je ne sais pas ce qu'il y a entre vous et honnêtement je m'en fous. Je ne veux juste pas qu'il te fasse du mal.

Trop tard.

— Pourquoi ? On se connaît à peine.

— Pas besoin de connaître à fond une personne pour vouloir l'aider, si ?

Ah bon ?

— Et, ajouta-t-il après une courte pause, tu lui ressembles. À Gwyneth.

Il me regarda d'un drôle d'air, presque mélancolique.

— Mêmes cheveux blonds, mêmes yeux bleus, si ce n'est que les siens sont un peu plus foncés. Même énergie.

— Que lui a-t-il fait ? demandai-je en feignant l'indifférence.

— Ce qu'il fait toujours. Il utilise les gens et les jette après.

J'acquiesçai silencieusement. Voilà une parfaite description, en effet.

— D'habitude il s'envoie en l'air deux ou trois fois avec la même fille, pas plus. Mais avec Gwyneth, cela avait duré un peu plus longtemps. Elle s'était remplie d'illusions, malgré mes mises en garde.

Après deux mois, du jour au lendemain, il l'a jetée sans explication. C'était au second semestre, dit-il avant de soupirer. J'ai eu toutes les peines du monde à la soutenir pour qu'elle le termine. Elle était dévastée et est entrée en pleine dépression. Quand elle m'a finalement annoncé qu'elle s'envolait pour Washington, c'était à mon tour d'être anéanti.

— Vous n'aviez jamais été séparés ?

— Non. Nous étions jumeaux, mais je veillais sur elle. Enfin, marmonna-t-il avec amertume, j'essayais.

Nous restâmes un long moment silencieux. Son histoire était triste, toutefois, fallait-il être stupide pour s'attacher à Rafael Crawford ? Tout le monde le savait, c'était un électron libre. On ne pouvait rien attendre de lui.

*Tu peux parler*, songeai-je, acide. *Si quelqu'un s'est fait avoir en beauté, c'est bien toi, ma pauvre Becca.*

J'avais payé pour cette naïveté, avec les intérêts.

— Hé, ça va ?

Je clignai des yeux et revins à la réalité. Dylan avait posé une main sur mon bras et me contemplait d'un air soucieux. Je lui offris un grand sourire qui n'atteignit pas mon cœur.

— Oui, beaucoup mieux, mentis-je.

Après tout, nous n'étions pas là pour déprimer.

— Que dirais-tu d'immortaliser ce magnifique panorama ?

Riant, nous prîmes quelques photos et selfies avec nos smartphones puis rebroussâmes chemin. Et, contre toute attente, je repartis le cœur plus léger qu'à l'arrivée.

# 15

## *Becca*

— Pepper, c'est décidé, tu es la meilleure coloc du monde !

— N'est-ce pas ?

Elle accompagna ses paroles d'un petit mouvement du poignet assez comique pendant que je mordais à pleines dents dans une pizza bien juteuse.

— Je t'avais dit que c'était la meilleure pizzeria de toute la Californie.

Je léchai la sauce tomate sur ma lèvre supérieure.

— Peut-être même de tous les États-Unis, renchéris-je avec conviction. Cette texture, cette sauce, je serais capable d'en manger matin, midi et soir !

— Mario est exceptionnel, et d'une gentillesse sans pareille.

Elle désigna du menton un monsieur bedonnant d'une bonne cinquantaine d'années. Ce dernier s'aperçut de l'attention qu'on lui portait et se dirigea vers notre table.

— *Allora, signorina* Pepper, tout se passe bien ?

Cette façon de rouler les *r* me le rendait encore plus sympathique.

— Super, Mario ! Je t'ai amené Rebecca, ma nouvelle coloc, une inconditionnelle des pizzas.

— Monsieur, vos pizzas sont excellentes, je n'en ai jamais mangé d'aussi bonnes ! Et j'en ai testé beaucoup. Vous pourrez féliciter votre pizzaiolo.

Son visage affable se fendit d'un sourire.

— *Ché pizzaiolo* ?

Il leva son index de façon professorale.

— La pizza, dit-il en accentuant sur les *z* avec son accent italien, c'est un travail d'orfèvre. Je prépare moi-même tous les ingrédients et la *pasta*. Pas question que quelqu'un d'autre le fasse, ce serait un *disastro* !

Pepper se mit à rire.

— Le dernier qui a tenté de préparer ses propres pizzas s'est retrouvé dehors à coups de pied aux fesses. Mario n'engage que des « exécutants » qui vont se contenter de composer ta pizza avec tous les ingrédients déjà préparés.

Mario opinait d'un air comique. On sentait bien que pour lui ses pizzas étaient ce qu'il y avait de plus important au monde.

— En tout cas, bravo, monsieur, c'est tout simplement divin !

Il me surprit en me donnant une pichenette sur la main.

— Pas de « monsieur » avec moi, *signorina*, c'est Mario.

— Ça marche, Mario, répondis-je avec un sourire sincère, et donc pas de « *signorina* » avec moi, c'est Rebecca.

Après ce repas, nous étions gonflées comme des barriques car en plus d'être délicieux il était gargantuesque. Toutefois nous eûmes beau protester, Mario nous apporta deux belles parts de tiramisu.

— Offert par la *casa*, vous m'en direz des nouvelles !

Je fixai mon dessert, ne sachant pas comment j'allais le faire rentrer dans mon ventre.

Pepper soupira.

— Allez, goûte, tu verras, après tu ne te demanderas pas comment le manger.

C'est qu'elle avait raison. Ce Mario avait des doigts magiques et, même si j'étais gavée comme une oie, le tiramisu ne fit pas long feu.

— Pepper, en fait, je pense que tu me détestes et que tu veux me faire devenir grosse et moche.

Nous rîmes de bon cœur.

— Non, fit-elle plus sérieusement quelques instants après. Je voulais juste te remonter le moral. Après ta dispute avec Rafael ce matin, j'ai compris que les choses étaient plus sérieuses que ce que je pensais.

Mon regard s'assombrit à ce souvenir.

— Ne t'inquiète pas, dit-elle au moment où j'ouvrais la bouche pour répondre. Je ne te poserai pas de questions. Sache juste que je suis là si tu as besoin et que ton année à San Diego College ne va pas être *que* pourrie.

Pepper ne cessait de me surprendre.

— Pourquoi te montrer aussi gentille avec moi ? On vient à peine de se rencontrer, tu ne me dois rien.

Elle haussa les épaules.

— On se doit tous quelque chose, Becca. C'est ainsi que j'ai été élevée, quand tu as la possibilité d'aider quelqu'un, tu le fais, et c'est tout. Pas besoin d'avoir vécu la guerre ensemble.

— Tes parents ont l'air d'être des gens bien.

Était-ce une petite pointe de jalousie que j'entendis dans ma voix ?

— J'espère bien qu'un week-end tu viendras à la maison, tu pourras te faire ta propre opinion.

Longtemps après être rentrées à l'appart, je jouais avec mon briquet, celui marqué d'un A.S.

Assise par terre, je l'allumai et l'éteignis un nombre incalculable de fois, hypnotisée par la danse de la flamme. Je repensai à mon père, à Encinitas, à ma mère, à Crawford et tous mes espoirs brisés, tentée d'approcher la flamme de l'intérieur de ma cuisse, comme cela m'était arrivé des dizaines de fois la première année après mon départ d'Archer's. Voir ma chair rougir et gonfler, serrer les dents, refouler les larmes en vain et me concentrer sur cette douleur-là.

Affronter Crawford ne me laissait pas indemne. Certes, j'étais une autre personne, plus forte, plus confiante et plus affirmée. Mais, chaque fois qu'il me provoquait, il grignotait un peu de cette carapace que je m'étais forgée.

Son regard furieux ce matin en cours de droit me poursuivait encore. Il me semblait méprisable et abject, mais je ne pouvais m'empêcher de superposer à cette image celle du Rafael attentionné, doux et taquin, une version que peu de personnes avaient eu l'occasion de connaître.

Je devais néanmoins me faire une raison. Cette personne-là n'existait plus, et peut-être même n'avait-elle existé que dans mon imagination.

Finalement, je balançai mon briquet dans mon sac et partis me coucher.

# 16

## *Becca*

— OK, je suis prête !

Après avoir fermé la porte de ma chambre, je m'empressai de rejoindre Pepper dans le salon.

Cette dernière me détailla de la tête aux pieds avant de lancer :

— Nope. Retourne te changer.

J'ouvris la bouche, mais la surprise m'avait coupé le sifflet. Je baissai le regard et inspectai ma tenue : un débardeur blanc assez échancré, un jean skinny noir et des plates-formes en corde. Quelle mouche la piquait ?

— Tu m'expliques ?

Elle me lança un clin d'œil mutin.

— Non, tout ce que tu dois savoir c'est que tu dois être en jupe. Ou en robe, encore mieux.

Dubitative, je plissai les yeux. Dans quoi m'étais-je laissée embarquer ?

— J'espère que ta soirée mystère va être à la hauteur du secret dont tu l'entoures ! On se croirait dans *Running Wild with Bear Grylls*[1].

Le visage de Pepper s'illumina.

— Qui sait si tu ne vas pas rencontrer quelques lions !

1. L'équivalent américain de *Rendez-vous en terre inconnue*.

Devant ma mine perplexe, elle rit franchement.

— Arrête de cogiter et détends-toi. C'est le but de cette soirée. Et tu ne feras rien que tu n'as pas envie de faire, rassure-toi.

— Manquerait plus que ça, marmonnai-je dans ma barbe, ce qui la fit glousser.

Pepper me parlait de cet « événement » depuis des jours. Une soirée dans un endroit très spécial qui, elle en était persuadée, allait forcément me plaire. J'en étais moins convaincue, peut-être car je n'étais pas une adepte des surprises ?

Perdue dans mes pensées, je repris contact avec la réalité au bruit du frein à main qu'elle tirait.

— Terminus, ma belle ! On descend.

J'observai autour de moi. Seule la lune me permettait de me faire une idée des alentours.

— On est près de la plage ! m'écriai-je.

Je tournai la tête, une question muette sur le bout des lèvres. Pourquoi diable m'emmenait-elle ici ? Nous allions fréquemment plonger nos pieds dans le sable depuis la rentrée, il n'y avait rien d'extraordinaire en soi. Pas de quoi en faire tout un fromage, en tout cas !

Ses yeux brillaient dans la pénombre. Elle semblait fébrile… comme excitée.

Prenant le temps de récupérer son sac, elle s'extirpa du véhicule et claqua la porte, attendant que je fasse de même. Dubitative, je suivis le mouvement. Nous nous approchâmes de la falaise et prîmes un moment pour apprécier le calme ambiant. La douce mélodie du ressac nous enveloppa, et je me perdis dans cet instant de grâce. Finalement, Pepper étira ses bras vers le ciel avec un soupir d'aise.

— Allez, ma belle, allons mettre un peu de piment dans nos vies !

Nous dûmes marcher une centaine de mètres avant de trouver un semblant d'escalier permettant l'accès à la plage. Nous avions toutes deux enlevé nos chaussures que nous tenions à la main, prenant garde à ne pas trébucher. Cet endroit ne devait pas être très fréquenté, même en journée, en témoignait la moisissure sur le bois qui constituait nos marches. C'était un truc à se rompre le cou.

— Si je ne te connaissais pas, je m'inquiéterais. C'est quand même l'endroit idéal pour se débarrasser de quelqu'un.

— Shhh, tais-toi et avance. On doit marcher un peu.

La sensation du sable frais sur mes pieds avait un parfum de liberté. Je bougeai les orteils avec une certaine satisfaction, commençant à me prendre au jeu. Une pointe d'excitation s'installa au creux de mon ventre. Après quelques minutes, j'aperçus un filet de lumière à flanc de colline. Comme si elle venait de l'intérieur.

— Il y a des grottes, ici ?

Je chuchotais, sans savoir vraiment pourquoi. L'ambiance s'y prêtait, j'imagine.

— Oui. C'est un coin un peu paumé, personne ne s'y rend, c'est sauvage et reculé. Ils ont découvert ça l'année dernière.

— « Ils » ?

— Oui, chut, on arrive.

Effectivement, nous étions parvenues à destination. Intriguée, je scrutai l'entrée faiblement éclairée par une source de lumière placée plus avant. Une jeune femme était adossée à la paroi, tenant dans sa main des bouts de tissu dont j'essayai de découvrir la fonction. En vain, car je n'y voyais pas assez bien.

— Hum… et si je te dis que je suis claustro, lançai-je en contemplant ce clair-obscur avec méfiance.

Je reçus une tape sur le bras pour toute réponse.

— Dans ce cas, tu vas louper la plus belle partie de jambes en l'air de ta vie.

J'ouvris des yeux ronds.

— Pardon ?

Ses iris étincelèrent comme deux phares dans la nuit.

— Chaque dernier vendredi du mois, une soirée privée est organisée dans cette grotte. Peu de personnes sont au courant, triées sur le volet. Ici, pas de retenue. Tu entres avec un masque (son mouvement du menton m'indiqua le cerbère et je sus enfin ce qu'elle tenait entre les mains) et tu te laisses aller avec qui tu veux. Ou pas. Certains viennent parfois juste pour l'ambiance, pour s'exciter. D'autres vont jusqu'au bout. Personne ne te force à quoi que ce soit. Au moindre mot, tu peux t'en aller.

Je restai sans voix. Une orgie dans une grotte ! J'avais l'impression d'être dans *Eyes Wide Shut* mais avec le côté rustique.

Je jetai un regard en coin à mon amie.

— Et toi, tu viens pour te chauffer ou…

Elle finit à ma place.

— En général, je vais jusqu'au bout. C'est juste extraordinaire. Pas de pression, pas de question. Juste ton corps et le plaisir qu'il peut te procurer. Tout ça sans avoir peur de tomber sur un psychopathe.

Je me mordis la lèvre, en proie à un débat intérieur. Tout cela expliquait le changement de tenue. En effet, pas pratique le jean pour faire des folies impromptues… J'étais tout de même un peu surprise : Pepper était assez libre sur le sujet, mais je n'aurais pas imaginé qu'elle aille si loin. Cela dit, on ne peut jamais vraiment savoir comment se comportent les gens en privé. Et j'étais loin d'être en position de faire la leçon ; ce genre de situation n'était pas une première pour moi. Excepté pour le port du masque car j'avais toujours vu mes partenaires. Abandonner mon corps à l'autre n'était pas un souci, tant que je décidais de la manœuvre.

Nonchalante, je haussai les épaules.

— OK, c'est parti.

Pepper m'offrit un sourire lumineux.

Nous avancions doucement, la paroi de la grotte nous servant de fil conducteur. L'atmosphère chargée d'électricité s'épaississait au fur et à mesure. Mes doigts ne quittaient pas la roche et je compris que nous tournions à gauche, nous enfonçant un peu plus dans les entrailles de la terre. Contrairement à ce que j'avais lâché à Pepper, je n'avais aucun problème avec les endroits clos. D'autres phobies me gâchaient la vie, mais pas celle-là. Nous continuâmes à avancer à tâtons quelques minutes.

Les murmures s'intensifièrent soudain. Sur ma gauche, un gémissement. Sur ma droite, un claquement de peau suggestif. Je me figeai un instant, tentant de mettre des images sur la bande-son. Être privée d'un sens décuplait tous les autres. En me concentrant, j'entendis les gloussements, les bruits de succion, les frottements, les grognements lascifs. Hommes, femmes, tout se mélangeait. L'excitation grandit au creux de mon ventre. Tous ces gens prenaient du plaisir tout en restant maîtres de leur corps. J'inspirai longuement, laissant l'odeur de la luxure infiltrer chaque cellule de mon être. Je me demandai soudain si mon amie était toujours derrière moi.

— Pepper, chuchotai-je en tournant la tête.

Évidemment, je ne voyais rien.

Je n'obtins aucune réponse. Je me dis que la petite chanceuse devait déjà être en train de s'éclater quand une main se glissa sous l'ourlet de ma robe. Surprise malgré tout, car peu habituée à me passer de la vue, je retins ma respiration. La main patienta quelques secondes, une façon de me laisser l'opportunité de refuser son contact.

Captivée, je n'en fis rien.

La peau était douce, la paume puissante, déclenchant immédiatement un voile de frissons intenses sur ma peau. Tout mon être s'alanguit, concentré sur le va-et-vient de ses doigts, tantôt légers, tantôt plus pressants.

Ils glissaient avec aisance, avides d'exploration. Quand ils atteignirent l'intérieur de ma cuisse, je resserrai instinctivement ces dernières. Un désir d'une rare intensité me tordit le bas-ventre. Cette violence me surprit ; ce n'était pourtant qu'un simple effleurement. Il continua quelques minutes ainsi, caressant toutes les zones sensibles du bas de mon corps, excepté celle qui en avait le plus besoin. Mon ventre, le creux de la hanche, mon flanc, là où la peau est si sensible.

Prise de fièvre, je frémis de toutes parts. Pantelante, je décidai de prendre les rênes et avançai une main vers l'endroit où selon toute logique se trouvait l'entrejambe de mon inconnu. L'urgence de combler le vide en moi me poussait à accélérer les choses. Un renflement dur m'indiqua que j'avais atteint ma cible. Je frottai ma paume contre le tissu rêche du jean, savourant la sensation de délicieuse fermeté sous mes doigts. Pas pour longtemps, cela dit. Avec un grognement, il se saisit de mon poignet, puis de l'autre et les remonta avec autorité au-dessus de ma tête, les maintenant ainsi d'une main ferme. Surprise, je pris une grande inspiration. Il semblait mécontent de mon initiative, ce qui était plutôt déconcertant.

Je perçus soudain la pulpe d'un doigt sur ma lèvre inférieure. Probablement avec son pouce, il en traça la courbe, sans aucune douceur. Je tentai de le prendre dans ma bouche, mais il esquiva, me frustrant un peu plus. Ma respiration s'accéléra, le désir pulsant de plus en plus fort entre mes jambes.

Sa main encercla ma mâchoire et glissa lentement sur ma gorge. Alors, le temps s'arrêta et mon cœur manqua un battement. L'image d'une proie à la merci de son prédateur surgit dans mon esprit, et je tressaillis violemment. Alors que je m'apprêtais à fuir, soudain paniquée, il me relâcha.

Prenant une grande goulée d'air, je me laissai aller un peu plus contre le mur, autorisant la roche sinueuse et tranchante à pénétrer mes chairs. *Que m'arrive-t-*il, bon sang ?

Le contrôle, c'est moi qui l'avais. Tout le temps, quelle que soit la situation. Et pourtant à cet instant quelque chose clochait. Je devais filer d'ici, et vite. Oui, c'était la chose à faire, j'en étais persuadée.

Il fallut pourtant une seconde pour que ma volonté soit réduite à néant. Ce mec savait ce qu'il faisait, son toucher était addictif. Et, tandis que d'un doux effleurement son doigt dessinait le sillon entre mes seins, toute envie de partir me déserta, comme par magie. C'était à n'y rien comprendre.

Je n'avais pas mis de soutien-gorge. Pepper s'était montrée assez explicite sur la légèreté de la tenue à porter. Les poignets toujours maintenus en l'air, je cherchais mon souffle, le désir embrasant mon corps, cellule par cellule, à la manière d'un conquérant sûr de lui. Mon inconnu frôla mon téton gauche à travers le tissu, puis passa au droit dont il pinça l'extrémité.

Je poussai un long gémissement plaintif, frottant mes cuisses l'une contre l'autre, guidée par le besoin de contact à cet instant précis. Je sentis glisser les bretelles de ma robe et cette dernière tomber le long de mes jambes. Je bombai le torse, consciente qu'il ne me restait qu'un minuscule bout de tissu pour toute protection. Toutefois, il pouvait l'imaginer, le toucher, mais pas le voir. C'est à ça que servait le masque. Brusquement, un son guttural se fit entendre sur ma droite. Un grognement masculin, animal, de pure délivrance. L'orgasme visiblement puissant de l'homme se répercuta dans tout mon corps, et je me cambrai instinctivement. L'excitation monta d'un cran autour de nous. Les halètements se firent plus pressants, les gémissements plus lascifs et je n'avais qu'une envie : m'abandonner violemment à cet inconnu. Il dut sentir mon urgence car sa main poursuivit son exploration sur mon ventre en de légers massages, m'arrachant d'autres cris de plaisir. J'avançais mon bassin, cherchant son contact encore plus bas. Comme pour me narguer, il ne bougea pas, se contentant de tracer des cercles imaginaires sur la peau douce de mon abdomen.

Cette fois, ce fut un cri de frustration qui m'échappa. Et soudain, je fus enveloppée d'une merveilleuse odeur épicée, me donnant l'illusion de me trouver au cœur des ténèbres, encerclée par des ondes de luxure intense. Ce n'était pas un parfum, en tout cas, pas qu'un parfum. J'inspirai longuement et m'imprégnai de cette fragrance. Enivrante. Terriblement excitante. Tout en me rappelant qu'il s'était dangereusement rapproché. Son souffle caressa mon oreille.

— Demande-le-moi.

Juste un murmure, à peine audible, si bien que je me demandais si je ne l'avais pas rêvé. Mais je ne pris pas le temps de tergiverser, grisée par sa présence écrasante et l'atmosphère indécente qui nous entourait. J'enfouis mon nez dans son cou, humant les notes capiteuses avec délice et effleurai à peine son oreille de mes lèvres.

— Baise-moi, maintenant.

Il se figea, comme si mes paroles l'avaient changé en statue. Le rappelant à l'ordre, je lui mordis le lobe. Cela eut l'effet escompté.

Un grondement sourd s'échappa de sa poitrine, et ses doigts s'insinuèrent aussitôt sous le tissu de mon string. Pas exactement ce à quoi j'avais pensé, mais je n'allais pas me plaindre. Index et majeur agirent en virtuose, glissant dans un sens, puis dans l'autre, frottant, sans rencontrer la moindre résistance. J'étais bouillante de désir. Moi aussi, j'avais envie de le toucher, de sentir sa peau sous mes doigts. Mais, quand je tentais de me dégager, il resserrait aussitôt sa prise. Mue par ce besoin incontrôlable de contact charnel, j'avançai mon buste. Avec un soupir de délice, je savourai la friction de mes seins contre son torse. Des décharges électriques explosèrent dans mon entrejambe au moment précis où il introduisit enfin deux doigts en moi. Je grognais, haletais tandis qu'il s'activait, toujours plus fort, plus loin, jouant de mon corps comme d'un instrument qu'il maîtrisait à la perfection. Mes jambes me semblèrent tout à coup en coton.

Mes poignets furent libérés et une main puissante encercla ma taille, m'empêchant de tomber. Son pouce entra dans la danse, traçant langoureusement des cercles à l'endroit le plus sensible de mon corps. Un feu brûlant se propagea lentement dans tous mes membres, pour finir par embraser mon bas-ventre.

C'est à ce moment que je perdis toute notion du monde extérieur, explosant en mille morceaux. J'eus du mal à reprendre mon souffle, me laissant toujours porter par son bras.

Quelques instants après, je repris mes esprits. Et je me sentis mal, très mal. Un sanglot silencieux naquit dans ma poitrine, l'étreignant sans merci. J'entendis une boucle de ceinture qui sautait, présageant la suite que j'avais tant espérée quelques minutes avant.

Sans plus attendre, je pris les jambes à mon cou.

Agenouillée dans l'eau, seulement couverte de la robe que j'avais récupérée en vitesse à mes pieds, je m'abandonnai, les bras serrés autour de ma poitrine, me balançant d'avant en arrière. Je pleurai une bonne vingtaine de minutes, seule et trempée, sans vraiment savoir pourquoi. Ou plutôt refusais-je d'analyser ce qui venait de se produire.

Plus tard encore, seule dans mon lit, je ne parvenais pas à m'endormir. J'étais rentrée sans revoir Pepper. Après ma sortie précipitée, il n'était pas question que je retourne dans la grotte, et j'avais patienté jusqu'à ce qu'une tête connue apparaisse pour demander à me faire raccompagner. Finalement, au bout d'une heure environ, je repérai une fille qui était dans ma classe en éco. Heureusement, les nuits étaient encore douces. Elle m'avait ramenée sans qu'aucun mot ne soit échangé. Visiblement, on ne parlait pas de cet endroit. On vivait l'expérience et ensuite on se taisait. Pour mieux entretenir le mystère, j'imagine. Ou ne pas se faire chopper. Les flics trouveraient sûrement à y redire, après tout, l'endroit n'était pas privé. J'en avais eu un aperçu dans ma course en sortant. Après m'être pris un mur dans la figure, je m'étais débarrassée du masque. J'avais discerné de nombreux couples dans les couloirs ou renfoncements, tous en train de prendre du plaisir. Mais ce n'était pas tout. Même en allant vite, j'avais remarqué que cet endroit avait été aménagé, et pas qu'un peu. La lumière venait de groupes électrogènes disséminés çà et là, des coussins géants accueillaient ceux qui choisissaient de s'allonger. Tout cela dans une grotte à l'écart de tout. C'était hallucinant. Et probablement très coûteux.

# 17

## *Becca*

J'arrivai à Encinitas sous les coups de 10 heures. Je n'avais quasiment pas fermé l'œil de la nuit et ce n'était pas prudent de conduire dans cet état. Malgré tout, expliquer cela à ma mère reviendrait à dire à un enfant que finalement il n'avait pas piscine aujourd'hui.

J'allai jeter un coup d'œil dans sa chambre. Elle dormait toujours. Poussant un soupir, je fermai la porte. Je lui en voulais terriblement, mais je n'avais pas le cœur à l'abandonner.

C'est pourquoi j'avais accepté de la suivre à Encinitas. Je rentrais le week-end, faisais quelques courses. Mais, au fond de moi, je ne pouvais taire ce sentiment de colère qui me tordait les boyaux. C'était à elle de s'occuper de moi, pas l'inverse. Un rôle qu'elle n'avait pourtant jamais embrassé, même dans les pires moments.

Je rejoignis ma chambre et sombrai, la tête à peine posée sur l'oreiller.

Je me réveillai quelques heures plus tard, mon ventre se rappelant à mon bon souvenir. Je n'avais rien mangé depuis la veille. J'hésitai. Jusque-là, je m'étais terrée chez moi. Inutile de raviver des souvenirs douloureux. Mais je commençais à étouffer. Si je devais revenir ici tous les week-ends, je ne pouvais continuer ainsi, à vivre comme un fantôme. En fin de compte, après avoir hésité de longues minutes, je me lançai. Un petit tour au Taco Rita n'allait pas changer la donne. Si quelque chose pouvait me remonter le moral, c'était un bon taco bien gras de chez Rita. Presque aussi bon qu'une pizza.

À l'entrée du restaurant, ma poitrine se serra. Avais-je bien fait de venir ? L'odeur réconfortante me frappa de plein fouet, me tirant quelques années en arrière. La joie, les rires, la complicité. *Son regard si intense.*

Je secouai la tête, tâchant de retrouver mes esprits. Ce temps-là était révolu. Trop de choses avaient été brisées. Moi en premier.

M'installant à une table un peu à l'écart, je me saisis du menu. Impossible de lutter contre le sourire nostalgique qui étira mes lèvres. Toujours la même carte, on ne change pas une formule qui gagne. Une serveuse vint prendre ma commande et j'en profitai pour aller aux toilettes. Je soulageai ma vessie et retournai dans la salle, prête à apaiser la faim qui tiraillait maintenant mon estomac. À mi-chemin, un bruit sourd attira mon attention et je tournai aussitôt la tête dans sa direction. Mes yeux s'écarquillèrent, et je me demandai si je n'étais pas maudite. Question stupide quand on remonte le fil de ma vie. Les Dark Angels me fixaient avec une hostilité palpable. Accompagnés par la jolie blonde, Hope Sanders.

Rafael tenait encore son poing fermé à s'en faire blanchir les jointures, celui qu'il venait de cogner sur la table. Sa mâchoire serrée et ses yeux émeraude assassins n'auguraient rien de bon. Malgré toute l'animosité qu'il dégageait, il était beau à couper le souffle. Un véritable dieu, nimbé de ténèbres aveuglantes. Cette sensation de manquer une inspiration chaque fois que je le voyais ne disparaissait pas, malgré la haine que je lui vouais.

Mobilisant toute ma volonté pour stabiliser mes jambes, je repris le chemin de ma table, ignorant les ondes négatives qui me frappaient de plein fouet.

Mon plat arriva à ce moment précis, et je bénis les dieux du taco. Au moins allais-je avoir de quoi occuper mes mains.

Je bus une gorgée de Coca, déglutissant avec l'aisance de quelqu'un qui se sait observé par ses ennemis, puis piquai une frite.

Quelle était la probabilité pour que ces trois-là rentrent à Encinitas précisément *ce* week-end et aillent au Taco Rita à 5 heures de l'après-midi ? Elle frôlait probablement le zéro. J'étais persuadée que revenir ici était une erreur monumentale, mais s'il me manquait un signe…

Plongée dans mes pensées, je ne vis pas le danger arriver. Un raclement de chaise plus tard, Rafaël se trouva assis face à moi, le menton posé nonchalamment sur ses mains. Cette sensation de la gazelle acculée par le lion ? Je la ressentis comme jamais. Mais je ne bougeai pas. Au contraire, je pris mon air le plus ennuyé.

— J'aurais bien taillé la discut' avec toi, mais franchement je suis fatiguée. Par ailleurs, il faudrait que tu aies quelque chose d'intéressant à dire, ce qui n'est pas gagné.

J'étais carrément fière de moi. Balancer ça à un Dark Angel à moins de cent mètres de distance, cela relevait de l'exploit. Le courage ne m'avait jamais fait défaut cela dit.

*Hum, vu la tronche qu'il tire, peut-*être est-ce de la stupidité, pas du courage, *Becc.*

En effet, si un regard pouvait tuer, je serais morte cent fois dans la minute qui venait de passer. Je le soutins néanmoins, non sans un effort éreintant pour ma santé mentale.

Un sourire, de ceux qui font froid dans le dos, étira ses lèvres. *La sensualité de celui-ci, malgré tout…* J'avalais ma salive difficilement.

— Je suis persuadé que tu es fatiguée, Rebecca, dit-il d'une voix dangereusement basse. Après tout, écarter les cuisses contre un mur est éreintant, non ?

Je vis à peine la frite qu'il volait dans mon assiette, figée par ses propos. *Bordel ! Il sait que j'étais à la grotte, hier.* Visiblement, les nouvelles allaient vite à San Diego ; toutefois, cela ne me changerait pas beaucoup d'Encinitas. Il dut suivre mon raisonnement car il lâcha, narquois :

— Oui, je suis au courant. Tu devrais le savoir depuis le temps : je sais toujours tout.

Ma bouche se tordit en un rictus.

— Évidemment, comment n'y ai-je pas pensé ! Les Dark Angels sont les maîtres du chantage. Mais cette information-là ne te servira pas à grand-chose. Je suis tout à fait à l'aise avec ce que je fais de mon corps. Comme tu le sais, mentionnai-je avec acidité, il n'a plus rien d'un sanctuaire sacré.

Il parut surpris puis ricana de façon tout à fait hypocrite :

— Putain, tu oses me jeter ça à la figure ! Avec tout le fric que tu nous as extorqué ! Franchement, Rebecca, je savais que tu étais une salope vénale, mais là tu dépasses les bornes.

— Ton putain de fric, je ne l'ai pas touché, lâchai-je les dents si serrées que j'en avais mal à la mâchoire.

Ce qui n'était pas tout à fait vrai car, si je refusais de l'utiliser pour moi, je m'en servais pour payer Dayton, le détective privé que j'avais engagé pour trouver comment réduire les Crawford en cendres. Ma soif de vengeance dépassait de loin la dignité qu'il me restait. Mais ça, il n'avait pas besoin de le savoir.

Il leva les yeux au ciel et prit une seconde frite sans me demander mon avis. Furieuse, je suivis le mouvement de ses doigts jusqu'à sa bouche.

— Elle est plutôt pas mal ta nouvelle baraque dis-moi. Avec quoi tu l'as payée ? Le fric de ton père ?

Il feignit la surprise.

— Oh merde, j'oubliais, il a juste crevé en prison sans rien vous laisser. Pauvre Rebecca, entre une folle et une raclure, il ne fallait pas trop présumer de toi.

Je me levai si brutalement que ma chaise bascula en arrière. Je pouvais feindre et supporter, beaucoup, mais parler de mon père, c'était franchir la limite.

Des larmes de rage dans les yeux, je le toisai avec mépris.

— Vous finirez par payer, enfoiré.

Il se contenta de prendre une serviette en papier et de s'essuyer les mains. Me moquant des regards rivés sur nous, *sur moi*, je partis en trombe car de toute façon j'avais la gorge si nouée que j'aurais été incapable de dire un mot de plus.

*Entre une folle et une raclure, il ne fallait pas trop présumer de toi.* Allongée à plat ventre sur mon lit de princesse ridicule, je tentai de me calmer. En vain. J'avais beau être passée par toutes les phases durant ces dernières années, certains sujets me touchaient toujours avec autant d'intensité. Le temps n'y faisait rien. Quoi que je fasse. Quelle que soit la carapace que je m'étais taillée, la douleur était là, toujours aussi forte. Lancinante, me déchirant les entrailles.

Les larmes coulaient sans que je puisse les retenir. Mon père me manquait. Sa sagesse me manquait, ses bras réconfortants… *tout* me manquait. Entendre Crawford lui cracher dessus ainsi m'avait révoltée. Et anéantie. Mon père n'était pas un escroc, loin de là. Il avait toujours mis un point d'honneur à aider les autres, les plus faibles, et ce, au plus fort de sa réussite. Et surtout, c'était un bon père. Certes, souvent absent, mais compte tenu de son statut de dirigeant d'une banque multinationale des plus en vue, on ne pouvait pas le lui reprocher. Si ma mère et moi avions mené la vie de château, c'était grâce à lui, et aux innombrables heures de travail qu'il avait abattues. L'image de son corps sans vie se balançant dans le vide surgit soudain dans mon esprit, me soulevant l'estomac. Mes membres se mirent à trembler, je ne maîtrisais plus mes nerfs.

*Connard de Crawford* ! J'avais tellement pris sur moi pour enfouir ces images au fond de mon cerveau, au milieu des autres ! Et, en deux secondes, il venait de tout foutre en l'air. Alors, dans un accès de rage, je me libérai. Je lâchai toute cette tension accumulée et rouai mon matelas de coups de poing, de coups de pied, m'autorisant à hurler ma détresse, à vomir ma haine.

À la fin, épuisée, je finis par sombrer dans le sommeil.

La sonnerie de mon téléphone résonna dans tout mon corps. Groggy, avec la sensation d'avoir du carton-pâte en guise de peau sur le visage, je protestai en grondant. Quiconque tentait de me déranger finirait bien par se lasser.

Douce illusion. Au bout d'un moment, et pour ne pas devenir folle, je finis par m'en saisir. Sans même regarder le nom de l'interlocuteur, je grognai :

— Quoi ?

— Bonjour à toi aussi ! Ou plutôt bonsoir. Je suis ravie de voir que tu ne gis pas au fond d'un caniveau, découpée en trente-six morceaux.

— Pepper, lançai-je en soupirant.

— Cache ta joie. Je commençais vraiment à m'inquiéter.

— De quoi ? Je t'ai envoyé un SMS hier soir pour te prévenir que je rentrais.

— Oui, et tu n'as répondu à aucun de mes quarante-trois textos. Ni à mes vingt-cinq appels. Je devrais le prendre comment à ton avis ?

Nouveau soupir. Pepper pouvait être collante. Pourtant, sa sincérité me touchait.

— Désolée, j'ai passé un mauvais moment.

— C'est à cause d'hier soir ?

— Hier soir ? Non ! Non, pas du tout, dis-je en me remémorant la vague de plaisir qui m'avait assaillie.

— Ah.

— Ah, quoi ?

— Eh bien, rien, je m'attendais à plus d'explications.

Je réfléchis un instant. Pouvais-je me confier à Pepper ? Quelle question ! Non, bien entendu. Je ne pouvais laisser m'approcher personne d'aussi près. J'étais devenue une experte en relations amicales distantes. J'avais pléthore de connaissances, je donnais l'illusion d'être la BFF de tout le monde mais, au fond, je gardais mes distances.

Toutefois, je pouvais parler de certaines choses sans approfondir.

— Je suis tombée sur un mec, hier soir.

Un rire étouffé me répondit.

— Tu m'en diras tant ! C'était… bien ?

— C'était…

Je cherchais mes mots.

— Incroyable.

Et dérangeant, flippant. Douloureux.

J'entendis un énorme soupir que j'apparentai à du soulagement.

— Ouf ! Franchement, à m'ignorer comme ça toute la journée, j'ai cru que l'expérience avait été désastreuse et que tu m'en voulais à mort.

— Non, non. Et je ne t'en veux pas.

*Vraiment ?* me souffla une petite voix narquoise dans mon cerveau.

— OK, top, tu ne peux pas savoir comme je suis soulagée. Bon, j'espère que tu me raconteras dans les détails. Moi, je me suis éclatée, j'ai…

J'écoutai Pepper me relater sa soirée sous toutes les coutures. Elle avait un don pour raconter les choses, cette fille ! C'était presque comme si j'y étais, spectatrice invisible. Et, si je dois avouer que je me serais passée de certains détails, elle eut au moins le mérite de me faire rire, ce qui n'était pas un mince exploit aujourd'hui.

Une fois que j'eus raccroché, je m'assis sur le lit encore trempé par ma crise de larmes.

Que s'était-il vraiment passé hier soir ? Bien sûr, je savais que j'avais eu un orgasme de folie, là n'était pas la question. Non, ce qui me perturbait, c'était que depuis quatre ans personne n'avait réussi à me faire jouir. Mon vibro ne comptait pas comme un individu, cela allait de soi. J'avais tout expérimenté : les parties à trois ou plus, les positions les plus fantasques… Ce n'était pas désagréable, non, je ressentais une certaine excitation, mon corps réagissait, mais je ne parvenais jamais à aller au bout. Comme si mon esprit se détachait de mon corps et que j'étais simple spectatrice. J'observais de façon clinique les mains qui se posaient sur ma peau, la caressaient, s'insinuaient en moi. Et je finissais toujours par en éprouver un dégoût malsain auquel j'étais devenue addict. Je banalisais le sexe, transformant mon corps en un instrument dont j'étais le seul maître. Ne pas éprouver de plaisir me rassurait en quelque sorte. C'était une sorte de rédemption. Alors, pourquoi hier ce type avait-il fait voler en éclats toutes ces barrières ? Je ne l'avais pas vu, peut-être même était-il atroce à regarder.

*Bien sûr, Becca, comme si tu n'avais pas senti son corps musclé contre le tien !*

Je soupirai de frustration. J'avais vraiment été attirée par cet inconnu. Mon corps l'avait reconnu et il avait réagi au quart de tour. Le fait de ne rien voir changeait-il la donne ? Le masque avait-il fait tomber mes inhibitions, tenu en laisse les problèmes psychologiques que je me coltinais depuis des années ?

Probablement. Oui, c'était ça. Me priver de la vue avait assurément eu un impact énorme, décuplant tous mes autres sens et mettant en veilleuse mes démons.

Et aujourd'hui, face au dégoût que je ressentais vis-à-vis de moi-même pour avoir laissé mon corps éprouver du plaisir de la main d'un homme, une question s'imposait : étais-je prête à recommencer ?

# 18

## *Raf*

*Quatre ans plus tôt*

Je ramenai quelques munitions : whisky, tequila, rhum, il y en avait pour tous les goûts et en abondance. Voilà pourquoi tous les étudiants d'Archer's se battaient pour venir aux Pool Parties que j'organisais très régulièrement, vu que mon paternel n'était quasiment jamais là. Sans compter qu'être admis dans le cercle des Dark Angels était une sorte d'adoubement. Ce qui était complètement ridicule, soyons honnêtes, car je me foutais de la majeure partie des gens qui étaient ici. Rectification : je me foutais de tout le monde excepté mes deux potes et une certaine petite blonde aux jambes de folie.

Arrivé sur la terrasse, je la cherchai un peu partout. Je ne mis pas longtemps à la trouver, je l'aurais distinguée au milieu d'une fosse à un concert de Harry Styles. Rebecca Stiller avait ce quelque chose d'étrange et de magnétique qui me fascinait. Et peu de choses me fascinaient.

Certes, à presque seize ans, elle avait un corps de déesse : de longues jambes fines et bronzées, de longs cheveux dorés qui se balançaient au-dessus d'un cul qui vous donnait des insomnies, une paire de seins ronds juste parfaits et un visage d'ange. Ses yeux d'un bleu transparent m'envoûtaient, son petit nez légèrement retroussé et sa bouche dessinée pour tailler les meilleures pipes du monde m'excitaient comme un ado prépubère à sa première connexion sur Pornhub. Je me tapais des dizaines de filles toutes plus canon les unes que les autres, mais aucune, jamais, ne m'avait fait cet effet-là.

Rebecca Stiller m'intriguait, et c'était suffisamment rare pour que j'aie envie de faire durer les choses. Même si j'avais une érection en béton et des couilles qui criaient à l'aide.

Je la vis sortir de la piscine, dorée et luisante. Soudain, elle rejeta la tête en arrière découvrant son cou gracile, riant à gorge déployée à ce que lui murmurait sa copine. Ma queue tressauta dans mon caleçon de bain, et elle eut à peine le temps de s'enrouler dans une serviette que je l'avais soulevée et posée sur moi, sur l'un des lits de bain semi-couché.

Elle poussa un petit cri avant de voir de qui il s'agissait. Je passais pas mal de temps avec elle, inventant des prétextes auxquels elle ne croyait absolument pas mais dont elle ne se plaignait pas. C'était une des seules filles du lycée à n'avoir pas couché. La plupart du temps, je la provoquais, pour voir jusqu'où elle irait. Et j'avais vite compris que la réponse était « jusqu'où je la mènerais ». Alors, je prenais mon temps, l'amenant chaque fois un peu plus loin, me délectant de ses grands yeux arrondis, sa petite bouche entrouverte, ses halètements excitants me suppliant de continuer.

— Rafael, qu'est-ce que tu…

Ses yeux s'arrondirent. Malgré le drap de bain enroulé autour de sa taille, elle venait certainement de sentir la longue barre dure qui se nichait pile entre ses deux magnifiques globes. Cette fille avait un cul d'enfer.

Je soufflai dans son oreille.

— C'est l'effet que tu me fais, *Starlight*. Elle est dure, chaude, et elle palpite pour ta petite chatte.

Un cri étranglé sortit de sa poitrine, et mes couilles se serrèrent en un spasme douloureux. Putain, à ce rythme, je n'allais pas tenir longtemps.

D'une main agile, je la soulevai et bougeai sa serviette de façon à ce qu'elle lui couvre uniquement le côté face. Ce qui me permit d'une part de sentir la rondeur tendre de ses fesses sans autre barrière que le minuscule morceau de tissu qui lui servait de bikini, et d'autre part de glisser ma main sous ledit tissu, ni vu ni connu. Les autres ne se gênaient pas pour se peloter devant tout le monde, mais je savais que ce n'était pas sa came.

À peine la pulpe de mon doigt l'effleura-t-elle, qu'elle émit un adorable couinement.

— Ssssh, tu ne veux pas qu'on t'entende hein, *Starlight* ? Elle bougea imperceptiblement sa tête en signe de négation, et moi, je m'aventurai plus loin, savourant ce que je trouvais comme un putain de chercheur de trésor.

— Tu es trempée, grognai-je dans son oreille en me contenant difficilement. Et ce n'est pas que la piscine.

Elle posa sa petite main sur le haut de ma cuisse et se mit à la serrer convulsivement.

De l'index, j'étalai lentement la preuve de son excitation, massant sa fente de haut en bas. Elle était douce, soyeuse et chaude, comme une couverture dans laquelle on aurait envie de s'enfouir des heures. Mon doigt se fit tantôt léger tantôt insistant, traçant son contour avec avidité.

Elle nicha sa tête dans le creux de mon épaule, les yeux fermés. Mes mouvements s'interrompirent instantanément, ce qui la fit tressaillir.

— Pourquoi…

— Garde les yeux ouverts, ordonnai-je. Je veux que tu voies tout ce qui se passe autour de toi. Que tu regardes chaque personne que tu connais rire, boire, nager, pendant que je m'occupe de toi.

À regret, mais sans discuter, elle reprit sa position initiale, les yeux fixés sur ce qui se passait autour de nous.

Elle fut aussitôt récompensée lorsque je m'activai à nouveau, introduisant un doigt en elle. Elle était si étroite. Je jurai tout bas, au bord de l'implosion. Instinctivement, elle se tourna à nouveau. Aussi, de l'autre main, j'enroulai ses longues mèches dans mon poing, maintenant sa tête bien droite.

— Alors bébé, on oublie déjà les règles ?

Je léchai son lobe et le mordillai. J'enfonçai mon doigt un peu plus loin, imprimant un mouvement de va-et-vient tandis que mon pouce se posait sur son petit bouton gorgé de désir.

À ce stade, elle me pinçait si fort la cuisse que j'aurais probablement un putain de bleu, avec en bonus la marque des ongles. Mais je n'en avais rien à foutre, tout ce qui comptait à l'instant présent se passait entre ses cuisses. Ma main s'activait, la pressant comme une orange bien juteuse, son corps tendu et prêt à voler en éclats contre le mien. Je perçus le moment où l'orgasme la submergea et lâchai ses cheveux pour coller brutalement ma paume contre sa bouche, étouffant le cri indécent que j'avais senti naître au creux de sa poitrine.

Une satisfaction intense m'emplit, et putain, il aurait fallu un frottement de sa part, un seul, pour que j'explose dans mon caleçon comme un gamin qui découvre le fonctionnement de sa queue.

Elle tremblait de toutes parts. Lentement, je décollai ma main de ses lèvres, récupérai doucement la sienne, celle qui ne me charcutait pas et la glissai entre ses jambes. Un hoquet de surprise lui échappa lorsqu'elle constata à quel point elle était mouillée. Même si elle s'était déjà donné du plaisir, je doutai qu'elle ait atteint ce sommet.

Je la fis pivoter pour l'avoir face à moi et remontai sa main vers sa bouche. Son regard s'ancra dans le mien, comme au ralenti. Lorsque je la vis se goûter et plisser les yeux sous l'effet de l'excitation, je perdis tout contrôle avec la réalité. Tandis que moi aussi je la dégustais sur son doigt – et bordel elle était encore plus délicieuse que dans mon imagination, un mélange de miel, d'épices et de décadence à vous frire le cerveau –, je saisis son autre main. Je la frottai deux fois sur ma monumentale érection et me vidai en longs jets chauds comme jamais cela n'était jamais arrivé.

Lorsque je repris mes esprits, j'avisai le très sensuel O formé par sa bouche et éclatai de rire.

# 19

## *Raf*

*Aujourd'hui*

J'ouvris un œil, avec le sentiment que le toit allait s'effondrer sur ma tête. Un filet de soleil traversant les rideaux m'informa qu'il était temps de me lever. Le boucan sur la porte de ma chambre ne s'arrêtait pas.

— Ouais, ouais, j'arrive !

Cela ne découragea pas l'intrus qui continua de tambouriner comme un sourd. J'avais bien une petite idée de son identité… J'enfilai un boxer et ouvris la porte.

— Minnie Mouse, susurrai-je en posant mon avant-bras sur l'encadrement. Quelle surprise de te voir. En rogne. Encore.

Hope Sanders, copine de mon ami d'enfance, Jace, me fusillait du regard, agitant devant mon nez un string rose du bout des doigts. Si près que je dus loucher pour le voir.

— Tu as renouvelé ta lingerie ? Très sexy, si tu veux mon avis. Cette dentelle me donne des tas d'idées. Mais fais gaffe, je pourrais croire que tu me fais des avances, Jace ne serait pas content.

Je crus que ses beaux yeux caramel allaient lui sortir de la tête.

— Rafael Crawford, arrête avec tes surnoms stupides une bonne fois pour toutes ! Et, ajouta-t-elle encore plus remontée, j'en ai marre de trouver les sous-vêtements de tes conquêtes aux quatre coins du salon. Ou de la cuisine.

— Quoi ? (Je pris mon air le plus innocent.) Tu peux renouveler ta collection de lingerie gratos et en plus tu n'es pas contente ?

Je crus bien qu'elle allait me sauter à la gorge, la petite Hope Sanders. Sa taille ridicule n'enlevait rien à son énergie, et quand elle s'y mettait elle était aussi désagréable qu'un moustique en plein marais. Toutefois, je l'appréciais, même si je ne l'aurais avoué pour rien au monde. Elle rendait Jace heureux, et à part elle je ne voyais pas qui d'autre aurait pu réussir cet exploit. Cela ne m'empêchait pas de la taquiner, et avec Mike – mon autre ami d'enfance qui complétait le trio infernal des Dark Angels – nous adorions la faire sortir de ses gonds.

— Rafael, je ne plaisante pas, menaça-t-elle en jetant le bout de tissu à mes pieds. Arrête de ramener n'importe qui ici ! J'en ai assez de me retrouver face à des inconnues à poil quand je vais prendre un verre d'eau !

Elle tordit le cou pour regarder derrière moi d'un air entendu.

— Au moins, Mike est discret lui ! Et plus aucune pétasse en vue le matin !

— Hé !

Je tournai la tête rapidement. Celle qui venait de protester, c'était Shelly. À moins que ce ne soit la brune, Coxy ? Comment savoir ? En tout cas, elles étaient toutes les deux super bien foutues et très habiles de leur bouche. Que demander de plus ?

Bref, j'avais une Hope au bord de l'explosion, mieux valait y remédier. Je tapai des mains avec énergie.

— Les filles, dehors, notre Fée Clochette a parlé !

Eh oui, dans la catégorie super connard, j'avais la palme.

Le jet d'eau froide me réveilla complètement. Cette entrée fracassante de notre petite coloc – elle vivait quasiment à temps plein dans la chambre de Jace – m'avait facilité la tâche. Faire bouger ces deux-là m'aurait certainement fait suer. Grâce à Hope Sanders, j'avais un prétexte en or pour qu'elles déguerpissent au plus vite.

Je me séchai rapidement, passai un jean et filai dans la cuisine, espérant que Hope avait préparé des pancakes. L'intéressée était là, assise sur un tabouret de bar, me jaugeant d'un œil sévère. Je réprimai un sourire, cette fille ne cessait de m'étonner. Du haut de son mètre soixante, elle aurait été capable de remettre à sa place Hulk en personne si elle avait la conviction que c'était ce qu'il fallait faire. Aucun instinct de survie.

— Cela ne peut plus durer.

Je soupirai. *Round 2.*

— Tu as déjà fait valoir ton point de vue.

— Et comme d'habitude, tu ne vas rien écouter.

Elle me connaissait bien.

Pour toute réponse, je me contentai d'attraper une bouteille de jus de fruits dans le frigo et de m'en verser un verre. Durant tout ce temps, elle ne cessa de m'étudier. Cela en devenait irritant.

— Quoi ? finis-je par lâcher, agacé.

— Qu'est-ce qui ne va pas, Raf ?

— De quoi tu parles ? m'enquis-je avant de prendre une bonne gorgée.

— Tu as toujours été un casse-couilles de première, mais là tu bats tous les records. Et le nombre de filles que tu ramènes ici a presque doublé.

— Que veux-tu ? répondis-je avec un sourire charmeur, j'ai des besoins et je déteste la frustration.

Cela dit, elle n'avait pas tort, si d'habitude j'étais plutôt actif, en ce moment, je baisais comme un salopard. J'en avais besoin et ça m'évitait de cogiter.

— C'est à cause de cette fille, n'est-ce pas ? Rebecca ?

Je faillis m'étouffer avec mon jus de fruits. Calmement, je reposai le verre.

— Quel rapport ? demandai-je d'une voix neutre.

Elle plissa les yeux.

— Je ne sais pas justement. Tu sembles avoir un passif avec elle et la détester. En même temps, quand tu la regardes, on a l'impression que tu veux la bouffer.

Je ricanai.

— C'est le principe quand on ne peut pas encadrer quelqu'un.

— Ce n'est pas ce que je veux dire et tu le sais très bien.

— Je ne sais rien du tout.

Elle commençait à me taper sur le système.

— Qui est cette fille ? Et que s'est-il passé pour que tu la traites de cette façon ? D'abord, à la fac, après chez Rita…

Je lui offris mon sourire le plus narquois.

— Quoi ? Jace ne te raconte pas tout ?

— Ne m'embarque pas là-dedans, mec !

Mon ami venait justement de nous rejoindre. Il sortait de la douche lui aussi, à en croire sa tignasse noire qui gouttait.

Aussitôt, le visage de Hope se détendit et elle le dévora du regard. Il se pencha et l'embrassa à pleine bouche. Je levai les yeux au ciel. Il fallait vraiment que ce soit lui pour que je supporte ces conneries.

— Jace ne me dira rien sans ton accord, tu le sais très bien. Alors arrête d'essayer de m'énerver et raconte-moi.

Jace me fixa avec insistance. Cela lui coûtait de ne rien dire à Hope. Ces deux-là étaient devenus inséparables, ils ne se cachaient rien et vivaient comme un parfait petit couple. Elle s'était immiscée dans notre trio en un rien de temps. Et malgré tout je ne parvenais pas à lui en vouloir. Étrange.

— Il n'y a rien à raconter, finis-je par lâcher. Rebecca Stiller est morte pour moi. Et si elle continue à la ramener, ce sera au sens propre comme au figuré.

Je retournai dans ma chambre les nerfs en pelote, ce qui ne m'empêcha pas de les entendre.

— Jace, c'est ton ami, il n'est pas dans son état normal, on doit faire quelque chose.

— Il n'y a rien que l'on puisse faire, Papillon, tant qu'il ne l'a pas décidé.

— Mais…

— Shhhh, viens par ici.

La main sur la poignée de la porte, je me détendis un instant. Hope devait être la réincarnation de Mère Teresa.

Enfin, vu la façon dont Jace venait de la faire taire, pas dans tous les domaines.

# 20

## *Becca*

— Tu as des cheveux de rêve, affirmai-je à Irina en tressant ses longues mèches d'un noir de jais.

Elle rit doucement.

— C'est drôle, moi qui rêve de posséder les tiens, blonds et ondulés. Finalement, on n'est jamais satisfait de ce que l'on a.

— C'est probable. Pour ma part, j'ai toujours adoré les cheveux noirs et brillants. Le type latino.

— Tu es au courant de mes origines russes ? fit-elle en gloussant.

— Hum, oui, je n'ai pas tout compris à cette histoire. Vous n'êtes pas tous censés être blonds aux yeux bleus.

— Et bourrés à la vodka aussi ?

Réalisant le cliché pathétique que je véhiculais, j'affichai une mimique navrée. Nous éclatâmes de rire à l'unisson. Irina était la plus réservée de nous toutes – ce qui en soi n'était pas un exploit –, et je l'appréciais de plus en plus. Son calme me rassurait. Certes, elle passait le plus clair de son temps à étudier et ne devait pas beaucoup s'amuser. D'autres pourraient la qualifier d'ennuyeuse. Pas moi. Cette fille, au-delà d'être brillante, avait plein de choses à partager, j'en étais persuadée.

La porte d'entrée s'ouvrit et claqua. Pepper fit son entrée avec fracas, comme d'habitude.

— Pile à l'heure pour l'apéro, cela ne m'étonne pas de toi !

Elle se laissa tomber à côté de nous sur le canapé.

— Quelle réputation tu me fais, Rebecca !

— Justifiée ?

Elle sourit et, encore une fois, j'admirai son joli visage de poupée.

— Tu t'es remise ?

— Mmm…, de quoi ? demandai-je distraitement tout en finissant de coiffer ma coloc.

— De ta joute, presque pas verbale, avec le mec le plus hot de toute la fac.

Mes doigts s'immobilisèrent un instant.

— Pas envie d'en parler.

— Tu devrais. Tu vis avec nous depuis plusieurs semaines maintenant et vos prises de bec sont récurrentes. Tu ne nous fais toujours pas confiance ?

Confiance ? Un mot galvaudé que j'avais banni de mon vocabulaire depuis bien longtemps. Toutefois, je devais l'avouer, Pepper ne m'avait jusqu'à présent donné aucune raison de douter d'elle. Je choisis mes mots avec soin.

— Ce n'est pas une question de confiance. C'est juste que je préfère oublier.

— Avec Crawford sous ton nez sept jours sur sept ?

Je lâchai un long soupir. Elle avait raison. J'avais mis mes souvenirs en arrière-plan durant ces quatre dernières années. Jamais je n'avais oublié, mais ils étaient bien cadenassés dans un coin de mon cerveau. Et, quand ils menaçaient de s'échapper, j'avais mes propres méthodes pour tout occulter : user de mon corps à outrance, que ce soit à l'aide du sexe ou du combat. Mes deux exutoires depuis mon départ d'Encinitas.

Retrouver les Dark Angels à San Diego était ce qui pouvait m'arriver de pire. Tous les efforts que j'avais fournis pour m'en sortir semblaient réduits à néant. Certes, j'étais plus forte. Mais lui ne l'était-il pas davantage ? Pas un jour ne passait sans que nous nous bouffions le nez. C'était usant.

Un gloussement étouffé mit fin à mon introspection. La porte s'ouvrit sur Ginny, habillée à son habitude, comme si elle sortait d'un night-club. Levant les yeux au ciel, je reportai mon attention sur la tresse d'Irina. Je l'avais vraiment bien réussie.

— Sympa votre appart, lâcha une voix grave et veloutée.

J'eus l'impression de recevoir un coup en plein plexus. Tout mon être se mit en alerte. Ma bouche s'assécha, et mon cœur menaça d'exploser. Je n'en avais aucune envie, mais je devais vérifier.

Alors, lentement, je me tournai : il était bien là, les jambes légèrement écartées, les mains dans les poches, un regard de défi me transperçant. Son attitude de conquérant attisa ma colère, mettant en sourdine la détresse qui menaçait de me faire flancher.

— Qu'est-ce que tu fous ici ?

Sans m'en rendre compte, je m'étais levée et lui faisais face, mon corps tendu comme un arc, à une vingtaine centimètres du sien. Évidemment, je dus lever la tête pour accrocher son regard. Toujours aussi flamboyant. Toujours aussi arrogant. Et terriblement envoûtant.

— Hey, Stiller, c'est chez moi aussi, je te rappelle. Et j'invite qui je veux, grinça une voix que je ne connaissais que trop bien.

Chaque fois que je l'entendais, j'avais une brusque envie de tordre le cou à sa propriétaire.

Furieuse, je fis volte-face.

— Et pourquoi lui, exactement ? Je suppose que cela n'a rien à voir avec le fait que je ne peux pas le supporter, hein Ginny ?

Je m'approchai dangereusement d'elle. Pepper crut bon de s'interposer. Elle craignait probablement que je ne mette notre coloc en charpie et elle n'avait pas tort.

— Calme-toi, Rebecca.

— Que je me calme ? Cette garce me cherche depuis que j'ai mis les pieds ici ! J'ai encaissé jusqu'à maintenant, mais là, elle a dépassé les bornes.

J'étais frémissante de colère, à deux doigts de lui en coller une. Et, si Pepper n'était pas devant moi pour m'en empêcher, probablement que ce serait déjà fait.

Ginny, elle, paraissait avoir la trouille. Visiblement, elle ne s'attendait pas à une réaction de cette envergure. Et, quand j'étais en rogne, je pouvais franchement avoir l'air menaçante.

Quant à *lui*, il s'était confortablement installé sur le canapé où j'étais assise paisiblement quelques instants avant, les bras écartés le long du dossier, comme chez lui.

Pepper braqua son regard sur Ginny.

— Tu es effectivement chez toi. Mais nous aussi. Donc, quand tu as conscience que l'une de nous est susceptible de ne pas apprécier la venue de quelqu'un, tu dois prévenir, c'est la moindre des choses.

La garce fit la moue, peu disposée à reconnaître ses torts.

— Rebecca, Rebecca… Tu as toujours eu un sens du *drama* exacerbé.

Nous nous tournâmes toutes les quatre vers la voix au timbre velouté. Et en plus, le salaud me traitait avec condescendance. Conscient d'avoir mon attention, il attira Ginny entre ses jambes, laquelle ne demandait pas mieux et se mit presque à ronronner. Les poils de ma peau se hérissèrent.

— Ginny et moi allons être… très proches dans les jours qui viennent. Autant t'habituer à ma présence dès maintenant. Mais tu peux toujours retourner dans ta chambre, bien sûr. Ou carrément retourner d'où tu viens.

Avec un demi-sourire moqueur, il me fixait tout en lui caressant lentement l'intérieur de la jambe. Mes yeux eurent du mal à se détacher de sa main, laquelle remontait de façon de plus en plus suggestive. Une sensation douloureuse étreignit ma poitrine. Je filai dans ma chambre avant de perdre la face.

# 21

## *Raf*

Lorsque je rentrai, tout était silencieux. Je fronçai les sourcils. Je m'étais habitué à ce quotidien de coloc à quatre la plupart du temps. Hope mettait de la vie dans cet appart. Elle nous insufflait de l'énergie et nous transmettait une part de cette lumière qui émanait d'elle en permanence. Je me foutais de Jace qui était complètement accro à cette nana, mais en réalité j'étais heureux pour lui. Hope était son rayon de soleil dans les ténèbres. Et un peu le nôtre. Avec tout ce qu'elle avait enduré, elle était aujourd'hui plus forte que jamais. Une nana hors pair, comme on n'en trouve plus.

Son rire argentin me manquait cruellement en cet instant. Pas très stable sur mes jambes, je pénétrai plus avant dans l'appartement. Je les vis tous les trois sur la terrasse. Leur mine sombre doucha mon soulagement.

Je fis coulisser la porte.

— C'est quoi cette tête ?

Hope avait les yeux rouges, et Jace la tenait sur ses genoux, lui caressant gentiment le dos. La ligne serrée de sa mâchoire m'alarma. Je me tournai vers Mike, qui n'avait pas meilleur aspect.

Mon ami se passa une main dans les cheveux, comme s'il cherchait ses mots.

— C'est Nicole. On vient d'apprendre qu'elle est malade.

J'en eus les jambes fauchées. La mère de Jace, Nicole Peretti-Janes, était aussi un peu la mienne. Orphelin de mère depuis mes cinq ans et élevé uniquement par un père souvent absent, je me réfugiais chez Jace la plupart du temps. C'était ma seconde maison. Et Nicole n'était jamais à court d'amour maternel, même si je me montrais aussi sauvage qu'un chat de gouttières.

Je m'assis lentement, pas sûr de garder mon équilibre. J'avais bu plus que de raison.

Hope huma l'air de son petit nez mutin.

— Tu viens de fumer un joint, constata-t-elle d'un air dégoûté.

J'ignorai sa remarque. Je savais bien qu'elle détestait tout ce qui se rapportait aux substances illicites et, compte tenu du fait que sa mère en avait usé et abusé au lieu de s'occuper de ses deux petites filles, on pouvait la comprendre. Mais il ne fallait pas m'énerver maintenant. Pas quand on venait de me lâcher cette bombe.

— Elle a quoi ?

Jace se racla la gorge.

— Cancer du sein.

Mon ami d'enfance, comme Mike et moi, laissait rarement ses émotions filtrer. Nous avions vécu suffisamment de moments critiques pour pouvoir tout encaisser en silence. Toutefois en cet instant, les yeux dans les yeux, je pouvais affirmer que la corde n'était pas loin de rompre.

Je passai une main sur mon front puis dans mes cheveux.

C'était un cauchemar.

— Je suis désolé, mec.

Certains auraient pleuré, se seraient pris dans les bras. Pas nous. Nous n'étions pas ce genre de personnes. Pas d'effusions, et pourtant pas moins d'émotions. Avec ces quatre petits mots, mon ami savait toute la douleur que cette nouvelle me causait, et le soutien sans faille que je lui apporterais, quoi qu'il arrive.

Je pris une grande inspiration.

— Ça se soigne, non ? Les médecins ont émis un diagnostic ?

Cette fois, ce fut Hope qui me répondit.

— Elle va se faire opérer, puis entamer une chimio.

Cancer, chimio. Fatigue, perte de poids, de cheveux, nausées, autant de mots associés au visage chaleureux de Nicole.

— Ça va aller, c'est une battante.

Ma voix éraillée ne rassura pas mes amis. La peur était là, bien présente. Celle de perdre un être cher avant l'heure, de le voir souffrir. Personne ne méritait cela ; mais Jace moins que quiconque. Il avait déjà perdu un père et un frère. Perdre Nicole pouvait l'anéantir, aussi fort qu'il soit.

— Jace, fit la voix tremblotante de notre petite fée, qui me serra le cœur, je dois aller m'occuper de Trixie, Nicole ne pourra pas tout assumer dans son état.

Mon ami resserra sa prise autour d'elle.

— Pour l'instant, on ne change rien, Papillon. Nicole ne veut pas en entendre parler. De toute façon il faut bien qu'elle s'organise pour Lucas aussi. Et Patrick est là. Je ne l'ai pas toujours porté dans mon cœur, mais je sais qu'il prendra soin d'eux.

— Je ne veux pas que Trixie soit un poids…

Jace releva le menton avec autorité, ancrant les yeux dans ceux, bien trop brillants, de Hope.

— Trixie ne sera jamais un poids, Hope. Elle fait partie de la famille. Ça tuerait ma mère si on la lui prenait maintenant.

Elle acquiesça silencieusement, visiblement toujours inquiète.

Pour une jeune fille de son âge, Hope avait de lourdes responsabilités. C'est elle en effet qui avait la garde de sa petite sœur, Trixie, une version miniature de notre adorable emmerdeuse. Il n'avait pas été difficile d'obtenir la responsabilité de Trixie : leur mère, une strip-teaseuse toujours ivre ou droguée, était une vraie loque et ne s'était jamais vraiment occupée de ses enfants, laissant ce soin à Hope qui avait appris à se débrouiller seule dès son plus jeune âge. La jeune femme s'était toujours montrée discrète, de peur que les services sociaux ne s'en mêlent et séparent les deux sœurs. L'année dernière cependant, à peine ses dix-huit bougies soufflées, elle avait demandé officiellement la garde de sa petite sœur. Et l'avait obtenue. Trixie s'entendant à merveille avec Lucas, le petit frère de Jace, il avait été convenu que Nicole s'en occuperait en semaine. Hope rentrait tous les week-ends à Encinitas. Cela lui coûtait de voir si peu Trixie, mais tous avaient convenu que c'était bien mieux pour elle que de la couper de ses amis – surtout de Lucas, ils étaient inséparables – et de la mettre à l'école à San Diego. À Encinitas, la petite fille avait un équilibre assuré et une stabilité que Hope n'avait jamais connue.

Cette dernière s'essuya les yeux du revers de la main.

— Tu n'as pas l'air en forme, Raf.

Ah, rien ne lui échappait à notre mascotte.

Mes trois amis m'observèrent, attendant ma réponse. J'éludai la question implicite d'un geste de la main.

— Rien d'important.

J'avais juste passé la soirée en compagnie d'une nana que je ne pouvais pas encadrer, uniquement pour en faire chier une autre. Une autre qui enflammait toutes les terminaisons nerveuses de mon corps.

Quatre ans auparavant, Rebecca Stiller avait brisé quelque chose en moi.

Quelque chose qui s'emballait aussitôt qu'elle apparaissait et me donnait une illusion d'humanité.

Qui me permettait d'envisager un avenir où je ne serais pas qu'un Dark Angel, implacable et froid.

Elle avait ensuite tué cet espoir, pour toujours.

Maintenant, elle était de retour.

Mon souffle s'était coupé lorsque je l'avais vue à l'université en compagnie de Pepper. Et ma première réaction avait été une sorte de soulagement teintée d'ivresse. Elle était encore plus belle que dans mon souvenir. Différente, plus confiante, plus combative. Mon corps s'était tendu vers elle, avec un besoin irrépressible de la toucher.

Jusqu'à ce que le goût amer de la trahison prenne le dessus.

Elle avait eu tort de revenir.

Cette fois, c'était moi qui allais la briser. Jusqu'à ce qu'il n'en reste plus rien.

# 22

## *Raf*

La fête battait son plein. Ginny était installée sur mes genoux, sa langue au fond de ma gorge. Je méritais probablement une médaille pour supporter cette fille depuis un mois. Certes, elle était plutôt mignonne et avait ce qu'il fallait où il fallait. Mais bordel, dès qu'elle ouvrait la bouche, c'était un supplice. Résultat, je m'arrangeais pour qu'elle en ait l'occasion le moins possible. Quand j'étais à la limite de craquer et de l'envoyer bouler, je me rappelais à quel point cela contrariait Rebecca Stiller. Elle avait beau vouloir le cacher, elle ne me trompait pas. Ce durcissement de la mâchoire, cet éclat furibond dans les yeux… cela faisait ma journée. Et puis, je pouvais lui pourrir la vie plus souvent étant donné que je me rendais régulièrement dans son appartement – aussi dans le but de la voir, mais je préférerais me castrer plutôt que de l'avouer. Sa chambre était en face de celle de Ginny, inutile de dire que sauter cette dernière aussi bruyamment que possible devenait un hobby quotidien. Même si c'était à mourir d'ennui.

Du coin de l'œil, j'aperçus l'objet de mes pensées se servir un verre. Vêtue d'une robe en lycra qui épousait parfaitement ses formes, elle était en train de parler avec un autre étudiant de la promo. Rejetant soudain la tête en arrière, elle partit d'un grand éclat de rire. Mon regard se focalisa sur sa gorge, la courbe de ses seins parfaitement dessinée par le tissu de son haut. Je durcis instantanément. Et non, ce n'était pas la nana sur mes genoux en train de me racler les amygdales qui en était la responsable.

Putain, je la détestais !

Son interlocuteur finit par rejoindre un autre groupe, la laissant à elle-même. Elle jeta un œil alentour puis son regard se posa ailleurs, scrutateur. Je fus alerté par le léger redressement de son buste et son air déterminé. Se faufilant parmi les invités, elle disparut de ma vue. Que préparait-elle ? Elle était bien assez stupide pour aller fouiner là où elle n'avait rien à faire.

J'attendis quelques minutes, puis je soulevai Ginny et la reposai sur le futon sans plus de cérémonie. Il était temps d'avoir une petite conversation. J'arrivai devant la porte de ma chambre, tournai la poignée et entrai. Rebecca sursauta, rattrapant son mobile de justesse. Je ne pus m'empêcher de sourire. J'avais raison. Il fallait avouer qu'elle avait un certain culot pour se rendre dans mon antre.

Je fermai délicatement la porte et m'y adossai quelques secondes, prenant le temps d'apprécier le spectacle. Le jeu de clair-obscur que nous offrait la lampe torche de son téléphone me permettait d'en voir assez. Sa main tremblait et sa respiration s'était accélérée. Elle avait peur. À ma grande déception, cela ne dura pas. En un rien de temps, elle reprit le contrôle de ses émotions.

J'avançai alors lentement vers elle.

— Tu cherches quelque chose, *Starlight* ?

Elle pinça les lèvres. Se faire prendre en train de fouiner dans ma chambre ne faisait certainement pas partie du plan.

Je continuai d'avancer, sans me presser jusqu'à me retrouver si près que nos hanches entrèrent en contact. À nouveau, elle tressaillit, mais sans reculer. Un frisson de plaisir me parcourut l'échine. Si elle avait commencé à m'exciter plus tôt, là je bandais si dur que la sensation en était douloureuse. Je m'attardai sur son visage éthéré au travers de la lumière blanche. Rebecca Stiller avait tout pour rendre un mec complètement dingue. Des traits fins et réguliers, un grain de peau sans défaut, un petit nez légèrement en trompette lui donnant un air mutin… Et ses yeux… J'avais toujours été fasciné par leur couleur : un bleu éblouissant, lumineux, si clair parfois qu'il semblait transparent. Ce qui lui avait valu son surnom. Je serrai les poings. Et orientai délibérément mon regard sur le reste de son corps.

— Peut-être espérais-tu me trouver ? me moquai-je. Je ne suis pas contre te baiser sur le mur, Ginny m'a chauffé toute la soirée, ma queue ne demande pas mieux qu'une petite chatte bien juteuse.

J'accompagnai mes paroles d'un mouvement du bassin suggestif.

À ma grande surprise, elle ne cilla pas. Pas un mouvement de recul, rien. Je souris intérieurement. Rebecca Stiller avait décidément bien changé ; et cela ne faisait que m'exciter davantage.

— Je ne risque pas de mouiller pour toi, connard, rétorqua-t-elle.

Je ricanai. Les souvenirs affluaient.

— Trop tard pour ça, chérie.

Au tic nerveux qui agita son œil, je sus qu'elle avait compris ce à quoi je faisais référence. *Cette fameuse fois il y a quatre ans, au bord de la piscine.*

Je posai une main sur sa taille, glissant lentement vers l'ourlet de sa robe

— Peut-être que ça va être aussi trempé, maintenant, murmurai-je. On vérifie ?

— Bouge de là, Crawford, ou je réduis tes précieuses couilles en bouillie.

Je m'esclaffai. Elle n'avait pas froid aux yeux.

— Tu oublies qui je suis, *Starlight*. Tu n'aurais pas le temps de les attraper que tu te retrouverais à quatre pattes sur mon lit, ton petit cul en l'air prêt à me recevoir.

Je m'étais approché tout près, inhalant son délicieux parfum de camomille, jusqu'à frôler son oreille de mes lèvres.

Pour la première fois, elle recula. Je penchai la tête pour accrocher son regard et m'arrêtai sur ses yeux écarquillés. Sa lèvre inférieure trembla légèrement ; sa poitrine se souleva beaucoup plus vite.

Perturbant. Elle avait pourtant gardé un sang-froid exemplaire jusqu'à présent. J'avais du mal à croire que ma menace l'avait fait réagir de la sorte.

En un rien de temps, elle s'éloigna vers la porte, posa la main sur la poignée puis dit :

— Ne pose plus jamais tes mains sur moi, ou tu vas le regretter.

Son ton était si tranchant que j'aurais presque pu la prendre au sérieux.

# 23

## *Becca*

Alors, c'était là que vivaient les Dark Angels. Appartement design avec terrasse sur le toit, vue sur l'océan, de l'espace pour dix… En quoi était-ce étonnant ? Jace et Mike vivaient normalement et n'auraient probablement pas pu se payer un tel luxe. Rafael, en revanche… son père ne comptait plus les millions.

Pepper m'avait bassinée pour que je l'accompagne à cette fête.

— Une soirée chez les DA, tu ne peux pas louper ça !

— Je te rappelle que l'un d'entre eux me déteste.

Elle avait haussé les épaules.

— Tu le lui rends bien. C'est presque devenu un divertissement, vos échanges verbaux. On ne pourrait plus s'en passer.

N'importe quoi !

J'avais finalement accepté de venir. D'une part, car cela allait probablement agacer mon ennemi, d'autre part… eh bien, cela me permettrait sans doute de fouiner un peu et de trouver quelques éléments qui pourraient aider Dayton dans son enquête ! Pour l'instant, il piétinait et cela me rendait folle. Je n'aurais de repos que lorsque j'aurais fait payer cette pourriture de Trenton Crawford. Et pour cela j'avais besoin de déterrer les secrets inavouables qu'il cachait. Peu importe lequel, il me fallait juste quelque chose de suffisamment moche pour le faire tomber de l'Olympe. Peut-être trouverais-je ici de quoi aider Dayton.

Je me servis un verre de Coca tout en écoutant Terryl, un étudiant très sympathique, me raconter de quelle façon il s'était vengé de son ex qui l'avait trompé, en mettant une large dose de laxatif dans son smoothie. Évidemment à son insu. Cela eut le mérite de me faire rire, d'autant qu'il avait un don pour la narration.

Il me proposa ensuite de rejoindre ses amis, mais je refusai. Il était peut-être temps de faire ce pour quoi j'étais vraiment venue. Je m'éclipsai discrètement pour inspecter les lieux. L'endroit était chaleureux, très masculin, mais on pouvait çà et là y déceler une touche de féminité. Si j'avais bien compris, Hope ne se servait quasiment jamais de sa chambre sur le campus. Les bouquets de pivoines mauves ou encore les bougies parfumées étaient certainement son idée. J'aperçus aussi plusieurs tableaux accrochés au mur. Des dessins au fusain si réels que je n'aurais pas été surprise d'y voir du mouvement. Sur l'un d'eux, je reconnus Hope ; la jeune femme était à couper le souffle, sublime et si vivante qu'on s'attendrait presque à la voir bouger. Celui ou celle qui l'avait dessinée était très doué. Je m'en détournai rapidement, n'étant pas là pour une visite culturelle.

Plusieurs portes me faisaient face, mais seule l'une d'entre elles arborait un R. J'ouvris discrètement cette dernière et inspectai l'intérieur à la lumière de mon smartphone. Personne. Je m'y introduisis sans bruit, bien que je doute que l'on puisse m'entendre avec la musique à fond. Une fois la porte refermée, je tournai sur moi-même, éclairant la pièce. C'était une chambre de belle dimension, meublée avec goût même si succinctement. Un lit King Size, une table de chevet, un canapé et un dressing. Visiblement, il était toujours aussi bordélique : T-shirts, boxers et autres vêtements jonchaient le sol, recouvrant partiellement des livres de cours. Je m'accroupis et saisis un sweat à capuche noir entre mes mains, me retenant pour ne pas le porter à mes narines.

*Concentre-toi, Rebecca !*

Je me redressai et réfléchis un instant, indécise. Où chercher en premier ? Je me décidai pour la table de chevet, ouvris le tiroir et fouillai. Sans surprise, une boîte de capotes. Quelques bagues en platine aussi et… j'approchai la lumière, révélant un bracelet tressé en cuir orné de quelques turquoises. Je buggai une minute dessus, tendis la main pour m'en emparer, puis changeai d'avis, refermant brusquement le tiroir. Ce bracelet, *je* le lui avais offert.

Soudain, la porte s'ouvrit, me faisant faire un bond. Je me retournai et, tendue, braquai un flash tremblotant dans sa direction. Mon cœur battait la chamade, et j'eus une montée d'angoisse. Il se tenait là, devant la seule issue de la pièce, une lueur menaçante dans les yeux qu'il avait pris soin de soustraire au faisceau de lumière. *Merde, je suis en train de fouiller dans sa chambre. C'est sûr qu'il ne va pas bien le prendre.* Je me mordis la lèvre. J'étais capable de me défendre. Même face à lui, j'en étais capable. J'avais travaillé dur pour cela.

Inspirant longuement, je refoulai mes émotions et recouvrai le contrôle de mon corps, l'observant marcher vers moi à la manière d'un prédateur qui se lèche les babines.

— Tu cherches quelque chose, *Starlight* ?

Je pinçai les lèvres.

Il poursuivit son avancée, sa lenteur nonchalante mettant mes nerfs à rude épreuve. Finalement, il fut si proche que nos bassins se touchèrent. Malgré toute ma bonne volonté, je ne pus réprimer un sursaut. À cette distance, je pouvais sentir la chaleur de son corps. Un bouquet d'épines taquina aussitôt mon ventre. J'aurais dû reculer, mais j'en étais incapable, comme paralysée. La pièce me sembla soudain étroite, emplie de sa présence écrasante. Il existe des personnes qui possèdent un magnétisme vertigineux, contre lequel on ne peut lutter. Rafael Crawford en faisait partie. Tandis qu'il m'observait comme si j'étais son prochain repas, je me perdis dans le vert de ses yeux, plus sombre, plus intense dans cette semi-obscurité.

— Peut-être espérais-tu me trouver ? Je ne suis pas contre te baiser contre le mur, Ginny m'a chauffé toute la soirée, ma queue ne demande pas mieux qu'une petite chatte bien juteuse.

Il accompagna ses paroles d'un mouvement du bassin suggestif.

Son timbre narquois agit comme un seau d'eau glacée en pleine figure. Toutefois, je ne bougeai pas. Il fallait qu'il comprenne que je n'étais plus la Rebecca qu'il avait connue. Il ne m'impressionnait pas. Ou, pour être tout à fait honnête, je savais maintenant le dissimuler.

— Je ne risque pas de mouiller pour toi, connard.

Il ricana, un sourire diabolique sur le visage.

— Trop tard pour ça, chérie.

D'un seul coup, je fus assaillie d'images que j'aurais souhaité avoir définitivement effacées de ma mémoire. Un soleil de plomb, une piscine, des étudiants qui font la fête… et moi, dos contre son torse brûlant, sentant mes membres se liquéfier tandis que sa main jouait entre mes cuisses.

Je tentai de garder un visage impassible, en vain.

Il prit l'avantage et posa une main sur ma taille, glissant lentement vers l'ourlet de ma robe. Je frissonnai, partagée entre le désir que j'éprouvai toujours en sa présence et la colère. Je me focalisai sur cette dernière.

— Peut-être que ça va être aussi trempé, maintenant, dit-il d'une voix basse. On vérifie ?

Tout mon être se tendit, et je me fis violence pour ne pas lui envoyer mon poing dans la figure.

— Bouge de là, Crawford, ou je réduis tes précieuses couilles en bouillie.

Cela le fit rire, cet enfoiré. S'il continuait, j'allais me le faire, tant pis si je finissais K-O.

— Tu oublies qui je suis, *Starlight*. Tu n'aurais pas le temps de les attraper que tu te retrouverais à quatre pattes sur mon lit, ton petit cul en l'air prêt à me recevoir.

Il se rapprocha de moi, son visage touchant quasiment le mien, son parfum chatouillant mes narines. Une odeur qui ne m'était pas inconnue.

Un grand froid m'envahit soudain. Je reculai, vide de toute émotion. Puis mon menton se mit à trembler, et je ne pus rien faire pour l'en empêcher.

Il fallait que je sorte d'ici de toute urgence. Avant que mon cœur n'explose, avant que je ne m'effondre devant lui.

Avant de partir toutefois, je trouvai le courage de lui lancer :

— Ne pose plus jamais tes mains sur moi, ou tu vas le regretter.

Comment rentrai-je au campus ? Je n'en avais aucune idée. J'étais juste en mode automatique, les mains tremblantes sur le volant de la voiture. Une fois arrivée, je filai comme une flèche dans ma chambre, ignorant le regard effaré d'Irina, et me laissai glisser au sol, comme anesthésiée.

Je me réveillai au son d'un roulement de tambour. Me redressant en grimaçant car j'avais mal partout – s'endormir par terre avait cet effet-là –, je réalisai qu'il s'agissait en fait de quelqu'un qui cognait comme un sourd sur ma porte.

— Rebecca ! Ouvre ! Je veux juste voir si tout va bien.

Avec un soupir, je me levai et me traînai vers la porte que j'entrouvris.

L'air concerné de Pepper me remplit de culpabilité.

— Tu ressembles à un vieux machin en papier mâché, finit-elle par lâcher.

— Merci.

C'est sûr que je ne devais pas faire grande impression. L'étape du miroir allait sans doute me déprimer.

Elle avança d'un pas.

— Je peux entrer une minute ?

— Je suppose que je n'ai pas le choix, rétorquai-je dans un soupir, en m'écartant pour lui laisser le passage.

— Nope.

Je retrouvai ma place par terre, et elle m'imita aussitôt.

— Tu es partie sans prévenir.

Son ton était lourd de reproches.

— Je sais, désolée.

J'évitai son regard. Pepper faisait preuve d'un instinct quasi maternel envers moi ; cela me perturbait. Dans tous les cas, après ma confrontation avec Rafael, je n'avais envie de voir personne.

— Il s'est passé quelque chose avec Raf ?

Rien que le fait d'entendre son nom me liquéfia les entrailles.

— Oui.

— Et tu ne m'en parleras pas.

— Non.

Mon amie poussa un long soupir.

Je passai le reste de la journée dans ma chambre, tentant de ne plus penser à rien. Évidemment, ce fut un échec total.

# 24

## *Hope*

— Putain, Raf, regarde-moi !

Affalé sur le canapé, il pianotait sur son téléphone, l'air hagard. Il eut quand même la sagesse de lever les yeux vers moi au moins un quart de seconde. Comme d'habitude, il n'était pas le moins du monde impressionné.

— Comment peux-tu organiser une orgie en ce moment ! Tu as donc un cœur en plastique ? Ça ne te fait rien de voir Nicole comme ça ?

Ma voix se brisa sur la fin. Nous étions tous déboussolés, l'anxiété nous bouffait.

Ses mains cessèrent toute activité, et il me fusilla du regard. Au moins avais-je retenu son attention. Mais je n'eus pas pour autant droit à une réponse.

— Mec, tu aurais quand même pu nous prévenir.

Mike se servit dans le frigo en secouant la tête.

Jace se cala derrière moi et m'enlaça tendrement. Comme chaque fois que nous établissions un contact, je frissonnai. Je me laissai aller bien volontiers contre son torse. Mon besoin de sécurité et de réconfort avait grimpé en flèche depuis ces dernières semaines, et Jace était mon unique sanctuaire.

— Raf, t'es mon pote et rien ne changera ça. Mais là, t'as abusé. Reconnais-le.

Enfin, il réagit.

— D'abord, ce n'était pas une orgie.

Je sautai au plafond.

— Comment tu appelles ça quand je trouve des capotes aux quatre coins de l'appart ? Usagées, les capotes, hein, je crus bon de préciser. Et tu crois que je ne sens pas l'odeur du shit ?

Il soupira théâtralement.

— Je ne peux quand même pas contrôler tout le monde.

Il commençait vraiment à me courir, Rafael Crawford.

Je me dégageai de l'étreinte de Jace et m'avançai, menaçante.

— Tu veux qu'on parle de tes pupilles ?

Mon petit ami me tira doucement en arrière.

— C'est bon, Hope, il a compris ton point de vue.

— Tu crois ça ? lançai-je amèrement. Faudrait qu'il grandisse pour ça, et s'intéresse à l'avis des autres. Autant dire qu'on n'est pas rendus.

Rafael se leva brusquement et partit en direction de sa chambre.

— Tiens ton Pokemon en laisse, Jace, ça commence sérieusement à me casser les couilles.

La porte n'avait pas claqué que Jace se ruait dessus. Je tentai de le retenir, mais ce fut comme si je n'existais pas.

Mike, en revanche, se posta devant lui et lui bloqua le passage.

— Arrête, tu ne vois pas qu'il te provoque. Il est complètement à la masse en ce moment, c'est sa façon de gérer.

— Ça n'implique pas de manquer de respect à Hope, grogna Jace toujours remonté.

— Ni à personne d'autre, renchéris-je. Je suis bien consciente qu'il souffre autant que nous, mais il doit comprendre que son attitude empire les choses. Alors quoi, la semaine prochaine, il va passer à la coke ?

Mike soupira.

— Dis pas n'importe quoi, Hope. Il a juste fumé quelques joints.

Mon corps se figea soudain.

Je m'écartai de Jace pour les avoir tous les deux face moi.

— Vous avez recommencé, c'est ça ? Vous aussi ?

Ma tête joua un ballet de ping-pong entre les deux hommes. Jace évita mon regard avec application, Mike regardait ses pieds. Une boule se forma dans mon estomac, entraînant un haut-le-cœur. Je sortis en claquant la porte, indifférente aux appels de Jace.

# 25

## *Raf*

En sortant de la douche, j'eus la surprise de trouver Mike affalé sur mon lit.

Je me séchai rapidement et enfilai un boxer.

— Si tu viens pour m'emmerder, mon pote, tu peux te casser tout de suite.

— Ferme ta grande gueule, Raf, et arrête de faire ta crise, on se croirait quatre ans en arrière.

— Et toi, arrête ta psychologie de comptoir.

— Écoute, mec, je sais à quel point tu es attaché à Nicole. La nouvelle n'a pas été facile à digérer pour moi non plus. Mais le plus atteint, c'est Jace, non ? Et là, au lieu de le soutenir, tu fais de la merde.

Je ne répondis rien. Peut-être parce qu'il avait raison. Un peu.

— Et franchement, y a pas que ça.

Il se fit hésitant, ce qui me mit aussitôt sur mes gardes. Mike était la confiance en soi incarnée, comme Jace et moi d'ailleurs. Hésiter ne faisait pas partie de notre vocabulaire.

Donc, je n'allais pas apprécier la suite.

— Il faut que tu règles ton problème avec Stiller. Saute-la une bonne fois pour toutes, ça va détendre ta queue et tout le reste.

Et voilà.

Je passai un jean en sautillant avant d'attraper un T-shirt par terre.

— J'ai aucun putain de problème avec Stiller, grognai-je. En revanche, si tu continues à me sortir des conneries, c'est avec toi que je vais en avoir.

Stiller était une épine dans mon pied, et je ne perdais pas une occasion de la faire chier. La sauter n'y changerait rien et en plus je n'en avais pas spécialement envie.

*Menteur.*

En rogne, je me saisis de mon sac et laissai Mike en plan.

# 26

## *Becca*

J'étais en retard, encore ! Pourquoi ne parvenais-je jamais à être à l'heure ? Quel que soit le moment, quel que soit le rendez-vous, je partais systématiquement à l'heure où j'étais censée arriver.

Heureusement, je savais que Dayton m'attendrait.

Évidemment, je dus faire trois fois le tour pour trouver une place, payante qui plus est. Décidant de prendre le risque d'avoir une contravention, je me garai et partis comme une flèche vers le Royal Tex Mex. J'arrivai essoufflée.

— Bonjour, Dayton !

— Bonjour, Rebecca, toujours à l'heure, fit-il, moqueur.

Je m'assis lourdement sur la chaise et posai mon sac à terre.

— On ne se refait pas, et pourtant j'y mets du mien !

Il secoua la tête en souriant.

Dayton affichait une quarantaine d'années, un corps athlétique et un sourire qui mettait les femmes à genoux. Je le soupçonnais de se servir de ses atouts pour faciliter son travail de détective. Brun, yeux noirs, bronzé à temps plein, il était irrésistible. Pour un vieux. Je ris intérieurement. Dayton s'était toujours montré très professionnel et n'avait jamais tenté de flirter avec moi. Ce qui m'arrangeait bien car, d'une part, il était très bon dans son domaine et cela m'aurait ennuyée de le renvoyer ; d'autre part, je n'étais pas spécialement intéressée par un homme qui avait vingt ans de plus que moi. En plus, c'était une connaissance de mon père.

Je commandai des fajitas au poulet et lui un taco *al pastor*, c'est-à-dire avec de l'émincé de porc enrobé d'ananas.

— Alors ? Tu as du nouveau ?

— Ça chauffe, déclara-t-il en me servant un verre d'eau. Je suis sur plusieurs pistes. Le vieux sait couvrir ses traces. Parfois, je sens bien que la personne en sait plus qu'elle ne m'en dit, mais impossible de la faire parler. Il doit bien allonger et les tenir par l'argent.

— Ou alors par la peur.

— Pas sûr, répondit-il en grimaçant. Sur quelques individus peut-être, mais il est difficile d'obtenir le silence d'un nombre important de personnes par la menace quand tu veux une image respectable.

— Mouais… Dans tous les cas, je suis persuadée qu'il a un tas de merde sous ses Berluti à dix mille dollars la pompe.

— Très franchement, c'est certain. Il faut juste un peu de patience, le temps de démêler les fils.

— Je suis patiente, Dayton, je suis consciente que cela ne fait pas si longtemps que je t'ai engagé, mais c'est plus fort que moi, je ne pourrai revivre normalement que le jour où il sera derrière les barreaux. Ou entre quatre planches.

Dayton me jeta un regard d'avertissement.

— On se calme, Rebecca, ce type de propos peut te mettre dans la panade.

Je balayai son inquiétude d'un geste de la main.

— Je n'en parle qu'à toi.

La serveuse interrompit notre échange et déposa nos commandes sur la table. Je préparai une fajita avec du coleslaw, du guacamole, du fromage et des tomates. J'hésitai, puis ajoutai des oignons rouges.

Il n'était pas prévu que j'embrasse qui que ce soit cet après-midi, autant profiter de la possibilité d'avoir une haleine de fennec.

— Tu sais que son fils est à SD College ?

Il interrompit son mouvement et apporta la fourchette à sa bouche beaucoup plus lentement.

— Non. Je me suis concentré sur le père, comme tu me l'as demandé, pas sur le fils, dit-il sur un ton d'excuse.

— C'est moi qui t'ai demandé de ne pas enquêter sur Rafael, tu n'as rien à te reprocher. Et de toute façon, cela n'aurait rien changé, mis à part le désagréable effet de surprise.

Il engloutit une autre bouchée.

— Ça donne quoi ?

Je soupirai.

— Des étincelles.

Dans tous les sens du terme.

Il hocha la tête d'un air entendu.

— Ça ne doit pas être facile pour toi.

Non, ça ne l'était pas. Rafael Crawford était tout ce que je désirais à un moment de ma vie et que je n'aurais jamais. Parce qu'il n'était qu'une illusion, un mirage qui n'avait pas vraiment existé. Le problème, c'étaient tous les souvenirs qui remontaient à la surface et me tenaient éveillée la nuit. Le sentiment de perte, de trahison et d'humiliation me rongeait. Si encore il se tenait à l'écart. Mais c'était loin d'être le cas. Il s'arrangeait pour me pourrir la vie. Il faisait naître en moi une impression de vulnérabilité que je détestais.

Auparavant, il était bien rangé dans la case « haine ». Le fait de le revoir avait ravivé cette haine, mais pas seulement. Et c'est pour cela que je m'en voulais. Le frisson qui me parcourait l'échine lorsque je l'observais sans qu'il ne s'en doute, l'effet brûlant de ses magnifiques yeux verts, les microdécharges au creux de mon ventre lorsqu'il s'adressait à moi – sachant qu'il s'agissait toujours d'une saloperie à mon encontre. Et je pourrais continuer ainsi longtemps… Mon corps ne m'écoutait pas, il restait subjugué par ce garçon inquiétant et magnifique, malgré ce qu'il m'avait fait.

Et il le savait, sinon, pourquoi sortir avec Ginny ? Il fallait être aveugle pour croire qu'il s'intéressait vraiment à elle ; parfois, il avait l'air de vouloir l'énucléer.

J'avais beau jouer l'indifférence, le voir mettre la langue dans sa bouche, la toucher comme si elle lui appartenait, cela me coupait les jambes. L'acidité de la jalousie me rongeait.

J'avais mis un certain temps à accepter ce fait car je me sentais méprisable de ressentir ces émotions. Cela n'aurait pas dû être le cas. Seule la haine aurait dû avoir sa place.

— Je gère, finis-je par répondre à Dayton.

# 27

## *Raf*

J'arrivai à la maison sur les coups de 15 heures. Avec une seule idée en tête : foncer dans ma chambre et pioncer jusqu'au soir. Malheureusement, je n'avais pas prévu que mon père me ferait l'honneur de sa présence. Je balançai les clés dans le vide-poches de l'entrée et me demandai si j'avais le temps de monter dans ma chambre en vitesse.

Mauvaise nouvelle : la réponse était non. Mon père, vêtu d'un costume trois-pièces Armani parfaitement taillé, fit son apparition sans même me jeter un œil.

— Ah, finalement tu rentres. Tu ne peux décidément plus te passer de ce trou à rats.

Toujours la même rengaine. Il ne supportait pas que j'aie choisi d'aller étudier à San Diego avec mes amis, au lieu de m'envoler pour Yale ou Harvard.

— Comme d'habitude, je vais te répondre que cela ne te concerne pas. Vu que tu es aux abonnés absents depuis (je fis mine de réfléchir) aussi souvent que je m'en souvienne, tu n'as pas ton mot à dire sur ce que je fais.

Sur ce, je montai au premier étage, là où se trouvait ma chambre.

— Tu as sûrement raison, j'ai toujours dit que tu serais un raté incapable de faire la moindre chose de ta vie. Tout cela n'en est que la confirmation, finalement.

J'interrompis brutalement mon ascension, serrant les poings malgré mon envie de tout casser. C'est fou comme chaque fois ses paroles m'atteignaient là où ça faisait mal. Je devrais pourtant y être habitué. Jamais rien de ce que je faisais n'était à la hauteur de ses attentes. Plus jeune, j'avais pourtant essayé. À maintes et maintes reprises, tant et si bien qu'en grandissant je m'étais lassé et avais opté pour l'attitude inverse : j'agissais précisément à l'encontre de ses attentes. C'était beaucoup plus fun. Et je ne risquais pas de le décevoir. Dommage toutefois que je ne sois pas parvenu à anesthésier cette partie qu'il parvenait sans arrêt à blesser.

J'inspirai une grande goulée d'air et montai dans ma chambre sans répondre.

Mon intuition était la bonne : la Ducati trônait sur le parking d'Archer's. Jace, Mike et moi nous connaissions depuis tellement longtemps et nous avions traversé tant de choses ensemble que nous pouvions prévoir les actions de l'autre sans grand effort. Quand Hope m'avait appelé – au temps pour mon envie d'hiberner jusqu'au soir… –, inquiète car Jace était parti en trombe sur sa moto et qu'elle n'arrivait pas à le joindre depuis trois heures, j'avais su tout de suite où le trouver.

Le portail était fermé, mais cela ne nous avait jamais arrêtés. Je sortis la clé de mon trousseau – copie datant de nos années lycée – et l'introduisis dans la serrure avant de me diriger vers le stade.

Jace était bien là, assis sur les gradins, l'air complètement défait. Il ne se retourna pas lorsqu'il m'entendit arriver et ne marqua aucune surprise non plus lorsque je m'assis près de lui. Je l'imitai, un pied sur le haut du siège de devant et sortis une clope de mon blouson. Un coup d'œil à la sienne m'apprit qu'il ne fumait pas qu'une simple cigarette.

— Tu ne crains pas le retour de bâton ? demandai-je en la désignant du menton.

Il tira une longue taffe.

— Bain de bouche et fringues à la machine. Ça fait des miracles.

Je tirai moi-même sur ma Marlboro, le regard perdu sur le terrain qui nous avait vus gagner tant de fois. J'entendais encore les hourras des groupies, je revoyais les numéros des *cheerleaders* qui ne pensaient qu'à bouffer nos queues une fois le match fini… Ça aurait pu être le pied intégral sans l'épée de Damoclès qui pendait au-dessus de notre tête. Mike, Jace et moi étions contraints de « travailler » pour l'un des gangs les plus craints d'Encinitas. Heureusement, nous nous en étions sortis. Pas indemnes, cela dit. Nous avions vu et fait des choses qui nous hanteraient probablement toute notre vie.

Je finis par écraser mon mégot sous mon talon.

— Tu la prends pour une conne, Hope ? Elle va te griller en deux secondes.

Il eut un geste agacé.

— Putain, mec, c'est temporaire, je sais pas comment gérer toute cette merde.

J'observai mon ami avec attention. Les cernes noirs sous ses yeux, les traits tirés, le regard dans le vide. Je ne l'avais plus vu ainsi depuis l'arrivée de Hope Sanders dans sa vie. La petite blonde était son rayon de soleil, elle l'avait transformé. Et maintenant j'étais inquiet, car avec la maladie de sa mère il perdait pied. Et, s'il perdait Hope dans la bataille, il était foutu.

— Nicole va s'en sortir, Jace. C'est une battante. Et ce n'est pas en te défonçant que tu vas l'aider.

— Nan, mais ça m'aide. Et tu es mal placé pour me faire la leçon.

— Ça t'aidera quand tu te retrouveras tout seul comme un con ?

Je lui parlai d'un ton plus coupant que je ne l'aurais voulu.

Nous restâmes ainsi de longues minutes, dans un silence naturel. Nous n'avions pas besoin de nous parler. Je savais que je l'avais atteint. Hope était la plus belle chose qui lui était arrivée, ce n'était pas le moment de déconner.

Il écrasa à son tour son mégot et se leva.

— Allez, viens, on se casse. Je vais me doucher et me changer chez toi.

# 28

## *Raf*

— Jace !

Le visage paniqué de Hope faisait peine à voir. Aussitôt la porte ouverte, elle se jeta sur son petit ami comme s'il venait d'échapper à une mort imminente.

— Hé, Papillon.

Il referma doucement ses bras sur elle et noya son nez dans ses cheveux dorés.

Je levai les yeux au ciel, nous avions évité la catastrophe. Pour l'instant.

— J'étais folle d'inquiétude.

— J'étais juste parti faire un tour.

— Tu ne répondais pas, se plaignit-elle. Ça ne t'arrive jamais.

Elle renifla discrètement puis, s'écartant, nous laissa entrer. Hope portait un legging et un T-shirt long. Avec ses grands yeux brillants, elle paraissait si fragile. Pourtant, je savais qu'il n'en était rien, cette fille était une force de la nature. Depuis l'âge de quinze ans, elle cumulait les jobs pour subvenir à ses besoins et ceux de Trixie, vu que sa junkie de mère n'en avait rien à cirer.

— Jaaaaaaace !

Quand on parlait du loup. Ou pourrait-on dire de la tornade qui dévalait l'escalier si vite que nous faillîmes avoir un arrêt cardiaque quand elle glissa sur la dernière marche et tomba sur les fesses.

— Trixie, qu'est-ce que j'ai dit ! hurla Hope, on ne court pas dans les escaliers !

Elle aurait aussi bien pu peigner la crinière d'un lion. La petite fille se remit instantanément sur ses jambes pour foncer sur l'objet de son attention. Cette gamine était folle de Jace. Et il le lui rendait bien. Il la cueillit dans ses bras et la fit tournoyer.

— Alors, Citrouille, je t'ai manqué ?

— Grave !

— Trix, langage ! morigéna Hope.

— Oh ! qu'est-ce que tu es casse-pieds, reprocha sa sœur en boudant dans les bras de mon ami. Jace est beaucoup plus gentil que toi.

Hope roula des yeux, amusée.

— Et bla-bla-bla, et Jace est super, et Jace c'est le meilleur, et Jace est beau comme un camion.

Ce dernier partit d'un grand éclat de rire.

— Tu ne serais pas un peu jalouse, Papillon ?

— Si, rétorqua-t-elle, c'est toujours moi qu'elle vient embêter, pas toi. De ça, je suis très *très* jalouse.

Nous rîmes tous ensemble, profitant de ce rare moment de légèreté dans le contexte actuel.

Une petite voix se fit entendre de la mezzanine.

— Jace, maman demande si tu es rentré.

Le visage de mon ami s'assombrit aussitôt.

— Dis-lui que j'arrive tout de suite.

Les enfants partirent jouer dans leurs chambres, et Hope alla se pelotonner sur le canapé.

Je m'installai non loin d'elle.

— C'est si terrible que ça ?

— Elle est super fatiguée. Elle a tellement perdu de cheveux qu'elle a décidé de tout raser.

Elle laissa passer une seconde.

— Ça fait un choc, murmura-t-elle.

J'acquiesçai sans bruit, la boule dans mon ventre me gênant de plus en plus.

— Malgré ça, elle a voulu préparer le dîner pour tout le monde, elle ne tenait plus debout, mais impossible de la mettre dans son lit avant qu'elle ait fini. Tu restes ? Elle a réclamé Mike aussi, ajouta-t-elle d'une toute petite voix. Comme si…

Sa voix se brisa sur la fin.

— Comme si elle voulait nous voir le plus possible avant de partir, soufflai-je.

Ma pomme d'Adam fit quelques allers-retours tant j'avais du mal à déglutir. Hope confirma silencieusement, de grosses larmes coulant sur ses joues.

Je n'étais pas très à l'aise dans ce genre de situation. Si quelqu'un avait besoin d'être réconforté, j'étais la plus mauvaise personne vers qui se tourner. Je ne savais pas gérer ces conneries. J'avais toujours tout encaissé, mes peines, mes peurs. Depuis la mort de ma mère, je ne m'autorisais pas à flancher. Mike et Jace étaient là, c'était tout ce qui comptait, d'autant qu'ils fonctionnaient de la même façon.

Toutefois, je me retrouvai à prendre ce petit bout de bonne femme larmoyant dans mes bras, sans savoir trop quoi en faire. Dans le doute, je lui donnai quelques petites tapes dans le dos.

— Allez, ça va aller, elle a encore des chances de s'en sortir.

— On a trouvé une métastase au foie, fit-elle avant de renifler.

— Je sais, Clochette. Mais cela ne signifie pas que tout est perdu. Cela ne fait que quelques semaines qu'elle a commencé son traitement. D'autres ont survécu, et Nicole est une dame de fer, elle va se battre.

— Est-ce que quelqu'un veut un peu de sel ? Je crois que je l'ai loupé, ça n'a pas de goût.

Nicole fit mine de se lever, mais Patrick et Jace, assis à ses côtés, l'en empêchèrent à l'unisson.

— Non, personne ne veut de sel et ton poulet rôti est succulent, comme d'habitude.

— Le mensonge ne te va pas, Patrick.

— Nicole, je t'assure que ce poulet rôti est délicieux. Les médicaments altèrent peut-être ton goût ?

— Tu as sans doute raison, fit Nicole en soupirant.

Un silence lourd tomba dans la pièce, heureusement Lucas se chargea d'y mettre fin.

— Maman, lança-t-il soudain excité, hier, la sœur de Judith m'a raconté un secret !

*Bénis soient les enfants et leur insouciance !*

Le visage fatigué de Nicole se détendit quand elle sourit à son fils avec affection.

— Quelque chose me dit que tu vas nous le dévoiler, ce secret.

Le petit garçon rougit jusqu'aux oreilles.

— Oui, mais si je le répète à ma famille, c'est pas pareil.

— Bon, crache le morceau, moustique, le houspilla Jace, dans tous les cas on sait que tu vas le dévoiler.

Lucas leva le menton bien haut.

— Eh ben, elle m'a dit que sa grande sœur a dit que Mike, Raf et Jace étaient des chefs quand ils étaient au lycée et que tout le monde leur obéissait s'il ne voulait pas avoir les jambes pétées !

Je contins un rire et visiblement je ne fus pas le seul. Ce fut pire lorsque je risquai un œil vers Patrick et Nicole. Ils avaient l'air d'avoir avalé un balai qui semblait les incommoder fort désagréablement.

— Même qu'on les appelait les Dark Angels ! Comme des super héros ! Moi aussi je veux devenir un Dark Angel, maman.

— Lucas, commença Patrick d'une voix sévère.

Mais Nicole le fit taire d'un coup de coude discret.

— Trésor, on en reparlera pour tes quinze ans.

Elle nous offrit un sourire diabolique comme elle savait les faire.

— D'ici là, Jace, Mike et Raf s'occuperont de toi à tour de rôle le dimanche après-midi. Pour t'apprendre comment être un super héros. Un vrai, insista-t-elle en plissant les yeux.

Sous-entendu, de ceux qui ne se retrouvent pas dans des galères incroyables impliquant les forces de l'ordre. Et donnent des ulcères carabinés à leurs géniteurs. Pauvre Nicole, heureusement qu'elle n'était pas au courant de tout…

Cette fois, ce fut Hope qui ne put contenir son hilarité face à nos têtes déconfites. Et ce repas si mal commencé se transforma en un dîner chaleureux comme nous en avions partagé des dizaines au cours des années.

# 29

## *Becca*

— Challenge du mois, votre *book photo*. Nous allons faire une expo, je compte sur vous pour donner le meilleur de vous-mêmes et prendre du plaisir, bien évidemment. Les étudiants de SDC voteront et le gagnant remportera …

Nous lâchâmes tous un cri d'excitation à la vue du Nikon Z 7II qu'il nous montra sur son smartphone. Ce petit bijou valait entre trois et quatre mille dollars. J'en salivais d'avance.

Une fille du nom de Pat s'étonna et lâcha en riant :

— Dis donc, Dylan, tu vends ton corps à tes heures perdues ? Tu sais combien coûte ce truc ?

Le président du club esquissa un petit sourire faussement contrit.

— Pat, tu me blesses, si c'était le cas, je vous aurais au moins mis en jeu une baraque à Coronado.

Tout le monde se mit à rire, détendant un peu plus l'atmosphère. J'aimais le temps passé au club ; pas de prise de tête, des gens simples et passionnés, comme moi.

— Non, poursuivit-il cette fois sérieux, la soirée organisée en fin d'année dernière nous a rapporté pas mal et du coup je trouvais intéressant d'en faire profiter tout le monde, mais en vous faisant bosser.

— Donc, on prépare un *book photo* de folie et on a toutes nos chances ? Tu imposes un thème ?

Le beau brun secoua la tête.

— Pas de thème, en revanche… Il laissa planer le suspense et s'amusa de nous voir suspendus à ses lèvres.

— Vous devrez travailler en binôme. Vous choisissez ce que vous avez envie de prendre en photo et votre binôme se charge de l'immortaliser.

Un concert d'exclamations retentit aussitôt.

— Et le Nikon, on le coupe en deux ?

— Pourquoi en binôme, c'est très personnel la photo ?

— On peut choisir son partenaire ?

Finalement, tout le monde se tut quand Dylan leva la main, demandant le silence avec autorité.

Il n'y avait pas à dire, il avait un charisme envoûtant. Pas étonnant qu'il donne du fil à retordre à Crawford.

— Des Nikon, il y en aura deux. Sinon, oui, je ne vois pas l'intérêt de ma proposition. Ensuite, non, vous ne choisissez pas votre binôme. Chacun va écrire son nom sur un papier et on va tirer au sort, c'est beaucoup plus marrant comme ça, affirma-t-il au milieu du mécontentement général. Enfin, oui, la photo, c'est indéniablement intime. Mais cela ne se résume pas à cela. Quelqu'un a-t-il une idée de mes motivations à ce que vous travailliez à deux ?

Le silence se fit, nous laissant perplexes.

— Le partage ? L'ouverture d'esprit ?

Une lueur de satisfaction traversa le regard chaleureux de Dylan.

— Très bien, Hope. Tu détailles ?

Hope Sanders faisait partie du club depuis l'an dernier. De ce que j'avais pu voir, elle semblait douée, même si je la classerais dans les débutants pour l'instant.

La jeune femme s'octroya un petit temps de réflexion.

— Celui qui doit prendre le cliché ne va pas forcément être sensible au choix de l'autre. Mais, pour avoir le meilleur rendu possible et transmettre les émotions, il va devoir faire l'effort de comprendre ce choix, et le point de vue de son binôme.

Dylan acquiesça, satisfait.

— Dans le mille, Hope, bravo. N'oublions pas également que la photo est un plaisir, une passion. Et comme tout plaisir, il est bon de le partager.

Il tapa dans les mains et se les frotta.

— OK, prenez un papier, notez-y votre nom, pliez-le en quatre et mettez-le dans cette corbeille.

Il désigna un panier en osier sur la table derrière lui.

Nous nous activâmes en silence, et je me demandai si j'étais satisfaite de cette situation. Je comprenais sa logique et l'idée du partage des émotions. Mais j'aimais bien l'aspect solitaire de l'activité. Enfin, on allait bien voir, peut-être allais-je être ravie de mon binôme.

Une fois que tout le monde eut déposé son nom, Dylan reprit la parole.

— Chacun votre tour, vous choisissez un papier. Le nom inscrit sera celui de votre binôme, lequel se retirera de la file. Bien sûr, si le suivant tombe sur quelqu'un déjà appareillé, il reprend un autre papier.

Pat tira le nom de Bryan et les deux eurent l'air satisfaits. Deux autres personnes passèrent ; c'était au tour de Hope, puis ce serait au mien.

— Rebecca Stiller.

Elle se tourna vers moi, papier en main, l'air pas plus ravi que ça. C'était bien ma veine, si j'avais pu éviter une personne, c'était elle. Et elle semblait penser la même chose. Comment lui en vouloir ?

J'imaginais sans peine les atrocités qu'elle avait dû entendre à mon encontre. Toutefois, elle ne fit pas de commentaire. Nous échangeâmes nos portables et fixâmes un premier rendez-vous le lendemain après les cours.

# 30

## *Becca*

J'enfilai ma petite robe rouge et vérifiai l'effet dans le miroir. Grognant une fois de plus, je l'enlevai et la jetai sur le tas déjà conséquent de vêtements qui ne m'avaient pas conquise pour ma sortie du soir. En général, je ne tergiversais pas autant, mais ce soir j'étais en mode pile électrique. Dayton m'avait appelée dans l'après-midi pour m'informer qu'il avait bien avancé et qu'il aurait très vite du concret. Après des mois de recherche, il était temps. Je le payais grassement pour ce job et j'attendais des résultats. Trenton Crawford avait forcément des cadavres dans son placard, et j'étais bien décidée à les déterrer. Le vieux pervers était très prudent visiblement, mais, en prenant le temps, j'étais persuadée de trouver quelque chose. Et là, enfin, ces enfoirés allaient payer. Rien qu'à l'idée de ce jour béni, je jubilais. Inspirant longuement, je me massai les tempes, toujours en petite tenue devant mon miroir.

Quelqu'un frappa à la porte.

— Oui ?

— C'est moi, Pepper, je peux entrer ?

Je baissais les yeux sur ma tenue minimaliste et haussai les épaules. Rien qu'elle n'ait déjà vu.

— Vas-y.

Mon amie entra et s'adossa à la porte, un sourcil relevé.

— Tu ne devrais pas être prête ?

Je bougonnai.

— Rien ne me va, je ne sais pas quoi me mettre.

Avisant l'amas de tissu au sol, elle pouffa, ce qui me détendit aussitôt.

— On va régler ça rapidement. Tu aurais dû m'appeler, je suis la personne parfaite pour ça. Jenn Im[1] peut aller se rhabiller !

— Ah ah, très drôle.

— Tu vois ton problème, dit-elle en fouillant dans le tas, c'est que t'as pas d'humour.

Un claquement de langue plus tard, elle brandit fièrement une petite robe noire aux décolleté et dos nu vertigineux.

— Voilà, c'est exactement ça qu'il te faut ! Le Diva c'est jeune, mais classe. Avec ça tu vas faire tourner toutes les têtes.

Je souris. Sa bonne humeur était contagieuse.

M'emparant de la robe, je la tins contre moi devant le miroir, une moue sur les lèvres.

— Je montre trop de peau. Et je crois que j'ai un peu grossi là, dis-je en montrant mes fesses.

Elle leva les yeux au ciel.

— Jamais entendu une connerie pareille ! Franchement, avec un corps comme le tien, tu devrais avoir honte de râler. Et puis, je n'ai rien contre une belle paire de fesses, dit-elle en mettant une claque sur les miennes.

— Hé, protestai-je en me frottant pour apaiser la douleur.

— Ça t'apprendra à dire n'importe quoi ! Et je dois dire que ça me démangeait ! Je rêverais d'avoir le même galbe bien rebondi, se lamenta-t-elle.

1. Célèbre influenceuse américaine dans le monde de la mode.

Nous arrivâmes au Diva sur les coups de minuit. C'est moi qui conduisais, comme je ne buvais jamais, ou au maximum un verre, c'était mieux ainsi. Seule ombre au tableau, Ginny était de la partie, son derrière avachi dans ma voiture. Là où les mains de Rafael s'étaient probablement posées une centaine de fois pour toutes sortes d'activités qui me donnaient la nausée.

En réalité, je supportais mal leur relation. Quelque chose au fond de moi protestait, et je devais prendre sur moi pour l'ignorer. Malgré tout, c'était comme avoir une boule au ventre permanente. Je me détestais pour cela. Je n'aurais rien dû ressentir. Juste de la haine envers lui, du mépris envers elle, mais simplement parce qu'elle était… Ginny, une sale garce insupportable. Pas parce qu'elle se le tapait, *lui*.

Malgré moi, mon corps se tendait systématiquement vers Rafael. Les Dark Angels étaient un appel au sexe ; nous étions toutes d'accord sur le sujet. Toutefois, ma préférence était toujours allée à Raf. Quelque chose m'attirait, un fil me menait irrésistiblement à sa personne, avec l'envie de m'abandonner et de lui offrir mon corps sans retenue.

Enfin, ça, c'était avant. Maintenant, l'effet était saupoudré d'une bonne dose de rage envers lui… et envers moi-même.

Avec mes deux colocs, nous nous dirigeâmes vers l'entrée. La queue était énorme, et nous aurions dû attendre au moins une heure si Pepper, qui avait toujours plus d'un tour dans son sac, n'avait pas agi.

D'un geste, elle nous invita à la suivre, et nous contournâmes la file de gens qui patientaient. Une clientèle essentiellement entre vingt et trente ans, bien sapée et ultra-glamour. Heureusement que j'avais bossé tout l'été, cela me permettait de temps en temps de petits écarts tels que celui-ci. Et de toute façon j'allais retrouver un job sous peu ; je me donnais juste quelques mois, le temps que tiendraient mes économies.

Trois agents de sécurité contrôlaient les entrées, des types que l'on n'avait aucune envie d'embêter sous peine de se retrouver aplati contre un mur en deux secondes chrono. Pepper se dirigea vers le plus proche et lui fit un petit signe aguicheur de la main. Roulant des yeux, j'attendis qu'elle se fasse rembarrer aussi sec. Ce n'étaient pas les jolies filles qui manquaient et elle n'allait pas l'amadouer juste avec un sourire, même si le sien était particulièrement craquant.

Mais non. Le gars, un grand brun type latino ultra-sexy, sembla se réjouir et la dévora littéralement du regard. Il s'approcha – très près – pour écouter ce qu'elle avait à lui dire. Ses lèvres s'étirèrent lentement, il hocha brièvement la tête, faisant signe à ses collègues de nous laisser passer. Avant, toutefois, il posa sa main sur la nuque de mon amie et écrasa ses lèvres contre les siennes. Je m'apprêtai à protester, mais Pepper ne semblait pas du tout contre. Elle lui rendit un baiser profond et passionné qui occasionna quelques ricanements et sifflements alentour.

Quand finalement il la relâcha, nous nous faufilâmes à sa suite. Un peu hébétée, je lui touchai le bras.

— Rien qu'avec ce baiser il a dû te mettre en cloque, criai-je pour me faire entendre au milieu du brouhaha.

— Si c'est le prix à payer pour passer devant tous ces crétins, ainsi soit-il, lâcha Ginny, égale à elle-même.

Pepper fit la moue.

— C'est Ted, je le connais… *très bien*. Possible que je le rejoigne à la fin de son service d'ailleurs.

— Petite veinarde, rétorquai-je, en soupirant. Il est vraiment canon. Tu partages ?

— Pas Ted, répliqua-t-elle en riant, ce qu'il fait avec ses doigts, hum… je veux les dix pour moi !

— Ça marche, je pars en chasse toute seule alors.

Après que Ginny et Pepper eurent laissé leurs effets au vestiaire – personnellement, je ne prenais rien de superflu et évitais cette étape –, nous pénétrâmes dans le club. Immense, il s'étendait sur deux étages. Au rez-de-chaussée, la piste de danse était déjà bondée. Les corps bougeaient avec frénésie, se frottant les uns contre les autres au rythme du dernier tube de Bob Sinclar.

J'eus soudain très envie de les rejoindre et de me perdre dans la masse. Ginny et Pepper avançaient toujours, scannant les environs à la recherche de têtes connues. Nous étions nombreux aujourd'hui à venir au Diva. D'un coup, je vis Ginny se figer et froncer les sourcils. Curieuse, je me rapprochai et suivis son regard. Tout ce qui pouvait l'agacer était susceptible de m'intéresser. Et là, c'était carrément le jackpot ! Les Dark Angels avaient réservé un salon VIP. Confortablement installé sur la banquette couleur grenat, Raf explorait sans retenue la bouche d'une blonde à moitié nue qu'il tenait sur ses genoux. *Pas étonnant que Ginny grince des dents.* Hypnotisée par l'ambiance, j'observai ses lèvres écraser celles de la fille avec une certaine sauvagerie. Sa langue semblait la dévorer, allant et venant avec ardeur, mimant parfaitement l'acte sexuel qui ne manquerait pas de suivre. Un nœud se forma au creux de mon ventre, sensation douloureuse et frustrante. Je frissonnai, les jambes vacillantes. Mon regard se porta sur les épaisses mèches châtains en bataille qui tombaient sur l'avant de son visage. Instinctivement, j'avais envie d'y faufiler les doigts, de les repousser en arrière. D'être à la place de cette fille et me laisser dévorer comme si j'étais sa dernière source de vie.

Soudain, deux billes émeraude se fixèrent sur moi. Je tressaillis comme prise en flagrant délit et rougis jusqu'à la racine des cheveux. Pas question que cet enfoiré pense qu'il a un ascendant sur moi ! Malheureusement, je lui avais donné matière à penser dans son cerveau tordu de malade mental. Conscient du fait que je le reluquais depuis tout à l'heure, son regard étincela et il redoubla d'ardeur. À tel point que je me demandais s'il n'allait pas avaler la langue de sa partenaire par accident.

Une main fraîche se posa sur mon bras et me sauva. Clignant des yeux, je me tournai vers Pepper. Sa bouche formait des mots, mais je n'entendais rien. Je me rapprochai un peu plus.

— On s'assoit avec eux ou tu veux danser ?

Je savais pertinemment que les DA seraient de la partie ce soir. Mais de nombreux autres étudiants de SD College étaient là aussi. J'allais profiter de ma soirée sans pour autant priver ma coloc. Je collais mes lèvres à son oreille.

— Va t'asseoir, moi je vais sur la piste et je ne veux pas d'une superbe rousse qui me fasse de l'ombre !

Je lui fis un petit clin d'œil rassurant pour lui montrer que tout était OK pour moi, et elle sembla se détendre. Je l'observai rejoindre le groupe, notant au passage que si la blonde occupait maintenant le genou droit de Raf, Ginny se balançait crânement sur le gauche. Cette fois, c'est elle qui mêlait sa langue à celle du *bad boy*, et elle ne faisait pas semblant, souhaitant probablement marquer son territoire. Je ricanai intérieurement. Rafael Crawford n'appartenait à personne ; c'est lui qui te possédait, jamais l'inverse. Et si Ginny n'avait pas encore compris ça, elle allait sacrément morfler. Mais bon, ce n'était pas mon problème.

Soudain, *Dream On* de Sound of Legend envahit les haut-parleurs. Ce fut le signal du départ. Les jambes encore flageolantes, je rejoignis la piste. Et cela me fit un bien fou. Je bougeai, me déhanchai, sautai, libérant toute l'énergie qui bouillait à l'intérieur de moi. Les yeux fermés, je me concentrais sur la musique, les mains qui me frôlaient et me caressaient sans que je proteste, bien au contraire. Je lâchais prise, libre. Même si dans ma tête un vert éclatant colorait mes pensées. Il avait l'air tellement à l'aise là, au milieu de tous ces gens. L'idée même de l'indolence mêlée à une bonne dose de décadence.

Le nœud dans mon estomac se serra. J'inspirai profondément, déportant mes pensées sur Hope Sanders. Elle était là elle aussi, mais paraissait ailleurs. J'avais surpris quelques coups d'œil agacés vers Jace, ce qui m'avait déconcertée. Jusque-là, ils semblaient nager dans le bonheur, tant que c'en était écœurant. Hope et moi nous étions vues quelques fois pour notre projet. Certes, il n'avançait pas des masses et le Nikon s'éloignait à vitesse grand V, d'autant qu'elle travaillait en dehors des cours et avait par conséquent peu de disponibilité. De plus, nous n'échangions que le strict nécessaire, autant par sa faute que par la mienne. Nous n'avions pas demandé à être en binôme et cela nous pesait. Question partage, Dylan allait être servi. Les spots que nous choisissions étaient très différents et il était difficile de comprendre ce que ressentait l'autre sans communiquer ou se dévoiler. Alors pour le retranscrire…

Soudain, une main se posa sur ma hanche de façon possessive. Je me tournai et croisai le regard d'onyx de Todd. Todd Scarce, celui dont la voix cramait les petites culottes. Depuis la soirée de la rentrée, il ne m'avait pas approchée, à part quelques clins d'œil de temps en temps quand nous nous croisions. Cela m'avait franchement étonnée car son attitude avait laissé à penser qu'il était intéressé. Mon ego en avait pâti, soyons honnêtes, mais cela ne m'avait pas empêchée de dormir pour autant. Non, seul Crawford réalisait cet exploit, pour mon plus grand malheur.

La main qui descendait lascivement sur le haut de ma cuisse n'appartenait cependant pas à ce dernier, et j'avais bien l'intention de profiter de ce qui était à ma portée. J'ondulai des hanches et me cambrai, créant des frictions qui allaient lui donner un coup de chaud. Cela ne manqua pas : il fallut quelques poignées de secondes pour qu'il colle son bassin sur mes fesses et me fasse sentir l'effet que je lui faisais. J'esquissai un sourire canaille et me tournai, me trémoussant pour multiplier les points de contact entre nos corps. Il jouait bien le jeu d'ailleurs.

Ses yeux noirs brillaient d'un feu familier, celui d'une promesse de baise scandaleusement torride. Le sourire qui découvrit ses dents me fit penser à celui d'un prédateur affamé sûr de son festin. Mon corps tout entier vibrait, et je m'abandonnai au rythme de la musique et à la suite. Celle qu'il allait donner à notre corps-à-corps.

Sa main se posa sur ma nuque de façon possessive, et il écrasa sa bouche sur la mienne sans aucune douceur. Son baiser se révéla exigeant, avide et terriblement sexy. Il mit une application des plus sophistiquées à mordiller et sucer ma lèvre inférieure, et je finis par lui laisser accès au reste. Sa langue trouva la mienne et, bien vite, sa main remonta le long de ma cuisse nue, puis sur le tissu recouvrant mes fesses qu'il pressa férocement. J'ouvris les yeux à cet instant précis et, fait du hasard ou non, je tombais sur une paire d'iris émeraude assassins.

*À mon tour, trouduc !* pensai-je avec une satisfaction puérile.

Je l'ignorai rapidement et chuchotai à l'oreille de Todd.

Évidemment, il ne se fit pas prier pour trouver un coin tranquille.

# 31

## *Becca*

Accoudée sur le lavabo des toilettes, je me passai un peu d'eau sur le visage et contemplai mon reflet dans le miroir. Avec l'envie de le briser en mille morceaux.

Mon petit écart avec Todd s'était passé exactement comme je l'imaginais : un coup rapide, affamé et libérateur. Je n'avais rien ressenti de spécial, du moins rien qui ressemblât de près ou de loin à ce que j'avais vécu dans la grotte, et pourtant le garçon était habile, je devais le reconnaître.

Et, comme d'habitude, il y avait le deuxième effet *kiss cool.* La nausée me soulevait l'estomac et mes jambes flageolaient de façon inquiétante. Je ressentis un besoin urgent de prendre l'air. D'autres filles à côté de moi papotaient joyeusement ou se remaquillaient. Je les regardai avec envie. Elles vivaient leur jeunesse, insouciantes, sans le poids du passé qui les lestait.

Et moi je passai mon temps à essayer d'enfouir mes souvenirs les plus douloureux au fin fond de mon cerveau.

À me convaincre que j'étais maître de mon corps.

Et à ne pas me dégoûter.

Un filet glacé coula le long de mon échine, et j'eus un haut-le-cœur. Je sortis des toilettes et me dirigeai en vitesse vers la sortie de secours. Si je devais vomir, je voulais le faire en paix.

L'air me soulagea un peu ; je me précipitai sur la gauche, dans un renfoncement à l'écart. Je m'assis dans l'herbe, prête à vider mon estomac, mais rien ne vint. Je tentai alors de retrouver une respiration régulière.

Après quelques minutes, je commençai à reprendre possession de mes moyens. La nausée avait reflué et mes membres n'étaient plus en coton. Je décidai de rester un peu ici, à l'écart. L'air était doux et je n'avais pas envie de retourner dans le club tout de suite.

Je fus distraite par le son de la porte qui s'ouvrait. Je me rencognai dans l'ombre, ne souhaitant pas que quelqu'un me voie. La curiosité fut néanmoins plus forte, et je ne résistai pas à jeter un œil furtif. Je réprimai un mouvement de surprise quand j'aperçus Hope Sanders s'essuyer les yeux avec rage.

# 32

## *Becca*

Je me demandai bien ce qui avait pu provoquer l'état d'agitation extrême dans lequel Sanders semblait être. Elle se mit à faire des va-et-vient sans but précis si ce n'est pour tenter de se calmer. S'était-elle disputée avec Wentworth ? Ils semblaient très unis, mais je repensai à son air agacé tout à l'heure.

J'hésitai à aller la voir, après tout, si les Dark Angels n'étaient pas de la partie, Hope et moi serions probablement proches aujourd'hui. En même temps, je n'étais pas plus tentée que ça de me mêler de leurs affaires ; j'en avais assez des miennes.

J'en étais là de mes réflexions lorsque la porte s'ouvrit à nouveau. Je jetai encore un œil discret. Deux types d'une vingtaine d'années, peut-être un peu plus âgés que nous apparurent. Beaux gosses. Les costumes exigés au Diva étaient à leur avantage. *Ils ne sont pas de SDC, ceux-là, je les aurais remarqués.*

Hope avança de quelques pas pour s'isoler ; j'imaginais facilement qu'elle n'avait pas envie de compagnie.

— Hé, Blondie, on te fout la trouille ?

*Allez, des petits malins qui se croient irrésistibles !*

Hope les ignora et s'éloigna un peu plus. Cela aurait pu s'arrêter là.

C'était sans compter l'état d'ébriété des deux gars. Et probablement leur niveau de connerie qui devait péter la jauge.

— On t'a parlé, pétasse !

Cette voix raffinée, c'était le second, celui qui décida de foncer sur Hope et agrippa son bras sans aucune douceur. Elle tenta de se dégager, mais la poigne était trop ferme. La situation commençait à dégénérer.

— Enlève ta main de là, connard !

Hope lui envoya finalement un coup de pied dans les parties. Ne s'y attendant pas, il ne put l'éviter et se retrouva plié en deux.

— Salope !

L'autre type attrapa la jeune femme par les cheveux et, passant par-dessous sa jupe, lui mit sauvagement sa main dans la culotte.

Mon monde devint rouge.

Je me propulsai dans leur direction sans plus réfléchir et lui lançai mon poing directement sur la tempe. Il ne comprit pas tout de suite ce qui lui arrivait mais, par réflexe, lâcha Hope. De façon automatique, je me postai devant elle en position défensive. Si connard numéro 1 devait encore reprendre ses esprits, connard numéro 2 s'était visiblement remis et avançait vers nous d'un air très menaçant.

Les gardant tous deux en vue, je m'adressai à Hope, terrifiée derrière moi.

— Barre-toi, Sanders !

Connard numéro 2 se mit à rire. Un rire discordant qui agit comme une râpe sur ma peau.

— T'es suicidaire, chérie ! Tu sais pas compter, railla-t-il en se désignant tour à tour avec son pote. Mais ça me va, t'es aussi bonne que l'autre et on va s'occuper de toi une fois que tu seras K-O. C'est-à-dire dans quelques secondes.

Cet imbécile ne comprenait pas qu'il décuplait ma rage et qu'elle ne demandait qu'à sortir. Toutefois, même si j'étais très bien entraînée, je savais que je ne pouvais pas venir à bout de ces deux raclures. Trop grands, trop baraqués, trop tout. Un peut-être, probablement même, mais pas deux.

Tant pis, c'était de toute façon allé trop loin pour que je m'arrête maintenant. Mes poings me démangeaient, le sang battait dans mes veines et, en cet instant, je ne respirais que pour les réduire en charpie.

J'ajustai ma position, un pied devant, un pied derrière, les mains au-dessus des coudes. Cela eut l'air de l'amuser. Lui aussi modifia sa posture, et nous nous tournâmes autour comme deux vautours affamés. La meilleure défense étant l'attaque, je ne perdis pas de temps et déployai mon pied à la manière d'un coup de fouet, en visant ses parties génitales. Cette fois-ci, il s'y attendait. Il para mon attaque sans grande difficulté. Rien que je n'aie prévu. J'en profitai pour tourner sur moi-même et donner l'élan nécessaire à mon prochain coup. Mon poing s'écrasa sur son nez avec un craquement sonore. Il hurla. J'en éprouvai une satisfaction vicieuse. Grosse erreur qui allait me coûter car, connard numéro 1 s'étant totalement remis, il me prit par surprise.

*Débutante !*

Son bras s'était enroulé autour de ma gorge et je sentis ma trachée se comprimer de manière inquiétante. Je battis des mains et des pieds mais ne parvenais pas à trouver de prise. Il en profita pour me donner un coup de poing sur le visage. Ou deux, je ne savais plus trop. Une douleur fulgurante s'élança dans ma tête.

Je commençai à m'étouffer et à voir des points noirs devant moi. Il me fallait vite réagir si je ne voulais pas mourir dans l'arrière-cour du Diva. Ou pire. Un frisson glacé me secoua à cette pensée.

— Tiens-la bien, cette connasse, je vais me la faire.

J'entendis la boucle d'une ceinture se défaire et commençai à paniquer. Connard numéro 2, le visage ensanglanté, s'avançait vers moi avec un regard qui me donna un haut-le-cœur.

*Réfléchis, Becca, c'est peut-*être ta chance !

Car il venait juste de me donner la prise dont j'avais besoin. J'attendis qu'il soit assez prêt, puis réunissant toutes mes forces, je contractai mes abdos et au dernier moment soulevai mes jambes avec toute l'impulsion que je pus y mettre. Mes pieds trouvèrent appui sur son torse et le percutèrent suffisamment pour le faire tomber. Dans le même temps, cela me permit de faire un looping et d'atterrir derrière connard numéro 1, lequel avait desserré sa poigne sous le coup de la surprise.

Sans attendre, je plantai mon genou dans le bas de son dos puis lui fauchai les jambes. Pour finir, je visai sa gorge avec le tranchant de ma main. Il tomba comme une masse sur le bitume.

Cette fois, je ne me laissai pas distraire et cherchai l'autre. Ne le voyant pas, je me déplaçai de manière circulaire, à l'affût. Je l'entendis une demi-seconde avant qu'il n'attaque – merci la respiration sifflante du nez cassé.

Je me dérobai à son coup et lançai un coup de pied circulaire qu'il évita également.

Nous étions tous deux épuisés, en témoignaient nos respirations laborieuses. Ma tête m'élançait, ma gorge me semblait ratatinée, mais il n'était pas question que j'abandonne. J'avais un avantage par rapport à lui : cette colère sourde teintée d'injustice qui enflait en moi depuis quatre ans. Il allait payer pour tous les autres. Je perçus un cri sauvage qui n'était autre que le mien et me jetai sur cet enfoiré, multipliant les frappes avec toute la force dont je disposai. À califourchon sur lui, je libérai mes coups et moi avec. J'ignorai ses suppliques. J'étais dans un autre monde, fait de violence et de vengeance. Je ne voyais que du rouge, n'entendais que le battement du sang à mes tempes et eus à peine conscience que des bras puissants m'encerclaient et me détachaient de lui tant bien que mal car je ne pouvais plus m'arrêter.

# 33

## *Raf*

J'avançai à grandes enjambées, en prenant toutefois garde à conserver un rythme fluide, histoire de ne pas davantage abîmer la fille que j'avais jetée sur mes épaules comme un sac de patates. Ce n'est pas comme si elle m'avait donné le choix, à se débattre comme une chatte à qui on arrachait les griffes.

Encore choqué par les événements, je ne savais trop quoi penser.

Jusque-là, la soirée se présentait plutôt pas mal et j'étais censé la finir avec un vidage de couilles en règle.

Seulement, Jace et sa copine s'étaient pris la tête et cette dernière nous avait plantés sans rien dire. J'avais été surpris lorsqu'il ne l'avait pas suivie. Depuis qu'ils étaient ensemble, ces deux-là étaient collés comme des poissons ventouses à leur aquarium.

Cette situation me filait ma migraine, car je reconnaissais un peu trop l'attitude autodestructrice de mon ami. Celle qu'il avait avant.

*Avant elle.*

Il avait combattu ses démons assez longtemps et, sans l'arrivée de Sanders, je n'osais penser où il en serait. Bref, Hope était revenue un peu après, échevelée et dans tous ses états. Après une brève explication, nous avions foncé tous les quatre vers la sortie de secours.

Apprendre que Stiller avait des ennuis m'aurait normalement réjoui, mais je n'étais pas assez salaud pour que cela soit le cas avec *ce type* d'ennuis-là. Par ailleurs, si j'avais bien compris, elle n'était pas obligée d'intervenir et avait évité de gros problèmes à Sanders.

Inutile de dire que nous étions restés bouche bée devant le spectacle qui nous avait accueillis. Nous qui pensions jouer aux super-héros, il ne restait rien à sauver. L'un des types était affalé par terre, inconscient. Jace avait rapidement vérifié son pouls. J'avais eu un instant de doute lorsque mon ami l'avait fixé de longues secondes avec un regard meurtrier. Cet homme avait touché Hope et, le connaissant, il voulait lui faire la peau. Sans compter qu'en ce moment il n'était pas dans son état normal. Peut-être ce dégénéré pourrait-il remercier son complice plus tard, car c'est lui qui avait décidé mon pote à bouger ses fesses sans lui crever les yeux.

Une scène ahurissante s'était en effet déroulée devant nous : Rebecca Stiller se tenant à califourchon sur son agresseur et lui mettant coup après coup, avec une violence inouïe. Il ne devait pas rester grand-chose du visage du type. Et franchement cela ne m'avait pas du tout dérangé. Je dirais même que j'en avais éprouvé une sombre satisfaction, tout juste éclipsée par la fascination de voir Stiller faire preuve d'une telle sauvagerie.

En cet instant, elle n'avait plus rien d'humain. Elle était juste la proie qui avait mis K-O son prédateur et se repaissait de sa chair. Sa robe était remontée jusqu'aux hanches, du sang maculait son visage, ses mains et son abdomen. On ne voyait qu'elle dans la semi-pénombre. Telle une déesse vengeresse, elle brillait de mille feux. Ce n'était certes pas le moment, mais ma queue avait décidé qu'une monumentale érection était de mise.

Putain, elle allait le buter !

Mike s'était décidé à agir et s'était attaché à la séparer de tête-de-bouillie. Sauf que Xena la Guerrière ne se laissait pas faire et avait failli lui en mettre une bonne.

Étouffant un rire, je l'avais rejoint en quelques enjambées, avais immobilisé la jeune femme en bloquant ses épaules et l'avais tirée en arrière. Elle s'était débattue comme une folle, usant de ses mains, de ses pieds, de sa tête. Je n'avais pu tout éviter et m'en étais pris quelques-unes.

*Cela ne change rien, Starlight.*

J'avais beau avoir accouru pour la sortir du pétrin – et écopé d'une gaule d'enfer –, je la détestais toujours aussi cordialement.

Lorsque j'arrivai à l'appart, elle ne bougeait plus, probablement trop épuisée pour cela. Toujours lesté de mon fardeau, je récupérai les clés dans la poche de mon pantalon et ouvris. La porte claqua derrière nous comme le brigadier sur le plancher de la scène au théâtre.

Suite au prochain acte…

# 34

## *Raf*

Les premiers rayons de soleil s'invitèrent dans la chambre. Mon invitée surprise grimaça dans son sommeil et marmonna une suite de mots inintelligibles.

J'avais passé le restant de la nuit à la regarder dormir, remontant le fil de mes souvenirs. Mis à part sa lèvre tuméfiée et son œil poché, elle semblait paisible, allongée dans mon lit.

*Mon lit.*

Stiller était dans *mon lit.*

Plus d'une fois, j'avais hésité. Les cheveux emmêlés, elle était couverte de sang, de sueur, et je n'avais qu'une envie, la baiser jusqu'à ce qu'elle n'ait plus de voix. Goûter enfin à ce qui m'avait tant obsédé voilà quelques années et que je n'avais jamais eu.

*Tu aurais dû le faire quand elle le demandait.*

Mais non, pour une raison que j'ignorais, je voulais que ce soit spécial avec elle. Qu'elle n'en puisse plus et me supplie. Qu'elle prenne le pied de sa vie.

Et vu, comment je bandais en sa présence, je n'avais aucun doute sur l'orgasme cataclysmique que j'aurais éprouvé. Rien que la toucher, l'effleurer, me secouait. *Une première.*

Le fait qu'elle suscite en moi tant d'émotions inconnues m'avait d'abord intrigué, puis fasciné et limite obsédé.

Je voulais la posséder, tout entière, sentir sa peau contre la mienne, ses gémissements si sexy dans le creux de mon cou, sa chair brûlante m'accueillir.

Je l'avais crue vierge et naïve.

Elle n'était qu'une fille vénale de plus, se complaisant dans le mensonge. Le retour de bâton avait été cinglant. Et pourtant, toute la nuit, j'étais resté le cul collé à mon fauteuil, attendant qu'elle émerge. Elle s'était mise en danger pour sauver l'une des nôtres, je ne pouvais décemment pas la laisser seule dans l'état où elle était. Son pétage de plombs aurait fait flipper n'importe qui. Sauf nous. Trop vu, trop fait, difficile de nous pousser dans nos retranchements.

Je fus alerté par de nouveaux gémissements. La nuit avait été agitée. Elle bougeait sans arrêt, geignait, sursautait dans son sommeil. Plusieurs fois, j'avais été tenté de la réveiller, mais elle avait fini par se calmer toute seule. Et honnêtement je n'étais pas pressé qu'elle ouvre les yeux, j'avais eu assez de mal à obtenir la paix quand je l'avais transportée jusque chez nous.

Toutefois, cette crise semblait plus sérieuse que les autres. Elle commença à sangloter, puis se débattre. Lorsqu'elle se mit à se griffer le visage en hurlant, je décidai qu'il était temps de la ramener à la réalité. Par ailleurs, les autres devaient être rentrés, inutile qu'elle ameute tout l'appart.

— Stiller.

Je pris garde à ne pas trop élever la voix, le but n'était pas d'empirer la situation.

Cela n'eut aucun effet. Je claquai la langue et me levai pour m'approcher.

— Rebecca, réveille-toi, c'est juste un putain de cauchemar.

Cette fois, ma voix porta plus haut. Ses yeux s'ouvrirent d'un coup. Ce bleu si clair, qu'il me donnait d'habitude envie de m'y noyer, me fit aujourd'hui l'effet d'un abîme sans fond. Son regard était vide, seule la folie semblait y tourbillonner à l'infini.

Elle bondit hors du lit, se jeta sur moi comme une tigresse, me martelant la poitrine de ses poings. Je la laissai faire quelques secondes et encaissai sans broncher. Quand elle décida que ce n'était pas suffisant et qu'elle s'attaqua à la partie de mon corps que je chérissais le plus, je mis le holà.

J'attrapais ses poignets d'une main, et la fis reculer jusqu'à ce que le creux de ses genoux touche l'encadrement du lit.

— *Starlight*, tu commences sérieusement à me faire suer, sifflai-je. Et je crois que t'as pas envie que je m'énerve vraiment.

Rien à faire, j'avais l'impression que son esprit était ailleurs, toujours coincé dans son cauchemar. Elle parvint à dégager son bras droit, et je me pris un coup dans la mâchoire, qui résonna dans toute ma tête.

— Bordel !

Sans réfléchir, j'immobilisai à nouveau ses poignets et écrasai ma bouche contre la sienne. Mon instinct avait pris le contrôle et je le laissai faire, trop perturbé par la sensation moelleuse de ses lèvres contre les miennes, me catapultant quelques années en arrière. En version plus sauvage.

Elle tenta de me mordre pour me stopper, je lui rendis la pareille, le léger goût ferreux décuplant mon excitation. Nous continuâmes ce petit jeu un instant tels deux animaux se cherchant, tout en glissant insidieusement vers un tout autre type de joute. Je bandais si dur que j'en avais mal, et l'éclat fiévreux dans ses yeux m'informa qu'elle était dans le même état que moi. C'était de la folie, mieux valait arrêter maintenant ou nous allions le regretter.

Juste au moment où je me reculai pour parler, elle combla la distance et introduisit sa langue dans ma bouche. Si douce, si chaude, si addictive. Mon instant de lucidité vola en éclats.

Je posai ma main sur sa nuque, la maintenant bloquée pour approfondir notre baiser.

C'était comme un volcan qui se réveille : la violence, l'urgence, le danger… Mon corps réagit aussitôt, du feu circulait dans mes veines ; le sang, quant à lui se dirigeait vers une unique destination.

Nos dents et langues s'entrechoquèrent, cherchant à dompter l'autre, à prendre, encore et encore sans se rassasier. D'un léger coup de genou, je la fis basculer sur le matelas. Mon corps recouvrit entièrement le sien et chaque cellule sembla s'en délecter. Le fin tissu de sa robe noire était une maigre barrière. Je percevais le galbe de ses seins ronds et fermes tandis que ma cuisse s'insérait entre ses jambes découvertes.

Elle poussa un gémissement exquis qui envoya une onde de choc directement dans ma queue. Je la pressai sur son ventre doux pour me soulager et fis sortir ses seins par-dessus son décolleté, baissant les bretelles si brutalement que je faillis les arracher. Je la contemplai un instant, pris de fièvre, et accrochai son regard tandis que ma bouche descendait lentement vers les pointes dressées qui m'appelaient.

Nous nous fixâmes ainsi, sans un mot, dans l'attente.

Et, quand le bout de ma langue effleura la partie douce de sa peau, nous réagîmes à l'unisson : moi par un grognement animal, elle par un soupir des plus obscènes. Mes mains trouvèrent aussi leur chemin et je me délectai de ses rondeurs fermes, pressant, mordillant ou léchant sans en avoir jamais assez. Ma cuisse frottait entre ses jambes dans un mouvement répété et de plus en plus appuyé. Le fin morceau de tissu qui la protégeait de moi glissait tellement aisément que l'on pouvait deviner qu'il était trempé.

Je ne perdis pas une miette de l'orgasme qui déforma ses traits. Elle était sublime. Et moi, au bord de l'explosion.

# 35

## *Becca*

Je tentai de reprendre mon souffle, encore tremblante. La vague de plaisir qui me secouait me paralysait, mais plus encore, j'étais clouée au lit par son regard vert étincelant.

*Son lit.*

*Sur lequel je venais de jouir.*

Ces mots me semblaient creux, sans substance. Pour l'instant, seule la sensation de mon corps bouillonnant traversait le voile de ma conscience. Sa peau brûlante toujours contre la mienne, sa respiration saccadée. Puis, je me souvins. Un déclic sembla se produire également chez lui, et nous reculâmes en même temps. Le vide laissé par ce mouvement me sembla tout à coup insupportable. J'étais terrifiée. Mais, plus que tout, je ne voulais pas le montrer.

J'inspirai pour me donner du courage et, d'un air détaché, lissai ma robe et remontai mes bretelles.

Silencieux, Rafael me fixait. Pieds nus, il ne portait qu'un jean qui descendait bas sur ses hanches. Je me forçai à lever la tête et le regarder en face. Comme si son torse bronzé ne me faisait aucun effet. Je sentais encore sous mes doigts les courbes dures de ses muscles contrastant avec la douceur enivrante de sa peau, et son odeur, un mélange d'océan, de pluie fraîche et de danger.

*Fais semblant de rien, Rebecca, tu auras tout le temps de boucler dessus plus tard.*

— Pourquoi je suis ici ? Dans ta chambre.

Ma voix fut étonnamment calme. Comme si je n'étais pas couverte de sang séché.

Comme si je ne venais pas de jouir sur sa cuisse.

Comme si je n'avais pas perdu le contrôle.

— Tu n'étais pas en état d'être seule.

Des flashs me revinrent en mémoire. Sanders, deux enfoirés, une rage sourde, et puis plus rien.

Est-ce que je les avais butés ? Je n'osai poser la question, ayant peur de la réponse. C'était sans compter que, comme avant, j'étais pour lui un livre ouvert.

— Les autres s'en sont occupés. Tu n'en entendras plus parler.

Je me tendis immédiatement.

— Non, ils respirent parfaitement, dit-il d'un air narquois. Enfin, l'un d'entre eux au moins, l'autre devra jouer à Dark Vador pendant quelque temps.

Je dissimulai mon soulagement et, me dirigeant vers la porte, repérai mon sac sur la commode, le récupérai puis posai ma main sur la poignée.

— Tu comptes traverser le campus comme ça ?

Je baissai les yeux.

Merde, il avait raison. Avec tout ce sang, on aurait dit un *serial killer* en cavale. Mais plutôt mourir que de l'avouer. J'ouvris la porte.

— Je vais me débrouiller, répondis-je sèchement en partant.

— Stiller ?

Malgré moi, je m'arrêtai.

— Tu ne crois pas qu'un remerciement serait de mise ?

Remercier un Crawford ? Il pouvait rêver ! D'autant que je ne savais pas s'il parlait de m'avoir sortie du pétrin ou de l'orgasme terrassant qu'il m'avait donné. Et, vue l'ironie de son ton, il comptait bien sur cette confusion.

Je claquai la porte pour toute réponse.

# 36

## *Becca*

Lorsque je rentrai, j'eus droit à un comité d'accueil. Ginny, Irina et Pepper m'attendaient dans le salon. La première se limait les ongles tandis que les deux autres se précipitèrent vers moi, un air de soulagement intense sur le visage.

Pepper me prit dans ses bras comme si je revenais d'entre les morts.

— Tu m'as fait une peur bleue !

Irina passait gentiment une main dans mon dos. Je me laissai faire, trop fatiguée pour réagir.

Pepper me relâcha enfin.

— Je suis au courant. Mike m'a tout raconté. Ce que tu as fait était très courageux, Becca, Hope t'en doit une bonne, et les DA aussi.

Je lui offris un faible sourire. Courageuse n'était pas le terme qui me venait en premier à l'esprit pour me décrire à l'instant présent.

Irina me prodigua quelques paroles réconfortantes et, bien entendu, Ginny m'ignora royalement, ce qui me convenait tout à fait. Je me dirigeai en mode automatique vers la salle d'eau et fixai mon reflet dans le miroir. Entourée d'une serviette *La Reine des neiges* que j'avais chapardée sur un tabouret de bar en sortant de chez les DA, j'avais l'air d'un zombie. Je ne pus toutefois manquer de remarquer que mon visage, bien que meurtri, ne portait pas de taches de sang : les blessures à l'œil et à la lèvre avaient été nettoyées, cela ne faisait aucun doute.

Sous ce constat, j'ouvris le jet d'eau chaude et restai dessous jusqu'à ce que ma peau devienne écarlate.

Quelques jours passèrent sans que je m'en aperçoive. J'étais totalement renfermée sur moi-même ; Pepper et Coline ne parvinrent pas à me faire sortir de ma torpeur. J'assistais aux cours et me cloîtrais dans ma chambre la plupart du temps. J'avais croisé les Dark Angels mais avais soigneusement évité tout contact visuel. Le regard vert intense qui me fixait parfois m'avait même incitée à changer mon chemin pour un autre. Au moins me laissait-il tranquille.

Hope m'avait appelée plusieurs fois, je n'avais pas répondu. Elle avait fini par me laisser un SMS dans lequel elle me remerciait et prenait de mes nouvelles. Ce qu'elle ne savait pas c'est que j'avais agi par instinct, et davantage pour moi que pour elle.

Je restai une semaine ainsi, anesthésiée et empêchant mon cerveau de penser. J'avais laissé Rafael me toucher, cette fois, en toute conscience ; et j'avais aimé ça. Dieu que j'avais aimé ça !

Je pouvais toujours mettre ce moment sur le compte du choc et du pétage de plombs, dire que je n'étais pas moi-même. Cela aurait été entièrement faux. J'avais envie de son corps, de son odeur, de son toucher. Quand je ne ressentais rien de spécial avec les autres, lui me transportait alors même que je n'avais jamais couché avec lui.

*Je serai ta première fois, Starlight, et ce sera un putain de feu d'artifice.*

J'avais tellement retourné cette phrase dans ma tête, intriguée, impatiente. C'est pour cette raison que je m'étais rendue chez lui ce jour-là il y a quatre ans ; j'en avais assez d'attendre. Je voulais qu'il tienne sa promesse et voler en éclats dans ses bras.

Évidemment, tout cela ne m'avait paru ensuite qu'un vaste

mensonge me donnant la nausée. Et pourtant, ce soir, sous la pulpe de ses doigts et la violence de ses baisers, les étincelles crépitaient, que je le veuille ou non.

Un long soupir m'échappa. *Retour à la réalité.*

Demain, j'étais censée retrouver Hope pour notre rendez-vous photo. J'avais déjà annulé le précédent et ne pourrai probablement pas échapper à celui-ci car la deadline approchait. Ou alors, cela signifiait que je laissais tomber le concours, ce que je refusais.

Quatre ans auparavant, je m'étais juré de ne plus laisser le cours des événements diriger ma vie.

J'avais eu un coup de mou, mais c'était terminé.

# 37

## *Raf*

Hope reposa son téléphone d'un air contrarié.

— Arrête de l'appeler, elle ne te répondra pas.

Elle leva ses beaux yeux caramel vers moi.

— Elle m'a évité d'être violée et tabassée, le moins que je puisse faire, c'est la remercier. Si je dois insister, tant pis.

Je soupirai.

— Oublie-la, Minnie Mouse, elle n'en vaut pas la peine.

Elle retroussa son joli nez.

— Tu l'as ramenée dans ta chambre, veillée toute la nuit ; pour quelqu'un qui la déteste autant, je trouve cela bizarre.

Là, elle commençait à m'agacer.

Je pris une barre chocolatée et mordis dedans à pleines dents, peut-être dans l'idée de calmer mes nerfs.

— Elle avait morflé et c'était pour l'un de nous, annonçai-je. J'ai beau être un salaud, j'ai quand même le sens de l'honneur.

— Mike aurait pu s'en charger, rétorqua-t-elle en levant un sourcil. Oh et…

Elle m'offrit un sourire éclatant.

— Tu ne viendrais pas de dire que je suis l'une des vôtres ?

Hope tourna la tête vers mes deux amis. Nous étions sur la terrasse en train de prendre notre petit déjeuner et ces deux-là prenaient garde à ne pas l'ouvrir, comme chaque fois que la Fée Clochette et moi on se prenait la tête.

— Jace, Mike, je fais officiellement partie du clan, y a quoi, un *tatoo*, un rituel satanique à faire ?

— Sanders, tu m'emmerdes.

— Papillon, lâche-le. Il est juste en train de tomber à nouveau raide dingue de cette meuf.

Je lâchai un grand rire un peu trop nerveux et me levai, carrément énervé.

— Wentworth, arrête la fumette, mec. En plus ça évitera que ta copine nous pourrisse la vie, tu baiseras plus et tout le monde sera content.

Sanders se tendit comme arc, Jace se leva si brutalement que la table trembla. La bouteille de jus d'orange se renversa, un verre se brisa, mais nous étions trop absorbés par notre duel de regards pour y porter attention. Nous nous étions déjà battus, à de nombreuses reprises. Mais cette fois-ci nous avions trop à évacuer.

Un bruit assourdissant creva la bulle de tension qui enflait.

Je tournai la tête : Mike venait de briser la table d'un coup de poing rageur. Il nous observait tous les deux d'un air assassin, muscles tendus.

— Bordel, Nicole est peut-être en train de clamser et vous êtes là prêts à vous foutre sur la gueule ! Sortez-vous les doigts du cul et assumez vos conneries !

Chaque mot prononcé me fit l'effet d'un coup dans le plexus. Parce qu'il avait raison à 100 %. J'eus soudain l'impression de manquer d'air et eus un mal de chien à déglutir. Mes épaules s'affaissèrent. Jetant un œil en coin à Jace, je constatai qu'il régissait de la même manière.

Je partis sans rien dire.

Je tapais dans un sac depuis deux heures, non-stop. Mes muscles me brûlaient, un voile de sueur me recouvrait, me rendant luisant comme un ver. J'aurais pu aller sur un ring et me battre, mais le type n'aurait pas survécu.

— Holà, Crawford, t'as envie de buter quelqu'un ou quoi ?

Sans m'interrompre, je répondis à Juan, le propriétaire de la salle.

— Tu te portes volontaire ?

Il éclata de rire.

— Même toi, tu n'aurais aucune chance, petit.

Juan, bien que la quarantaine tassée, était une vraie armoire à glace, tout en muscles. Le combat, c'était sa vie et cela, depuis qu'il était en âge de marcher. Il avait grandi dans la rue, au milieu des gangs et avait survécu. Ce qui signifiait qu'il n'était pas seulement fort, mais aussi très malin. Et, oui, même si peu de personnes pouvaient me mettre K-O, je supposais que Juan pouvait en faire partie. Je n'avais pas forcément l'intention de le découvrir, d'autant que je l'appréciais.

Je lui rétorquai néanmoins :

— T'as de la chance que je sois crevé.

Il secoua la tête en riant à nouveau, conscient que je bottais en touche. J'arrêtai enfin de taper et pris une bouteille d'eau dans mon sac à dos.

Jace m'avait vraiment foutu en rogne tout à l'heure, je ne me souvenais pas que Mike ou lui m'aient déjà mis dans un état pareil. Je lui aurais vraiment mis une raclée si Mike n'était pas intervenu. Tout ça pour quoi ?

*Il est juste en train de tomber à nouveau raide dingue de cette meuf.*

Avait-il oublié ce qu'elle avait fait ? Rebecca Stiller était morte pour moi, j'avais mis une croix dessus.

OK, j'avais toujours envie de me la faire.

L'image sournoise de son visage au moment où je l'avais fait jouir surgit sans prévenir. Et ma queue réagit instantanément. Furieux, je récupérai mon sac et partis sans même saluer Juan. Il fallait que ça s'arrête.

Mike avait raison : je devais juste la baiser une bonne fois pour toutes et la jeter ensuite comme la petite merde qu'elle était.

# 38

## *Becca*

Hope arriva pile à l'heure, ce qui ne m'étonna pas. Cette fille ne devait avoir aucun défaut. Je m'attendais à ce qu'elle se confonde en remerciements avec appréhension, vu qu'elle avait essayé de m'appeler au moins cinquante fois. Or je n'avais aucune d'envie d'aborder le sujet du Diva.

— Bonjour, Rebecca. Tu as une idée d'où tu veux aller ?

Je l'observai d'un air suspicieux, étonnée d'avoir eu tort. Tant mieux.

— La plage ? Ça nous laisse pas mal de possibilités.

Hope acquiesça en silence.

Il était 17 h 30 et le littoral était encore fréquenté. J'enlevai mes ballerines et plongeai mes pieds dans le sable chaud, appréciant sa caresse délicate. J'aperçus soudain un héron bleu en bordure de l'océan. Le soleil couchant semblait iriser ses plumes grises avec un léger reflet azur. Il marchait tranquillement, si paisible, habitué à la compagnie des humains.

Je pris mon appareil et ajustai les paramètres. Le héron s'étant tourné, je patientai, concentrée, le temps qu'il reprenne sa position initiale.

— Tu fais quoi, là ?

Surprise, je tressaillis.

— Je prends une photo, ça ne se voit pas, répondis-je, agacée d'avoir été interrompue.

Sanders laissa échapper un rire cristallin qui me porta sur les nerfs.

— Parce que tu crois que moi, j'irais photographier un oiseau ? Je te rappelle que tu dois te mettre à ma place, et moi à la tienne.

Un grognement de mécontentement m'échappa. Elle avait raison, mais cela ne signifiait pas pour autant que cela devait me réjouir.

— Et ton héron, je l'ai déjà dans la boîte, ajouta-t-elle d'un sourire narquois. Je commence un peu à te cerner.

Vexée d'être aussi prévisible, je ne répondis rien. J'allais lui montrer que moi aussi, je pouvais relever ce foutu challenge. J'aurais bien énuclé Dylan à la petite cuillère pour nous avoir sorti ce concours débile de son chapeau.

— Alors ? Tu te décides ?

J'observai autour de moi, mais cette fois-ci en prenant du recul. Depuis le début, Hope se concentrait sur les gens, des portraits, des scènes de groupe. Tout ce que j'ignorai de mon côté, préférant immortaliser la nature, paysages ou animaux.

Non loin de nous se trouvait un couple d'une trentaine d'années. Ils sortaient de l'eau en se pourchassant et s'éclaboussant. L'homme finit par attraper la femme par la taille laquelle rejeta la tête en arrière en éclatant de rire.

*Clic.*

Elle se retourna et ils se fixèrent un instant, comme s'ils étaient seuls au monde.

*Clic.*

L'homme prit ses joues en coupe et approcha ses lèvres des siennes.

*Clic.*

*Clic.*

*Clic.*

Parfait ! Avec ça, miss casse-pieds devrait être ravie.

Je me tournai vers elle, un sourcil relevé. Elle m'offrit un sourire chaleureux pouvant faire concurrence à la boule de feu dans le ciel.

Nous continuâmes à déambuler sur la plage, mitraillant autant que possible. Elle, le coucher de soleil, les vagues venant lécher le sable ou les coquillages les plus esthétiques ; moi, des mères avec leurs enfants, des couples de tout âge, des familles éclatantes de bonheur. *Tout ce qui me manquait.* J'avais beau m'être construit une carapace, cette soif d'amour et d'affection ne disparaissait pas. Affirmer le contraire serait un mensonge éhonté.

Au fur et à mesure, une boule enflait dans mon estomac. Je tentai de l'ignorer, mais rien à faire. Elle était là, me rongeait comme de l'acide, prenant de plus en plus de place.

Sans prévenir, mes yeux me piquèrent. Je paniquai et les clignai plusieurs fois de suite pour contenir les larmes. Hope Sanders était néanmoins très observatrice.

— La mère de Jace a un cancer. Le pronostic n'est pas bon.

Sa voix se brisa sur les derniers mots. Quant à moi, je fus si surprise par cette confidence que je ne trouvai rien à dire.

— J'ai une petite sœur, Trixie. C'est Nicole qui la garde à Encinitas depuis l'année dernière. C'est un peu notre mère à toutes les deux. Si elle venait à partir, je ne sais pas ce que nous deviendrions.

La mère de son copain s'occupait de sa petite sœur ? N'avait-elle pas de famille ?

Sans m'en rendre compte, j'avais posé la question à haute voix.

Hope secoua la tête.

— Notre mère n'a plus la garde de Trixie, je l'ai demandée à mes dix-huit ans. Et comme elle s'est présentée défoncée à l'audience…

Mes yeux s'arrondirent. Avoir une mère qui faisait figuration, je connaissais. Mais j'étais seule, je ne devais m'occuper que de moi.

Une bouffée d'angoisse me submergea à l'idée d'avoir un petit frère ou une petite sœur qui serait sous la responsabilité d'Adélaïde.

— L'autre soir, poursuivit-elle, j'ai compris que Jace s'était remis à fumer du shit. Sa façon à lui de gérer la situation.

Sa voix tremblota. Une larme roula sur sa joue.

— Je ne l'ai pas supporté. Tu vois, la drogue a bousillé une partie de ma vie et j'avais fait jurer à Jace de ne plus y toucher, que ce soit du shit ou n'importe quelle autre substance. Pour moi, elles se valent toutes.

La lumière se fit dans mon esprit.

— C'est pour ça que tu es sortie du Diva. Tu t'étais disputée avec lui.

Elle hocha la tête.

— Je pensais en avoir fini avec ça. Visiblement, j'avais tort.

— Tu sais, c'est un coup dur pour lui. C'est probablement juste un coup de tête.

Elle ne répondit rien, le regard dans le vide. Sans savoir pourquoi, j'eus envie de la réconforter.

— Wentworth est fou de toi, ça se voit comme le nez au milieu de la figure. Crois-moi, je ne l'ai jamais vu comme ça, avec personne.

Et c'était vrai. Aucun des Dark Angels d'ailleurs. Aucun des trois ne s'était jamais intéressé à personne, c'était eux contre le reste du monde.

*Sauf toi. La façon dont Rafael te regardait…*

Je fis aussitôt taire cette petite voix. Crawford ne s'était pas réellement intéressé à moi, jamais.

Sinon, il m'aurait écoutée.

Il m'aurait crue.

Soudain, tout le poids de ce que j'avais vécu cette année-là à Encinitas me tomba dessus. Comme une masse.

Tout ce que j'avais soigneusement cadenassé et refoulé.

J'eus l'impression de ne plus pouvoir respirer. Et je ne pus empêcher les mots de sortir, comme s'il me fallait les vomir sous peine d'étouffer. Sous l'oreille attentive de Hope Sanders, je relatais le calvaire que j'avais vécu.

# 39

## *Becca*

*Quatre ans plus tôt*

Je sonnai. Le portail en fer forgé s'ouvrit quelques secondes après. Encore étonnée de mon audace, je tentai de calmer les battements désordonnés de mon cœur.

J'avais envoyé un message à Raf, lui demandant s'il était disponible pour un cours sur les complexes. Nous savions tous deux qu'il n'avait aucunement besoin de mon aide, il était brillant.

C'était juste le prétexte qu'il avait trouvé pour se retrouver seul avec moi régulièrement. Et je m'étais dit que je pouvais tout aussi bien l'utiliser à mon avantage. J'avais tellement envie de le voir, de le toucher. Ce que j'avais ressenti la dernière fois… j'en avais encore des frissons. Et j'en voulais plus.

Jusque-là, il avait refusé, arguant que je n'étais pas prête. Mais il se trompait. Jamais je n'avais été aussi prête. Je voulais sentir sa peau sur la mienne, ses lèvres parcourir mon corps, boire son souffle et m'en enivrer. Je voulais me perdre en lui et qu'il soit le premier. Je voulais tout lui donner.

Sans savoir ce qui allait me rester. Car c'était un Dark Angel et, tous à Encinitas le savaient, les DA n'étaient pas des enfants de chœur. Ils ne s'occupaient de personne à part d'eux-mêmes.

J'avais certes attiré son attention, mais pour combien de temps ? Allait-il se lasser après quelques jours ? Quelques mois ? J'avais décidé que je m'en moquais. Je le voulais lui, et c'est tout. Peu importaient les conséquences.

Je traversais l'allée menant à la maison. Elle était magnifique, toute de terrasses et de baies vitrées, rehaussée par des parties en bois exotique contrastant avec le blanc immaculé de la façade.

J'eus un léger pincement à l'estomac. Notre maison était splendide, elle aussi. Mais elle n'était plus à nous pour bien longtemps. Suite à la condamnation de mon père, l'État allait la saisir et nous n'aurions bientôt plus rien.

Je ne pouvais pas croire que mon père était un escroc. Malgré le procès et toutes les choses terribles qui avaient été dites dans la presse, je restais persuadée qu'il était innocent. Souvent, j'avais rêvé qu'un miracle allait se produire et qu'il allait sortir de prison. Que nous pourrions reprendre le cours de notre vie.

Mon père était bien sorti. Les deux pieds en avant.

Il s'était pendu. C'était la version officielle, je n'y croyais pas. Mon père était un battant, un homme bon et courageux. Jamais il ne nous aurait laissées, ma mère et moi.

Parfois, lorsque j'étais à bout, j'imaginais que c'était elle qui était morte, pas lui. C'était horrible et cruel, mais mes relations avec elle avaient toujours été distantes, quand j'étais très proche de mon père. Il était mon monde et il avait disparu, engloutissant tout avec lui. Me laissant avec une femme qui déjà n'avait pas l'instinct maternel et qui, depuis notre tragédie, était une épave.

Je secouai la tête, comme pour chasser toutes ces pensées qui me hantaient si souvent. Ce n'était pas le moment. Aujourd'hui, je voulais tout oublier dans les bras de Rafael Crawford, et j'étais bien décidée à y parvenir.

*Je serai ta première fois, Starlight, et ce sera un putain de feu d'artifice.*

La porte était ouverte quand j'arrivai sur le perron.

— Rafael, appelai-je.

Je n'obtins aucune réponse. Haussant les épaules, je décidai d'entrer. Après tout, s'il avait ouvert la porte, ce n'était pas pour rien. Il avait peut-être eu un appel entre-temps et il m'attendait dans sa chambre.

Un frisson d'anticipation parcourut mon échine. Je fermai la porte et montai l'escalier, sachant exactement où aller. Au moment où je mis ma main sur la poignée, une voix m'interrompit.

— Rafael n'est pas encore arrivé, il ne devrait pas tarder.

Je me retournai, interdite. Un homme d'une cinquantaine d'années me faisait face. Bel homme, cheveux châtains, grisonnants sur les tempes, vêtu d'un costume hors de prix comme en portait mon père. Il me confirma ce que je pensais :

— Enchanté, Rebecca, je suis le père de Rafael, dit-il en me tendant la main.

— Bonjour, monsieur.

J'étais un brin impressionnée, cet homme en imposait, pas étonnant qu'il soit P-DG d'une des plus grandes multinationales du pays. Mais j'étais inquiète également. Pourquoi Rafael ne m'avait-il pas prévenue qu'il serait en retard ?

— Désolée, je pensais qu'il était là, annonçai-je, je repasserai plus tard.

Il balaya ma déclaration d'un revers de la main.

— Viens te mettre à l'aise, dit-il en m'indiquant le chemin. Il m'a prévenu de ton arrivée. Tu boiras bien quelque chose en attendant ?

— Je vous remercie, je ne veux pas déranger. Je peux attendre Raf dans sa chambre.

— Quelle idée ! On ne dira pas qu'on manque d'hospitalité dans cette maison.

Je le suivis dans ce qui semblait être un bureau. La pièce était grande, pourvue de meubles en bois anciens et agrémentée de pièces d'art probablement très coûteuses. Je n'étais pas très à l'aise et me demandai quand Raf allait arriver.

Son père se servit un bourbon et il alla récupérer un Coca dans son minibar. Je le remerciai du bout des lèvres, n'ayant pas soif… Il s'assit confortablement sur un canapé Chesterfield et m'invita à faire de même.

— Alors, Rebecca, comment vas-tu ? J'imagine que cela ne doit pas être facile pour toi et ta mère.

Je déglutis difficilement. Je ne connaissais pas cet homme et n'avais aucune envie de parler de ce que je vivais depuis la mort de mon père.

— Tu sais que je connaissais Adam. C'était un homme respectable. Jamais je n'aurais cru…

— Mon père est innocent.

Ma réponse claqua comme un fouet. Il interrompit la course de son verre jusqu'à ses lèvres et me fixa.

— Évidemment. Le juge en a néanmoins décidé autrement. Ce doit être très difficile pour toi. Si je peux faire quoi que ce soit pour t'aider dans cette période difficile, n'hésite pas.

Il me scrutait comme un entomologiste l'aurait fait avec un insecte. Mal à l'aise, je ne savais que répondre.

Soudain, sa main se posa sur ma cuisse et je manquai une inspiration. Un voile de sueur recouvrit d'un coup mes tempes et un sentiment d'urgence m'étreignit.

Je me levai brusquement.

— Je vous remercie. Je vais y aller, je reviendrai voir Raf un autre jour.

Je me dirigeai d'un pas rapide vers la porte. Il fut plus rapide. Le cliquetis de la clé qui tourne s'enroula autour de ma gorge comme un serpent affamé.

Je n'avais pas encore seize ans.

# 40

## *Becca*

*Aujourd'hui*

Aucune de nous ne prononça un mot durant de longues minutes. Moi, car j'étais trop choquée d'avoir raconté cela à quelqu'un. Hope, eh bien, probablement ne s'attendait-elle pas à de telles révélations. À tout instant, j'imaginais qu'elle pourrait me regarder avec mépris et me traiter de menteuse.

Même si j'y étais habituée, j'anticipais la douleur que cela allait me causer.

— Tu es allée porter plainte ? demanda-t-elle au bout d'un moment.

Je n'osai la regarder et me concentrai sur mes pieds.

— Non.

Silence.

— Je… je n'en ai pas parlé tout de suite. J'avais trop honte.

Je pris le temps de déglutir, ma bouche me semblait très sèche.

— J'ai craqué deux jours après, auprès d'une amie, Liana. Puis j'ai fini par en parler à ma mère.

Hope me dit doucement :

— Le père de Rafael est en liberté, je suppose qu'il n'a pas été condamné.

Il n'y avait pas de jugement dans son affirmation, juste de l'intérêt et de la curiosité. C'était mieux que ce que j'avais jamais eu.

— Non, il n'a pas été condamné.

Ces mots avaient une saveur amère que je ne connaissais que trop bien. Celle de l'injustice, rehaussée par une inextinguible soif de vengeance.

— Ma mère ne m'a pas crue. Elle m'a interdit d'aller voir la police ou qui que ce soit d'autre. Et moi, j'étais juste… cassée.

J'eus toutes les peines du monde à ce que ma voix ne se brise pas.

— Rebecca… je ne sais pas quoi te dire. Une mère est censée être un refuge, un rempart à toutes les atrocités de la vie, surtout à cet âge-là. Cela a dû être terrible pour toi, et je sais de quoi je parle, crois-moi.

Ces paroles, que personne n'avait jamais prononcées, me déstabilisèrent complètement. Évidemment que je m'étais répété cela des centaines de fois. L'indifférence de ma mère face à mon drame me tuait autant que le viol dont j'avais été victime. L'entendre dire par une tierce personne, c'était comme une caresse réconfortante.

— Mais tu dois porter plainte, il n'y a pas de prescription. Peu importe qui te croit ou pas, toi, tu sais ce qui s'est passé. Tu sais ce que cet homme t'a pris. Tu dois le faire payer.

Je lâchai un rire amer. Hope semblait si sûre d'elle, si inflexible, et je devrais lui en être reconnaissante car elle était la seule à n'avoir jamais remis en question mon histoire.

C'est qu'elle ne savait pas tout.

— Je ne peux pas. Tu vois, ma mère ne s'est pas contentée d'étouffer l'affaire. Elle y a trouvé un moyen de pression à son avantage. Le lendemain, elle m'a traînée chez Crawford, dans cette maison où ma vie s'était arrêtée, dans cette pièce qui portait toutes les empreintes de ce que j'avais subi.

Les yeux de Sanders s'écarquillèrent et j'y plantai les miens.

— Elle a menacé Crawford de m'emmener au commissariat et de tout révéler à la presse. Bien entendu, tout serait oublié contre quelques dizaines de millions de dollars.

Grâce à moi, ma mère avait récupéré son train de vie.

L'air horrifié de la jeune femme face à moi me fit sourire. Alors que j'avais envie de pleurer.

— Personne ne t'a crue, murmura-t-elle. À cause de l'argent, personne ne t'a crue.

Je n'eus pas besoin de confirmer.

À partir de là ma vie était devenue un enfer. Mon « amie » avait fait fuiter l'histoire dans tout Archer's. Rafael avait été mis au fait du chantage de ma mère par son père. Il était facile pour lui de dire qu'il ne pouvait se permettre de telles accusations dans la position où il était. Un chef d'entreprise reconnu dans tout le pays, régulièrement à la une de Forbes, cela aurait causé trop de tort à l'entreprise. Il avait dit à son fils qu'il avait préféré céder et ne plus en entendre parler. Et tout cela sonnait parfaitement vrai. Beaucoup plus que les élucubrations d'une adolescente dont le père avait été condamné pour fraude et qui se retrouvait sans un sou.

Hope et moi rentrâmes en silence au campus.

Je ne sus ce qui se passait dans sa tête. Elle avait semblé touchée, elle avait semblé comprendre. Mais les circonstances n'étaient pas en ma faveur, et Rafael était le meilleur ami de Jace. Elle allait probablement y repenser et me juger coupable, de la même façon que les autres.

Au moins m'avait-elle accordé le bénéfice du doute pendant un instant.

Rien que pour ça je ne regrettais pas mon épanchement.

# 41

## *Becca*

— J'y suis presque, Rebecca !

Mon cœur s'emballa.

— Il serait temps !

— Arrête de faire ta peste et écoute : depuis des années, le vieux Crawford envoie régulièrement de grosses sommes d'argent à l'institut Fitzpatrick.

Dayton avait l'air d'avoir lâché une bombe.

— Et ? fis-je, déçue.

— Et, il s'agit d'un hôpital psychiatrique. En creusant bien et grâce à mes relations, j'ai pu contacter une personne qui travaille là-bas. Si Crawford fait autant de donations, ce n'est pas par bonté d'âme, c'est parce que quelqu'un qu'il connaît y est interné.

Un frisson d'anticipation me secoua. Cette information pouvait en effet s'avérer importante. Restait à savoir qui était la personne en question et si cela pouvait provoquer quelques remous dans la vie du vieux pervers.

— Qui est-ce, cette personne ?

— Rose Prince, ça te dit quelque chose ?

Je fouillais dans ma mémoire mais rien ne me vint. En tout cas, il ne me semblait pas avoir connu de Rose Prince à Encinitas.

— Non. J'imagine que tu n'as rien trouvé de ton côté.

Il fit claquer sa langue.

— Pas encore, mais j'y travaille. Vu le secret qui entoure cette Rose, car personne n'a le droit d'en parler et seul Crawford est habilité à la visiter, il y a forcément quelque chose de louche.

— Je suis d'accord. Il va la voir régulièrement ?

— Non. J'ai dit qu'il était seul sur la liste des visites, pas qu'il s'y rendait. Elle a été internée il y a quinze ans et il y est allé deux fois.

— Mmm, donc pas quelqu'un de proche.

— A priori. Mais je continue de creuser.

L'appel de Dayton m'avait gonflée à bloc. Enfin, je tenais une piste.

C'est d'un pas léger que je rejoignis la salle photo. Hope Sanders m'avait donné rendez-vous à 19 heures et j'étais déjà en retard. J'avais un peu rechigné car je ne voyais pas l'intérêt de travailler sur le projet à cette heure-ci alors que normalement, la salle était fermée. Mais elle m'avait dit qu'elle serait peu disponible les prochains jours à cause de son job de serveuse.

Comme présumé, les couloirs étaient déserts. Je soufflai en arrivant à destination, pas du tout motivée.

La porte était ouverte, j'entrai.

— Hope ?

Je parcourus la salle des yeux, elle ne semblait pas être arrivée. J'allais voir dans celle de développement. Elle avait été conservée pour ceux qui préféraient l'argentique. Je ne l'y trouvais pas non plus et commençai à grogner. C'était bien la peine de me dépêcher.

Un bruit de pas se fit entendre. Ah ! quand même.

Je retournai dans la grande pièce.

— Tu es en re…

Je m'arrêtai tout net. Ce n'était pas Hope qui se tenait devant moi, mais Rafael Crawford, toujours aussi imposant. Il portait un jean brut et une chemise noire dont il avait relevé les manches jusqu'au coude. Ses avant-bras dorés où serpentait une veine saillante attiraient l'œil comme un aimant. Il arborait plusieurs bracelets en cuir à son bras droit et cela lui donnait un air carrément sexy.

Mais ce constat ne me disait pas ce qu'il faisait là.

Il croisa les bras, l'air d'attendre une explication.

— Qu'est-ce que tu fous là ?

Nous venions de parler en même, c'était carrément gênant.

Je n'eus pas le temps de m'appesantir dessus : la porte de la salle claqua et j'entendis le cliquetis caractéristique m'informant que nous étions enfermés.

# 42

## *Raf*

Interdit, je regardai la porte se fermer. *C'est quoi cette connerie ?*

— Becca, Raf, il faut que vous parliez tous les deux. Cette situation n'est plus possible. Je reviendrai demain matin avant l'aube, en attendant je crois qu'il faut que vous mettiez cartes sur table.

Cette fois, Sanders dépassait les bornes.

— Putain, ouvre cette putain de porte où je te jure que tu vas le regretter, sifflai-je en tapant dessus du plat de la main.

— Quoi, se moqua-t-elle, tu crois que j'ai peur, Rafael ? Allô, c'est moi, Hope, tu ne me feras rien du tout et tu le sais.

*Non, c'est pas possible, je vais me la faire, cette petite peste.*

— En revanche, ne casse pas la porte, je te rappelle qu'il y a une caméra dans le couloir.

Stiller s'approcha.

— Hope, ce n'est pas drôle, ouvre cette porte.

Son ton était presque suppliant, ce qui ne lui ressemblait carrément pas. Du coup, je portai mon attention vers elle. Comme d'habitude, je la trouvai époustouflante. Vêtue d'un slim blanc et d'un bustier bleu ciel accordé à ses yeux, elle ressemblait à un personnage échappé de Disney. Sa poitrine, que le top mettait particulièrement en valeur, se soulevait et s'abaissait à un rythme anormal. Je ne pus m'empêcher de repenser à la sensation douce et ferme qui m'avait fait perdre la tête.

— Ça n'a rien de drôle, Rebecca. Ce que tu as vécu est atroce. Tu n'as pas à garder ça pour toi. Débrouillez-vous, mais tirez ça au clair.

Stiller semblait changée en statue de sel. Et moi j'avais envie de fracasser tout ce qui se trouvait à proximité. On entendit quelques pas s'éloigner, puis, plus rien. Finalement, Rebecca s'écarta de la porte et se laissa glisser au sol dans un coin.

*Génial.* Étant donné qu'il n'y avait pas de fenêtres dans cette putain de salle, j'étais piégé avec cette folle jusqu'au matin.

Cela faisait trois heures que nous étions enfermés et nous n'avions pas échangé un mot, assis l'un et l'autre à chaque bout de la pièce.

Je passai le temps avec mon téléphone. Certes, j'aurais pu appeler Jace et lui demander de raisonner sa petite amie. Mais depuis la dernière fois je me sentais merdeux et je n'avais pas envie de le soûler avec ça. Après tout, il n'y avait pas danger de mort.

Même si je commençais à avoir grave la dalle. Cela me fit penser que j'avais une barre chocolatée dans la poche de mon jean. Elle allait probablement être dans un sale état, mais c'était mieux que rien.

Je me levai et la récupérai. Humph. En effet, elle avait connu des jours meilleurs. Néanmoins, cela ne m'arrêta pas. Je pris soin d'enlever le papier juste en haut pour ne pas me couvrir les doigts de chocolat. Je m'apprêtai à mordre dedans quand, du coin de l'œil, je vis Stiller focaliser son attention dessus. Elle devait avoir faim, elle aussi. Si elle croyait que j'allais partager, elle pouvait courir. Je ne pus résister à l'envie de l'énerver.

— J'aurais bien partagé, dommage que tu sois si imbuvable.

Ses yeux se posèrent sur moi, assassins. Bien. Au moins avais-je obtenu une réaction. C'était mieux que ce silence assommant depuis des heures.

— Je préfère sauter dans un bassin à bactéries que partager quoi que ce soit avec toi, Crawford.

— Outch.

Je fis semblant d'être touché.

— Même pas un orgasme de folie ? Je n'ai pas vu de bactéries la dernière fois, en revanche je sens encore l'odeur de ta petite chatte brûlante.

Deuxième regard assassin.

— Tu me dégoûtes.

J'éclatai de rire.

— S'il y a un sentiment que je ne t'inspire pas, *Starlight*, c'est bien le dégoût. Et on le sait tous les deux.

Je pris une seconde bouchée de mon en-cas.

— Écoute, Crawford, on est coincés ici jusqu'à demain matin. Si tu pouvais me faire le plaisir de fermer ta grande gueule, ce serait génial.

— Je n'ai aucune envie de rendre ta vie géniale, Stiller. Tu m'as suffisamment pourri la mienne.

Elle se leva d'un bond souple qui me fit penser à une panthère.

— Moi, je t'ai pourri la vie ?

Sa voix était rauque, de rage contenue.

— C'est toi qui as été traité de menteur vénal ? Qui a été chassé d'Archer's et d'Encinitas comme la pire merde qui soit ?

— Ce n'est pas moi qui ai touché cinquante millions de dollars en tout cas.

Ses yeux étincelèrent. J'étais sûr que s'ils pouvaient lancer des missiles je serais mort sur-le-champ.

— Moi non plus, figure-toi ! cracha-t-elle.

Putain, elle avait du culot.

— Ce n'est pas ce que dit ton compte en banque, rétorquai-je en ricanant, mauvais.

— Celui de ma mère. Pas le mien.

Je haussai les épaules.

— Parce que ça fait une différence ?

— Une grande, vu que je n'ai pas touché à cet argent.

Elle avait l'air moins sûre d'elle tout à coup. Je souris.

— Prise en flagrant délit de mensonge, ça devient une habitude.

Ses yeux se plantèrent dans les miens.

— Je n'ai pas profité d'un centime de cet argent.

Ses mots étaient aussi tranchants que des dagues effilées. C'est fou ce qu'elle semblait convaincante.

— Et ta super baraque ? Mieux que l'autre d'ailleurs, tu t'es bien débrouillée. À ce rythme-là, il va falloir te trouver un nouveau pigeon. Mon père a été trop généreux, à sa place je t'aurais traînée en justice, peu importent les rumeurs, et tout le monde aurait découvert que tu n'étais qu'une fraude, comme ton paternel.

Son visage se crispa, et si je ne la connaissais pas mieux j'aurais vraiment cru y voir de la douleur.

Elle se jeta sur moi sans prévenir. Sauf que je savais maintenant de quoi elle était capable ; j'arrêtai son poing à un demi-centimètre de ma mâchoire et ne lui laissai pas le temps de trouver une parade. Je nous fis tomber au sol et fis peser tout mon corps sur le sien, ses poignets immobilisés au-dessus de la tête.

Elle gigota dans tous les sens, mais ne parvint à rien. Prenant conscience qu'elle était à ma merci, elle se figea.

— C'est ça, il serait temps que tu comprennes que tu ne peux pas t'échapper.

Elle ouvrit la bouche, mais aucun son n'en sortit. Soudain, sa respiration s'accéléra, ses yeux s'agrandirent, comme s'ils voulaient sortir de leurs orbites. Je vis ses traits se déformer comme sous le coup de la panique.

Je me demandai un bref instant si c'était encore une ruse, vu qu'elle mentait comme un arracheur de dents, mais je constatai bien vite qu'elle ne parvenait plus à respirer. D'un coup, je la libérai et la mis en position verticale.

Cela n'arrangea pas le problème, elle continuait d'essayer d'inspirer sans y parvenir, comme un poisson hors l'eau. Ses yeux commencèrent à se révulser et je mobilisai toute ma volonté pour ne pas perdre mon sang-froid.

— Stiller !

Rien à faire, elle allait vraiment s'étouffer. Je la pris dans mes bras et l'installai à même le sol entre mes jambes, dos contre ma poitrine.

J'avais vu plusieurs fois Jace opérer avec Hope, sujette aux crises de panique.

— Rebecca, écoute-moi. Détends-toi, calque-toi sur ma respiration.

Elle était crispée, j'avais l'impression qu'elle allait se casser. Je vis bien qu'elle tentait de suivre mes consignes, sans succès. Putain, je commençais vraiment à flipper.

Je posai une main sur sa tête et lui caressai doucement les cheveux.

— Becky, dis-je d'une voix douce, tu peux le faire. Compte avec moi, inspire et expire, on y va : dix, neuf, huit, sept, six… Oui, c'est bien, continue. Cinq, quatre, trois, deux, un, voilà, on continue, inspire, expire.

Ma main toujours dans ses cheveux doux comme de la soie, je poursuivis ainsi un long moment, le temps que sa respiration reprenne un rythme normal.

Je pus enfin me relâcher, accueillant ce répit avec soulagement.

# 43

## *Becca*

Cela faisait quelques minutes que j'étais éveillée. Sa respiration régulière me berçait et je n'avais pas envie de bouger. J'étais tellement bien là, dans ses bras, alors que je ne devrais pas. Je m'étais juré de ne dépendre que de moi-même, de ne compter sur personne. Ma sécurité, c'est moi qui l'assurais. Et certainement pas lui.

Aujourd'hui, j'avais échoué lamentablement.

Il m'avait poussée à bout. Rafael plus que quiconque n'avait pas le droit de parler de mon père. Je n'avais écouté que mon instinct en me ruant sur lui. Malheureusement, j'avais oublié à qui j'avais affaire. Crawford était un Dark Angel, et on ne les appelait pas ainsi pour rien.

Ils savaient se battre mieux que personne, je me demandais même s'ils n'avaient pas déjà tué. Je ne doutais pas en tout cas que si la situation l'exigeait ils n'hésiteraient pas. Ils protégeaient ce qui leur était précieux. Coûte que coûte.

*Et toi, tu n'en faisais pas partie.*

Une brûlure acide me remonta dans la gorge.

*C'est ça, il serait temps que tu comprennes que tu ne peux pas t'échapper.*

D'un coup, j'étais retournée plus de quatre ans en arrière. Dans son bureau. J'avais perdu pied, tentant d'inspirer le moindre filet d'air et pourtant incapable d'y parvenir. Ma poitrine s'était serrée, entraînant une douleur atroce. Plus j'essayais de respirer, moins j'y arrivais ; j'avais l'impression de tenter d'agripper de l'air avec les doigts.

Je n'étais pas sujette aux crises de panique et justement, pour cette raison, n'avais aucune idée de comment les gérer. Ce qui avait créé un cercle vicieux, augmentant mon sentiment d'impuissance.

Contre toute attente, il avait pris les choses en main, visiblement il avait la technique. Il était parvenu à m'apaiser au point que je me sois endormie dans ses bras comme si j'avais oublié quel danger il représentait.

*Becky.*

— Stiller, tu es réveillée ?

Je me rendis compte que j'avais parlé à haute voix.

— Tu m'as appelée Becky tout à l'heure. Seul mon père me surnommait ainsi.

Je ne reconnus pas ma voix, enrouée comme si j'avais pleuré durant des heures.

Il ne répondit pas tout de suite.

— Ça a marché, non ? C'est l'essentiel.

Évidemment, tout pour lui était un moyen d'arriver à ses fins. Il instrumentalisait tout, détectait les forces et les faiblesses de chacun pour mieux les utiliser contre eux quand cela lui serait utile.

Je voulus me redresser, mal à l'aise maintenant de le sentir si proche. Manifestement la trêve était finie.

Après une hésitation, il me retint.

— Reste encore un peu, tu as eu un choc et ce n'est pas comme si on pouvait sortir d'ici.

Je regardai l'heure : 2 h 4. Je restai silencieuse, longtemps.

— Il a une tache de naissance sur le haut de la cuisse droite, m'entendis-je dire.

Rafael se figea.

— Quoi ?

— Ton père, il a une tache de naissance sur le haut de la cuisse droite.

Je la revoyais si nettement.

Sa poitrine était immobile, j'eus l'impression qu'il ne respirait plus.

— Et une cicatrice sur le bas du ventre, à droite. À quel âge a-t-il eu l'appendicite ?

Il me souleva doucement et me fit face. Le sang avait reflué de son visage, il semblait plus mort que vivant, le vert de ses yeux contrastant étrangement.

— Comment…

Il desserra à peine les dents, comme si cela lui demandait un effort surhumain.

Je ris doucement. Un rire triste, un rire de vaincu.

— Je te l'ai dit, Rafael. Tellement de fois.

# 44

## *Hope*

Rafael partit d'un pas rageur en claquant la porte. Cela devenait une sale habitude chez lui.

Je jetai un regard en coin vers Jace. Sa posture rigide, sa mâchoire serrée ne me dirent rien qui vaille. Il n'avait pas proféré un mot pour me soutenir, laissant son pote me pourrir pendant un quart d'heure.

De mauvaise humeur, je le lui fis remarquer.

Son regard bleu glacier se posa sur moi. Il me ramena quelques années en arrière, face au Jace Wentworth impitoyable et inaccessible.

— Tu as eu tort, Hope. Tu as brisé notre code. Et je ne pourrai pas lui en vouloir s'il ne te pardonne pas.

Je me passai une main sur le visage.

— Jace, as-tu pensé un instant que ce qu'elle dit est vrai ? Ils devaient se parler !

— Non. Et ce n'est pas ton problème. Tu as dépassé les bornes.

Je me mis à faire les cent pas, fébrile. Nos relations se tendaient sensiblement en ce moment, mais je lui en voulais de ne pas comprendre.

— C'est mon problème, c'est ton problème ! Si cette fille a vraiment été violée, c'est le problème de tout le monde ! rétorquai-je, en explosant et en levant les mains au ciel.

— Bordel, Hope, elle a touché cinquante millions de dollars ! Ne sois pas si naïve !

— Sa mère a touché le fric, pas elle. Et sa mère lui a interdit d'aller voir les flics. Sa propre mère ! Tu te rends compte ? Sa mère !

Ma voix se brisa sur la fin, j'étais trop impliquée.

Son regard bleu perçant, ce regard qui m'avait renversée, ce regard qui faisait trembler tous ceux qui s'y confrontaient… ce regard s'adoucit pour moi un instant. Et ce fut comme si le soleil me réchauffait après une longue période dans le blizzard.

— Hope, murmura-t-il en s'approchant, tu ne peux pas porter toute la misère du monde sur tes épaules, ni comparer ta situation à celle des autres.

J'étais au bord des larmes. Il releva doucement mon menton et me dévisagea.

— Tu n'aurais pas dû le forcer à cette confrontation. Stiller a fait des choix, il faut qu'elle en assume les conséquences.

Je posai ma paume sur sa joue mal rasée, savourant sa chaleur.

— Jace, un jour quelqu'un m'a dit qu'il fallait savoir gratter[1]. Mais vous n'avez pas cherché à gratter. Elle a été condamnée d'office. Peut-être n'est-elle qu'une menteuse. Ou peut-être dit-elle la vérité. Auquel cas, en plus d'être violée, elle a été méprisée et chassée de chez elle, de son lycée, de sa ville de naissance. C'est la double peine, et je n'ose dans ce cas imaginer ce qu'elle a enduré.

Il ouvrit la bouche pour me répondre, je l'en empêchai d'un doigt sur les lèvres.

— Non, ne dis rien. Je suis fatiguée de me disputer avec toi, Jace. Même si c'est pour une heure, je veux oublier tout ça, je veux te retrouver. Fais-moi l'amour, murmurai-je, fais-moi l'amour et efface toute la merde qui nous entoure.

1. Référence à *High School Bad Boy*.

Nos regards s'accrochèrent et nous nous noyâmes l'un dans l'autre.

Il prit mon visage dans ses mains et posa son front contre le mien. Je sentis son souffle contre mes lèvres et fermai les yeux pour m'en imprégner.

— Papillon, chuchota-t-il, tu me mettras toujours à genoux.

Il écrasa sa bouche contre la mienne. Son baiser se fit profond, possessif et désespéré, à l'image des émotions qui nous secouaient.

# 45

## *Becca*

— Très bien, vous me rendrez les exercices 1 à 15 pour la semaine prochaine.

Je rangeai mes affaires en vitesse et sortis de la salle quand j'entendis Mrs MacLeod, notre professeur de stats, interpeller Crawford. Je dissimulai mon sourire du mieux que je pus, sentant la douce saveur de la vengeance sur le bout de ma langue.

Nous avions passé la fin de notre nuit en tête à tête forcé dans un grand silence. Je n'aurais su dire si ce coup-ci il m'avait prise au sérieux puisqu'il ne m'avait pas insultée. Or, chaque fois que j'avais accusé son père, c'était invariablement ce qu'il advenait.

Il n'avait pas cherché à en savoir plus non plus et s'était muré dans un mutisme indéchiffrable. Je n'espérai pas grand-chose, toutefois. Il était bien trop fier pour remettre en question toutes ses certitudes.

Depuis, il m'évitait. Au lieu du regard provocateur habituel, il me fuyait. Avait-il peur que cette nuit signifiât quelque chose pour moi ? Certes, il m'avait aidée mais, après tout, si j'avais été dans cet état c'était sa faute. J'allais lui montrer que nous étions toujours en guerre et qu'il n'avait pas à s'en faire.

J'attendis que tout le monde sorte, faisant semblant d'être absorbée par mon smartphone, puis je me rapprochai de l'ouverture.

La porte n'était pas claquée et le mince interstice me permettrait peut-être d'entendre ce qui allait se dire.

MacLeod était une vieille fille grincheuse connue pour aimer les jeunes garçons. Enfin, c'est ce que Coline m'avait raconté. Quant à savoir si elle avait du succès, rien n'était moins sûr, il fallait être motivé ! Son visage anguleux la rendait peu attrayante, sans parler de ses sourcils qui feraient rendre l'âme à une débroussailleuse professionnelle. Bref, des ragots de Coline m'était venue une idée que je n'avais pas tardé à mettre en application. Ainsi, j'avais écrit une petite note anonyme que j'avais subrepticement posée sur le bureau de la cougar. C'était le moment de voir si elle était à la hauteur de sa réputation.

— Monsieur Crawford…

Cette voix traînante et prétendument sexy, cela commençait bien !

— Mrs MacLeod ?

Rafael était clairement sceptique, même si son assurance coutumière, je n'en doutais pas, ne lui faisait pas défaut.

— J'ai cru comprendre que vous portiez un intérêt particulier à… l'enseignement que je dispense.

Un blanc suivit sa déclaration. Pouffant intérieurement, j'entendis presque les rouages de son cerveau qui s'activaient pour se sortir du guêpier dans lequel il était fourré. Si Coline était au courant des activités extrascolaires de Mrs MacLeod, alors les Dark Angels étaient forcément au parfum.

En temps normal, il ne prenait pas de pincettes et ne se gênait pas pour rembarrer quelqu'un ou l'humilier. Peut-être même y songeait-il en cet instant précis ? Toutefois, l'envoyer sur les roses signifiait dire adieu à ses crédits, sachant que la matière revêtait une grande importance dans notre filière. Connaissant les Dark Angels, ils pourraient toujours déterrer un secret nauséabond et inverser le rapport de force.

Je me demandai s'il allait courir le risque.

Un étudiant passa dans le couloir, et je repris mon téléphone en feignant d'être occupée. Une fois qu'il eut disparu de mon champ de vision, je reportai aussitôt mon attention sur l'intérieur de la classe.

— Mrs MacLeod, c'est on ne peut plus vrai.

Mes yeux s'arrondirent. Je ne m'y attendais pas, à celle-là. Il n'allait quand même pas se taper cette vieille bique !

— Je rêverais d'aborder le sujet de façon plus… intime.

Le ton de velours qu'il employa agit sur mes nerfs comme une plume sur la plante du pied. Au gloussement que j'entendis, je n'étais pas la seule à réagir.

Qu'est-ce qu'il fout ? Je n'allais pas tarder à le savoir.

— Cependant, avant toute chose, je préfère jouer cartes sur table. Voilà, dit-il en prenant une grande inspiration.

Il baissa le ton, et je dus tendre l'oreille davantage.

— … de me dépister une chlamydia.

Ma bouche s'ouvrit sur un cri silencieux, et instinctivement j'y portai le poing.

Un silence gênant s'ensuivit. Mais Crawford, sentant qu'il avait pris la main, poursuivit pour garder son avantage :

— Mais bien sûr, en se protégeant, il n'y au…

— Absolument pas. Je vous remercie de votre attention monsieur Crawford, vous pouvez disposer.

J'entendis un bruit de chaise qui racle le sol et me dépêchai de prendre les jambes à mon cou. Un peu dépitée, il faut le dire. Ce salaud pourrait se sortir de n'importe quelle situation !

# 46

## *Raf*

— Le traitement classique ne fonctionne pas.

— C'est malheureux.

— C'est tout ce que tu trouves à dire ?

Trenton Crawford était un homme d'affaires intransigeant, c'était de notoriété publique. Mais là, c'était personnel. J'avais espéré qu'il se montre moins inflexible. Nicole était ce que j'avais de plus proche d'une mère. Combien de fois étais-je resté chez les Peretti-Janes alors qu'il était en déplacement ? Même si j'avais souffert de son absence répétée, j'avais trouvé ma place dans cette famille, et j'étais heureux. Aussi heureux qu'on puisse l'être lorsque l'on a perdu sa maman et que l'on a un contact très limité avec son paternel.

— Rafael, ce n'est pas ton problème, répondit-il en continuant d'ajouter des documents dans sa pochette.

Je serrai les dents.

— Si, justement. Tu sais ce que représente Nicole pour moi. Ce traitement expérimental pourrait être la solution.

Sans me regarder, il ferma sa sacoche et se dirigea vers la porte d'entrée.

— C'est non. On n'est pas l'Armée du Salut.

La porte claqua aussi sèchement que sa réponse.

Je bouillais intérieurement. Mes relations avec mon père n'avaient jamais été chaleureuses, c'était le moins que l'on puisse dire. Je ne croyais pas me souvenir d'un geste d'affection de sa part. J'avais appris à vivre avec. Ma mère étant morte quand j'avais cinq ans, j'avais très tôt appris que la vie était une chienne.

Mais jusque-là je le tolérais. Ce lien fragile, il venait de le briser. Mon cerveau se mit aussitôt en mode stratégie.

Ce nouveau traitement pouvait sauver la vie de Nicole. J'avais parlé avec le professeur, les résultats se révélaient excellents sur les premiers patients faisant partie de l'étude. Seulement, il coûtait très cher. Plusieurs millions de dollars. Jace et sa famille ne pouvaient pas se le permettre. Alors que cela représentait une goutte d'eau dans l'océan de fortune de mon père.

Je contractai les poings. Ma décision était prise, j'étais prêt à en assumer les conséquences. Nicole était ma famille, elle souffrait ; Jace, Patrick, et Hope vivaient un enfer, se réveillant le matin avec la peur au ventre.

Je devais faire quelque chose.

Je filai comme une flèche dans ma chambre, ouvris le tiroir de mon bureau, passai la main sous la tonne de trucs inutiles qui s'y accumulait et trouvai rapidement le petit bouton.

*Clic.*

J'avais fait installer plusieurs cachettes et doubles-fonds dans ma chambre, et je savais qu'il y en avait aussi dans la maison. Si ces derniers étaient connus de mon père, ce n'était pas le cas des miens, j'étais le seul à y avoir accès.

La clé du bureau m'attendait sagement, à l'abri des regards indiscrets. En réalité, il s'agissait d'une réplique ; je l'avais fait faire voilà deux ans, ne sachant pas si cela me servirait un jour. On n'est jamais trop prudent. La vie m'avait appris qu'il fallait toujours avoir un coup d'avance.

Fébrile, je m'en emparai.

Le bureau de mon père était son antre. Le peu de temps qu'il passait à Encinitas, il se terrait dans cette pièce. Je m'assis dans son fauteuil en cuir, allumai l'ordinateur. Première étape, trouver le mot de passe. J'en essayai quelques-uns qui bien entendu ne fonctionnèrent pas. Je n'y arriverais pas ainsi, il allait falloir que j'y passe un peu plus de temps. Après, il me faudrait craquer le mot de passe du compte bancaire. Et, bien que très doué, je ne pensais pas y parvenir. Jace était meilleur que moi, mais je ne voulais pas l'impliquer. Je voulais faire un virement de plusieurs millions pour le traitement de sa mère, il ne pouvait pas y être mêlé. Je me tapotai la lèvre de l'index, réalisant que j'allais devoir faire jouer mon réseau et impliquer une tierce personne, ce qui ne m'arrangeait pas.

Le bruit d'un moteur de voiture me fit tressaillir. Une seconde interdit, je me dépêchai bien vite d'éteindre l'ordinateur et de remettre tout en place avant de filer le plus silencieusement possible. Je descendis prestement au rez-de-chaussée. Mon père avait dû oublier quelque chose d'important pour faire demi-tour, c'était bien ma veine. Je m'apprêtai à m'éclipser, n'ayant aucune envie de le revoir.

Soudain, mon corps tout entier se figea. Et, tandis que je voyais Rebecca Stiller se mouvoir aussi silencieusement qu'une panthère, je me demandais si je n'étais pas victime d'hallucinations. Le brut d'une clé dans la serrure la fit se raidir, paniquée.

Bordel !

Sans réfléchir, je lui mis une main sur la bouche tout en la saisissant par la taille. Le choc la tétanisa, et je bénis tous les dieux de la création pour cela.

J'eus juste le temps de nous engouffrer dans un placard avant que la porte ne s'ouvre.

Elle commença finalement à se débattre, je raffermis ma prise, la collant un peu plus contre moi. Elle devait être morte de trouille, je l'avais interceptée de dos, elle ne savait pas qui était son agresseur. Et, vu la façon dont elle essayait de se libérer, même le risque de se faire prendre sur une propriété privée ne l'arrêtait pas.

— Pas-un-bruit, lui murmurai-je à l'oreille.

Reconnaissant probablement ma voix, elle s'immobilisa.

— Ne bouge pas d'un centimètre, il va repartir bientôt.

Nous entendîmes les pas dans l'escalier.

Je sentis son corps se relâcher un peu. Elle comprit qu'elle ne courait pas de danger immédiat.

Mais putain qu'est-ce qu'elle foutait ici ?

Et, surtout, pourquoi ne l'avais-je pas laissé se faire surprendre ? Elle était chez moi, putain. Quel mauvais coup préparait-elle encore ?

*Ton père, il a une tache de naissance sur le haut de la cuisse droite.*

Mon cœur manqua un battement, tout comme la première fois où elle avait prononcé ces mots. J'avais refusé d'y penser depuis cette nuit-là, mais l'ombre de cette révélation me hantait depuis. Je me disais qu'il y avait un milliard de raisons pour qu'elle soit au courant de cette particularité.

*Et la cicatrice ? De celle-là aussi*, me dis-je en faisant taire la voix dans ma tête.

Mais rien n'y faisait, cette sensation d'une épine douloureuse dans le pied ne disparaissait pas. J'avais juste décidé de l'ignorer. D'autant qu'avec le cancer de Nicole j'avais de quoi gamberger.

Une vive douleur au doigt me fit relâcher ma prise sur sa bouche.

— Qu'est-ce que tu fous ! chuchotai-je, furieux, dans son oreille.

— Je ne vais pas crier, bas les pattes, siffla-t-elle sur le même ton.

— Sans moi, tu serais cuite.

Elle ne dit plus rien.

Qu'est-ce qu'il fout ? Il aurait déjà dû redescendre.

L'espace était vraiment réduit, tenir à deux là-dedans, en plus des vêtements qui pendaient, relevait de l'exploit. Je bougeai imperceptiblement pour éviter de m'ankyloser. Il était totalement impossible de faire abstraction de son corps collé au mien. J'avais le nez dans ses cheveux parfumés à la camomille, et il ne manquait pas grand-chose pour que j'y frotte mon visage comme un chat ronronnant.

Des images d'elle sur mon lit, offerte et gémissante, s'invitèrent dans mon esprit.

*Mauvaise idée, Crawford.*

Il n'en fallut pas plus que mon débit sanguin s'accélère et se dirige vers un point bien précis. Déjà que j'avais pleinement conscience du contact de son généreux fessier et de ses courbes appétissantes… La tension subite dans son corps m'informa qu'elle venait de se rendre compte de ce léger imprévu. Elle tenta de bouger, mais ce fut pire.

— Arrête ça, tout de suite !

J'étouffai un rire.

— Dans ce cas, évite de frotter ton joli petit cul sur ma queue.

Dans le noir, il m'était impossible de voir son regard, mais j'étais certain qu'il était meurtrier. En revanche, j'espérai que mon père allait bouger ses fesses car cela confinait à la torture. Un tas d'images plus obscènes les unes que les autres défilèrent dans ma tête. Un coup de coude dans les côtes me ramena à la réalité.

Cette petite peste commençait à m'agacer. Comme si c'était facile !

Par esprit de revanche, je glissai ma main sur son ventre plat. Un second coup de coude me percuta. Un sourire étira mes lèvres. Je me tins coi mais ne bougeai pas ma main, appréciant un peu trop le contact. Nous restâmes ainsi quelques minutes, collés l'un à l'autre, bercés par le rythme de nos souffles. C'était étrangement apaisant.

Lorsque la porte claqua, j'expirai longuement. Soulagement et frustration mêlés.

Putain, pourquoi chaque fois que je voyais cette fille, j'avais envie de la toucher comme si ma vie en dépendait ?

Je la libérai et ouvris la porte d'un coup de pied sec.

Le temps des explications était venu.

# 47

## *Raf*

Je capturai ses poignets d'une main et l'acculai vers le mur.

— Maintenant, tu vas m'expliquer ce que tu fous chez moi.

Elle me toisa, relevant le menton en signe de défi.

— Stiller, je pourrais appeler les flics tout de suite.

Elle me répondit, avec un sourire en coin :

— Tu ne l'as pas fait tout à l'heure, tu crois me faire peur ?

J'étrécis mes yeux, agacé.

— Je pourrais changer d'avis.

Son regard dévia en dessous de ma ceinture.

— Il va falloir que tu t'occupes de ça pour être crédible.

Je n'avais pas besoin de baisser la tête pour savoir que la bosse au niveau de mon entrejambe avait atteint son point culminant.

Je pinçai les lèvres, crevant de faire disparaître son sourire narquois en y écrasant ma bouche.

Au lieu de quoi, je la libérai. Elle secoua ses bras ankylosés, satisfaite.

— Comment es-tu entrée ?

— Ta mémoire est courte, c'est toi qui me l'as appris.

Las, je me passai une main sur les yeux et je me revis, quatre ans avant, lui montrer le passage secret qui débouchait au fond du jardin, derrière un énorme buisson. Dire que je lui avais fait confiance au point de lui dévoiler ça…

— Je reformule ma question : pourquoi tu t'es introduite chez moi ? Avoir la solution pour le faire ne t'y autorise pas pour autant.

Mon ton cinglant, celui d'un Dark Angel énervé, lui fit perdre un peu de sa superbe. Elle sembla réfléchir et, au moment où je perdis patience, me lança :

— Qui est Rose Prince ?

Je clignai des yeux, interdit.

— Aucune idée.

Et c'était vrai. Oui, mais pourquoi cela faisait étrangement écho en moi ?

— Quel rapport avec le fait que tu fouines chez moi ?

Là encore, elle sembla peser le pour et le contre. Elle se mit à faire les cent pas.

— Sais-tu pourquoi ton père verse des millions à l'institut Fitzpatrick depuis des années ?

Je fronçai les sourcils.

— Mon père dépense des dizaines de millions chaque année dans toutes sortes de choses, pourquoi veux-tu que ça m'intéresse ?

Elle se campa devant moi.

— Parce qu'il s'agit d'un asile psychiatrique et qu'il est le seul et unique contact d'un des résidents ?

Sur le coup, je buggai. De quoi parlait-elle ? Je me pinçai l'arête du nez, comme si cela allait rendre cette affaire moins incompréhensible.

— Écoute, Rebecca, je ne sais pas ce que tu cherches, mais arrête. Mon père dépense l'argent sans compter, il participe à des œuvres de bienfaisance et toutes ces conneries.

Évidemment pour son image. Pour Nicole, il ne lève pas le petit doigt. L'amertume me submergea comme un raz-de-marée. Mais ce n'était ni le lieu ni le moment.

— Rafael (elle prononça mon nom, en détachant bien les syllabes), tu es loin d'être con. Ça n'a rien à voir avec des donations désintéressées. Là, ton père est l'unique référent de cette Rose Prince. Cela signifie que cette pauvre femme est internée depuis quinze ans et ne peut voir que lui. Elle a forcément de la famille !

— Quoi, tu insinues qu'il retient cette femme prisonnière dans un asile ? rétorquai-je en ricanant.

Sauf que cela ne la fit pas du tout rire. Croisant les bras et se campant sur ses jambes de top model, elle m'observa.

Qu'est-ce qu'elle voulait que je lui dise ? Que c'était louche ? Peut-être, oui. Mais il y avait forcément une autre explication. Mon père était loin d'être un saint, il devait souvent être borderline, mais de là à maintenir quelqu'un dans un asile, il y avait un gouffre.

— Et d'abord, pourquoi ça t'intéresse ? Qui est cette femme pour toi ?

— Personne. C'est Trenton Crawford qui m'intéresse. Je ne m'arrêterai pas tant qu'il n'aura pas payé.

Je plissai les yeux, les nerfs en boule.

— Tu as un sacré culot de rentrer chez moi et me balancer ça. Dis-moi ce qui m'empêche de te mettre hors jeu, là, tout de suite.

Un lent sourire étira ses lèvres tandis qu'elle se rapprochait lentement de moi. Je la fixai, immobile. Elle se mit sur la pointe des pieds et colla sa bouche à mon oreille.

— Ta queue, Crawford. Tu crèves de me la fourrer et, tant que ce n'est pas fait, tu ne lèveras pas le petit doigt sur moi.

# 48

## *Becca*

Je sortis de la douche et enroulai une serviette autour de moi avant d'essorer mes cheveux. J'avais prévu de mettre un masque, mais j'étais trop fatiguée et ne songeai qu'à retourner dans ma chambre.

Une fois sur mon lit, je me laissai aller. J'avais besoin de dormir, et ces derniers temps cela m'était refusé. Mes nuits étaient peuplées de cauchemars. De Trenton Crawford, ses mains visqueuses, son regard de serpent.

Retourner dans cette maison avait été un véritable calvaire pour moi. Et encore, je n'étais pas entrée dans le bureau. Une remontée acide me brûla l'estomac, comme chaque fois que j'y pensais.

Si Rafael ne m'avait pas surprise, j'aurais remis les pieds là-bas. Dans mon enfer personnel. Évidemment, il aurait fallu que je puisse entrer, mais Dayton m'avait bien entraînée, j'étais un as du trafic de serrure, pour peu que j'aie les bons outils.

Mon esprit dériva sur notre aparté dans le placard.

S'il n'était pas intervenu, son père m'aurait surprise, je n'aurais pas eu le temps de me cacher. Il aurait certainement appelé la police, ou bien… il aurait continué ce qu'il avait commencé quelques années avant. Je secouai la tête, il aurait tenté, mais aurait échoué.

Je n'étais plus cette ado sans défense. Et, si je ne pouvais mettre le fils K-O, je ne doutais pas d'y parvenir avec le père.

Je n'avais pas récolté d'informations sur Rose Prince, mais la journée n'avait pas été vaine. J'avais confirmé que j'avais un ascendant sur Rafael Crawford, et ça, c'était une information capitale. Car, toute autre personne qu'il aurait surprise entrant chez lui par effraction, il lui aurait brisé les jambes sans réfléchir à deux fois. Au mieux.

Restait à ne pas me brûler en jouant avec le feu.

Je me remémorai l'intense satisfaction de sentir son corps puissant contre le mien. Sa chaleur, son contact, le rythme de sa respiration… J'avais presque été déçue lorsqu'il avait ouvert le placard.

S'il y avait une chose dont je ne pouvais plus douter, c'était que Rafael Crawford était le seul à me faire lâcher prise, le seul à pouvoir guérir mon corps. Et que chaque fois que nous étions à proximité l'un de l'autre, un besoin irrépressible de nous toucher prenait le dessus.

Quelle ironie.

Mon regard las dériva sur la table de chevet. Le briquet m'appelait, tentateur. N'y résistant pas, je noyai ma souffrance dans une autre, beaucoup plus supportable.

— Tu lui as demandé ?

— Bonjour à toi aussi.

Il se contenta de me regarder, son beau visage ciselé impénétrable.

Je soupirai.

— Oui, il est OK. Mais il a besoin que tu installes ça sur l'ordi, dis-je en lui tendant une clé USB.

Il la fit tourner dans ses doigts.

— Quoi, tu te défiles ?

Il ancra ses yeux dans les miens, mais je ne pus rien y lire.

— Je te dirai quand c'est fait.

Et il fit demi-tour, s'éloignant d'une démarche confiante.

Mon cœur, cet imbécile avait accéléré sa course, comme chaque fois qu'il se trouvait à proximité. Mais je gardais le contrôle donc tout allait bien.

Crawford et moi avions conclu un pacte le jour de ma petite visite impromptue. Il avait bien compris que je n'avais pas eu ces informations toute seule. Sans nommer Dayton, j'avais reconnu que j'avais de l'aide. Cela m'allait bien à vrai dire, qu'il sache que je n'étais pas seule, c'était une sorte de protection au cas où subitement il déciderait que j'étais vraiment gênante.

Visiblement, les services de Dayton l'intéressaient, surtout ses talents de hacker. Il était prêt à chercher des informations sur cette Rose Prince si le détective l'aidait à pirater l'ordinateur de son père.

Le deal m'avait tout de suite intéressée, car lui pouvait avoir accès à toutes les informations, même aux dossiers papier. Je pouvais certes essayer à nouveau de m'introduire chez lui, mais j'étais persuadée qu'il avait pris ses précautions. Et c'était trop casse-gueule. La fois dernière, j'avais attendu que la voiture du vieux s'éloigne et vérifié que celle de Rafael n'était pas sur le parking. Malheureusement, je n'avais pas tous les paramètres en ma possession.

Bref, je n'avais pas trop montré d'enthousiasme à sa proposition même si à l'intérieur je bouillonnais. Avant d'accepter, je voulais savoir de quoi il retournait, car je prenais des risques, moi aussi.

Nous nous étions pris la tête pendant un quart d'heure, et finalement il avait cédé. J'étais restée sans voix lorsque j'avais appris les raisons pour lesquelles il requérait les talents de Dayton. La mère de Wentworth était atteinte d'un cancer du sein qui prenait une très mauvaise tournure – ça, Hope me l'avait dit. Il avait cherché et découvert un nouveau traitement expérimental qui coûtait la peau des fesses. Le compte en banque de son père semblait une solution parfaite. Je ne demandais pas pourquoi il le faisait en douce, une ordure comme Trenton Crawford n'aurait jamais déboursé un centime pour autrui. Ni comment il comptait gérer les conséquences, car son père serait forcément au courant de la manipulation. Même s'il subtilisait son téléphone à ce moment-là et effaçait la confirmation de virement, la somme était trop grosse pour passer inaperçue. Tôt ou tard, il aurait des explications à fournir.

Mais ce n'était pas mon problème, loin de là.

J'avais eu ma réponse, c'était tout ce qui comptait. Savoir que le vieux allait se faire voler par son propre fils avait quelque chose de jubilatoire. Mais, je devais l'avouer, ce n'était pas la seule émotion que j'avais ressentie lorsqu'il m'avait expliqué le pourquoi du comment.

Non, j'avais aussi éprouvé une certaine gêne, un malaise qui m'avait rendue muette pendant de longues minutes. Cet acte désintéressé, ce risque qu'il prenait pour aider une autre personne, ce n'était carrément pas lui. Certes, il s'agissait de la mère de son meilleur pote, mais quand même. Il se mettait en danger. Son père serait capable de le foutre à la porte, de le déshériter… Je savais par expérience que cet homme n'avait pas de limite. Et avoir conscience qu'il était capable d'une telle chose, non, décidément, je n'aimais pas cela.

Je préférais garder en tête l'image du Rafael Crawford méprisant et méprisable, qui écrasait les autres tel un rouleau compresseur et ne pensait qu'à lui.

J'avais donc fait le vide dans ma tête et accepté le marché. En espérant que Dayton ne me hurle pas dessus.

Évidemment, je n'eus pas cette chance mais, une fois qu'il fut calmé, je lui fis remarquer qu'il aurait un accès direct à l'ordinateur du vieux. Ce à quoi il m'avait répondu qu'il en était bien conscient mais qu'il aurait préféré agir autrement. Soit, sans l'intervention de Rafael.

Je soupirai. Le monde parfait n'existait pas.

# 49

## *Becca*

*Toc-toc.*

— Entre.

Je savais qu'il s'agissait de Pepper. Avant une soirée, elle était toujours en mode pile électrique. Et nous avions beaucoup de soirées…

— Regarde, dit-elle en tournoyant sur elle-même, j'ai déniché cette petite robe au fond de mon armoire.

Bleu électrique, elle se mariait parfaitement à son teint et sa chevelure couleur d'automne.

— Bof, dis-je.

Interdite, elle me regarda. Je n'avais pas pour habitude de la critiquer.

— Tu n'aimes pas ?

— C'est juste qu'elle m'irait beaucoup mieux.

Je ris de sa mine déconfite.

— Mais non, Pepper, comme d'habitude, tu es magnifique, elle te va comme un gant.

Et c'était vrai. Le tissu microfibre épousait parfaitement son corps, et le col bénitier offrait une vue imprenable sur son décolleté.

Songeuse, elle ne répondit pas tout de suite.

— Tu sais quoi ? lâcha-t-elle, finalement, tu as raison à 200 %. Cette robe est faite pour toi !

Je m'apprêtai à protester, mais elle ne m'en laissa pas le temps.

— Je vais me changer et je te l'apporte dans trente secondes, ne bouge pas.

Je tentai d'en placer une.

— Mais je plaisan…

La porte se ferma derrière elle, et je secouai la tête en souriant. Pepper était un vrai numéro.

Nous arrivâmes à la fête séparément. Elle avait l'intention de finir sa nuit ailleurs. Moi, j'avais pour projet de séduire le premier type mignon que je croisais. Le souvenir des doigts de Rafael, son souffle chaud sur ma nuque, ses lèvres douces et exigeantes… cela tournait en une boucle infernale dans ma tête. Quoi que je fasse pour m'en débarrasser, les images revenaient insidieusement et mon corps réagissait. J'en étais au stade où j'avais besoin de sentir ses mains puissantes sur moi pour respirer convenablement. Il fallait que cela cesse. Et le meilleur moyen pour effacer ses empreintes était de les remplacer par d'autres. Enfin, c'est ce que j'espérais.

Je commençai donc par faire un tour d'horizon pour repérer ma proie. Je n'allais pas manquer de choix, c'était bondé. La maison qui nous accueillait se trouvait en bordure de plage, je décidai d'aller profiter du coucher de soleil et visiblement je n'étais pas la seule. Des groupes s'étaient formés çà et là, des couples aussi, qui profitaient du tableau romantique pour se chauffer. Je m'assis sur le sable frais de fin de journée et me perdis dans les nuances roses et orangées qui s'étalaient en lambeaux lumineux.

Quelqu'un s'assit à côté de moi.

*Clic.*

Surprise, je tournai la tête au moment où Sanders abaissait son téléphone. J'observai un moment son profil, la trouvant vraiment jolie avec ses traits fins et ses grands yeux de biche. Depuis le tour où elle m'avait joué un tour en m'enfermant avec Crawford, mes sentiments vis-à-vis d'elle étaient partagés. Ma première réaction avait été d'être furieuse. Je m'étais confiée à elle, elle savait combien que je ne supportais pas la proximité du Dark Angel.

*C'est ça, continue de te mentir.*

Je secouai la tête, agacée.

Puis, j'avais compris qu'elle avait agi de la sorte dans le but de m'aider. Je n'étais pas certaine qu'elle m'ait crue, mais elle considérait la possibilité que mon histoire fût vraie. En nous piégeant, elle obligeait Crawford à écouter ce que personne n'avait voulu entendre. Mais elle avait tort sur toute la ligne. Je pourrais hurler avec un mégaphone que personne n'entendrait jamais rien.

— Ça fera une belle photo, je me trompe ? dit-elle en désignant le coucher de soleil.

Je me contentai d'observer les gens autour de moi. Certains tristes, d'autres heureux. Et probablement les plus nombreux : ceux feignant d'être heureux.

Deux filles, front contre front, m'interpellèrent cependant. L'espace entre leurs lèvres était juste nécessaire pour les mots qu'elles se murmuraient. Elles semblaient seules au monde, absorbées l'une par l'autre.

Je n'entendais évidemment pas ce qu'elles se disaient, mais je devinais que c'était fort.

*Clic.*

— Et celle-là ? dis-je en lui montrant l'instant volé.

Hope m'offrit un sourire entendu et se leva en époussetant son jean. Avant de partir, elle posa une main sur mon épaule.

Ce n'était pas grand-chose, mais cela provoqua un torrent

d'émotions en moi, menaçant de briser la digue que j'avais soigneusement érigée durant toutes ces années.

Je me mordis la lèvre, refoulai le tout au fond de ma poitrine et me levai. Prête à partir en chasse et tout oublier.

# 50

## *Raf*

Je m'envoyai un troisième verre de whisky, histoire de ne pas mourir d'ennui. Mike s'était trouvé une petite brune pulpeuse, et tous deux m'avaient fait signe de les rejoindre. J'avais pris le temps de détailler la fille.

Habituellement je serais déjà en train de la baiser en levrette pendant qu'elle s'étouffait avec la queue de mon pote.

Pas ce soir. J'aurais pu, mais j'aurais dû me forcer. La tentation m'avait titillé, pendant cinq millisecondes. Le temps que l'image de son putain de cul à *elle* ne s'impose dans mon esprit. Le verre que j'avais entre les mains avait fini sa course contre le mur.

Ce soir, elle était là, lumineuse dans une robe bleu électrique qui la sublimait, défiant le ciel clair de ses iris. Toujours ce même combat entre les ténèbres et la lumière. Cela faisait longtemps que j'avais décrété de quel côté la ranger. Et pourtant, cette pureté était là, elle crevait le regard. Je n'arrivais juste pas à décider la part de chacune en elle.

Depuis tout à l'heure, elle flirtait avec Wayne, le type qui organisait la soirée. Tactile, elle passait sa main sur son torse, rapprochait ses lèvres de son oreille pour lui parler. Le mec était dingue, il la bouffait des yeux comme si elle était un putain de steak bien saignant.

Des images vieilles de quatre ans m'assaillirent. La manière dont elle tirait sur mes cheveux lorsque je l'embrassais, son regard voilé alors qu'elle en voulait plus, son rire argentin lorsque je la chatouillais, la façon dont ma tête se logeait si bien dans le creux de son cou. Je n'avais qu'une envie, lui faire l'amour pendant des heures. Pourtant, j'avais attendu.

Et cette première fois n'était jamais venue.

Je me servis un autre verre de whisky quand je sentis une présence derrière moi. Pas la peine de me retourner, depuis le temps, on se reconnaîtrait les yeux bandés.

— Bouge ton cul si ça te dérange autant.

— Rien à foutre.

J'avalai mon verre cul sec.

— Ouais. Tant mieux parce qu'il va se la faire. Comme Scarce au Diva.

Ma mâchoire se crispa à ce souvenir. J'avais très bien vu ce connard se tirer avec elle dans les chiottes. Et j'avais eu envie de les buter, tous les deux.

Au lieu de ça, j'avais serré les dents. Et pris ma revanche quelques heures après quand elle avait joui contre moi.

Wayne commença à lui embrasser le cou et laisser traîner sa main sur le bas de son dos. Il lui murmura quelque chose qui lui fit renverser la tête et rire aux éclats. Ses yeux brillaient, son corps se mouvait avec grâce, elle était un appel au sexe. Pur.

Elle s'empara d'un shot de tequila en riant, lui fit pencher la tête pour dégager son cou et y saupoudra une pincée de sel. Bien entendu, il savait aussi bien que moi ce qu'elle allait faire et il s'y soumit avec l'enthousiasme d'un lion devant son dîner.

— Si je ne te connaissais pas mieux, je dirais que tu es sur le point de péter un câble.

Je lui décochai un regard noir et suivis la direction du sien.

Mon poing était si serré qu'on ne voyait que les jointures blanches, prêtes à craquer. Je me forçai à le relâcher, opérant quelques mouvements pour faire circuler le sang.

Ce fut le moment qu'elle choisit pour appliquer le bout de sa langue sur le cou de son partenaire, prenant son temps pour lécher tout le sel qui recouvrait sa peau. *La peau de ce connard.* Elle but son shot cul sec. Wayne mit une partie du citron entre ses lèvres et fourra l'autre moitié dans sa bouche pendant qu'il la collait contre lui, malaxant la chair tendre et ferme de ses fesses.

— Putain, c'est chaud, mec.

Je tournai la tête vers Jace, à deux doigts de lui en mettre une. Le petit sourire en coin qu'il m'adressa me fit monter d'un cran ; seulement, j'avais mieux à faire.

En quelques enjambées, j'attrapai Wayne par la peau du cou et le fis atterrir deux mètres plus loin, comme la merde qu'il était. Tout le monde se tut pour observer la scène. Personne n'osait intervenir quand bien même c'est moi qui venais d'agresser l'hôte de la soirée. Évidemment, ils étaient morts de trouille qu'il leur arrive la même chose. Ou pire.

Sauf elle évidemment. *Elle, il fallait toujours qu'elle l'ouvre.*

— T'es complètement malade ! Qu'est-ce qui te prend ?

Son poing partit à la vitesse de l'éclair ; mais je l'arrêtai sans effort.

— Pour une fois, tu vas fermer ta jolie petite bouche et me suivre, ordonnai-je en la traînant avec moi.

Elle se débattit comme une folle.

— Lâche-moi, espèce de taré !

— Lâche-la, Crawford !

Putain, finalement, il s'était fait pousser des couilles, ce Wayne.

— Casse-toi, mec, ou tu vas le regretter.

Cet imbécile ne prit pas mon avertissement au sérieux. Il bomba le torse et s'avança.

— Je t'ai dit de la lâcher, tout de suite. Tu es chez moi ici, tu fais ce que je te dis.

Tout le monde observait, suspendu à nos lèvres.

J'esquissai un sourire, celui qui faisait fuir toute personne saine d'esprit.

— Ou… ?

Voyant qu'aucune réponse ne venait, je balançai Stiller sur mon épaule – cela devenait une habitude – et me dirigeai vers la petite crique isolée qui nous éloignerait des regards indiscrets.

# 51

## *Raf*

Seuls les rayons argentés de la lune me permettaient de voir où j'allais. Lorsque nous arrivâmes à destination, je la laissai tomber sur le sable, sans douceur. Elle se releva aussitôt et fonça sur moi comme une furie. Elle me poussa violemment des deux mains. Enfin, elle essaya mais je ne bougeai pas d'un pouce.

— Qu'est-ce qui ne va pas chez toi ? hurla-t-elle.

— Calme-toi, grognai-je, alors que j'étais moi-même loin de l'être.

Voir ce type poser les mains sur elle m'avait rendu fou, et Jace n'avait pas aidé.

— Que je me calme ? cria-t-elle en gesticulant. Que je me calme ? Putain, tu viens juste d'envoyer mon copain faire un vol plané et tu veux que je me calme ?

Ses yeux étincelaient dans la pénombre argentée, elle tremblait. Ça tombait bien, moi aussi.

— Ton copain ? ricanai-je méchamment. Comme Todd Scarce ?

Un éclair de surprise traversa son visage, vite remplacé par l'indignation.

— De quel droit tu te mêles de mes affaires ? Tu crois que parce que tu as mis ta main dans ma culotte, ça te donne le droit de donner ton opinion ? Jusqu'à preuve du contraire, je fais ce que je veux, je couche avec qui je veux, Crawford !

Mes nerfs étaient toujours en boule. J'essayai de me contrôler, mais j'avais envie de tout casser. Et c'était incompréhensible.

Tout ce qu'elle disait était vrai. Je devrais me foutre royalement de qui elle se tapait. Mais ce n'était pas le cas, je réagissais de manière incontrôlée et irrationnelle, ce qui ne me ressemblait pas du tout.

— Non.

Elle marqua un temps d'arrêt.

— Non ?

— Non. Tu ne couches pas avec qui tu veux. Pas tant qu'on a ce deal, toi et moi.

Même à moi, ces mots semblèrent absurdes. Elle partit d'un grand rire nerveux qui mourut quand elle saisit que je ne plaisantais pas.

— Tu te prends pour qui ?

— Pas ton père, ça c'est sûr.

J'aurais été quelqu'un d'autre, j'aurais regretté ces paroles. Mais j'étais moi, Rafael Crawford, et vingt ans à se comporter comme un connard, ça marquait.

Son visage se déforma sous le choc, et je crus voir briller ses yeux avant qu'ils ne se chargent de haine. Parfait.

Je la détestais pour ce qu'elle me faisait ressentir. Cette histoire ne pourrait trouver son issue que dans la douleur.

Elle se reprit bien vite.

— Personne ne décide ce que je fais de mon corps. Personne. Et..., ajouta-t-elle en s'éloignant, j'ai bien l'intention de me taper un gang bang ce soir.

J'eus vite fait de la rattraper et agrippai son avant-bras.

— Non.

Elle soupira.

— Bon Dieu, Crawford, dans quel monde tu vis, depuis quand tu crois que je vais t'obéir comme tes gentils petits toutous à SDC ?

— Je te propose un marché.

— C'est non.

Sous son regard ébahi, je retirai mes baskets et les balançai sur le côté.

— Tu te bats contre moi, *Starlight*. Si tu parviens à me toucher, tu pars et tu te tapes tout SDC si ça te chante.

Elle leva un sourcil.

— Je n'ai aucun intérêt à accepter ça. Je peux de toute façon me taper tout SDC.

— Dans ce cas, dis-je, j'annule mon marché avec toi. Tu te débrouilles pour trouver des infos sur Rose Prince.

— Tu y gagnes toi aussi, contra-t-elle. Dayton ne t'aidera pas.

Je haussai les épaules.

— J'ai d'autres contacts. Ça m'arrangeait juste de ne pas y faire appel ce coup-ci.

Elle garda le silence un bon moment. Je savais qu'elle avait besoin de moi. Sa soif de nuire à mon père surpassait tout le reste. Étrange, quand on savait l'argent qu'il leur avait filé.

*Il a une tache de naissance sur le haut de la cuisse droite.*

D'un geste nerveux de la tête, je chassai cette pensée, devenue bien trop récurrente à mon goût.

— C'est d'accord, finit-elle par dire en enlevant à son tour ses chaussures en corde.

Je souris intérieurement. Elle était forte, j'avais pu le constater. Mais il n'y avait aucune chance qu'elle gagne.

J'eus un temps de latence lorsqu'elle passa sa robe par-dessus sa tête, dévoilant des courbes qui accélérèrent mon débit sanguin. Néanmoins, cela ne suffirait pas à me déconcentrer.

— Si tu crois que je pense en tirer avantage, tu te trompes, déclara-t-elle comme si elle lisait dans mes pensées. J'ai juste besoin d'être à l'aise.

Nous nous mîmes en position de combat, jambes fléchies, bras en avant. J'admirai la façon dont son corps athlétique se découpait dans le clair-obscur. Pas de doute, elle savait se battre et elle était foutrement bandante.

Sans prévenir, elle attaqua et, d'un mouvement rapide, lança son pied vers le haut de mon corps. Je parai facilement le coup et compris, avant même que son poing ne se dirige vers mon entrejambe, qu'il s'agissait d'une feinte.

Je lui offris un sourire narquois.

— Rassure-moi, tu ne comptais pas m'avoir avec ça ?

Elle ne répondit pas, toutefois, il était évident qu'elle était contrariée que son leurre ne fonctionne pas.

Furieuse, elle enchaîna une série de figures brillamment exécutées et qui, je devais l'avouer, ne me laissa pas un instant de répit. Malheureusement pour elle, je trouvai chaque fois la parade.

— Alors, *Starlight*, tu déclares forfait ?

— Dans tes rêves, siffla-t-elle avant de lancer simultanément le plat de sa main sur mon cou et son genou vers mes attributs.

J'arrêtai les deux attaques, quoique, il faut le dire, son genou n'était pas passé bien loin.

— T'en veux à mes couilles, décidément. Je suis sûr que tu aurais mieux à faire avec.

Je vis sa mâchoire se contracter et décidai de la pousser davantage.

— Dis-moi, Stiller, (je faisais la conversation tout en déjouant ses attaques), qu'est-ce qui t'a pris de revenir à Encinitas ? Tu as oublié que personne ne voulait de toi là-bas ? Tu es devenue une paria, tout le monde crachait à la gueule de la sale petite menteuse vénale.

Ses coups redoublèrent d'intensité.

— C'est toi qui as monté tout le monde contre moi. Toi qui m'as obligée à partir.

Elle ne faiblissait pas, tout juste son souffle s'était-il accéléré. Une pointe d'admiration surgit dans ma poitrine. Ses cheveux qu'elle avait attachés en queue-de-cheval se mouvaient au rythme de son corps, elle économisait tous ses mouvements. J'évitais de poser mes yeux sur le galbe de ses seins qui suivaient la même cadence, n'étant pas sûr de garder mon sang-froid.

Elle était juste sublime, une déesse vengeresse, brillant de mille éclats.

Mais je ne devais pas perdre de vue mon objectif.

— Exactement, c'est moi, *Starlight*. Parce que j'obtiens toujours ce que je veux. Et tu ferais bien de te le rappeler.

J'étais venu à bout de sa patience. Elle continua sa danse guerrière, mais je décelai des erreurs qu'elle ne faisait pas auparavant.

Je décidai qu'on avait assez joué. D'un mouvement fluide, j'attrapai ses poignets et collai son dos contre mon torse en immobilisant ses jambes.

— Alors, *Starlight*, tu abandonnes ? lui soufflai-je dans l'oreille.

Un gémissement de douleur s'échappa alors de sa poitrine. Surpris, je la relâchai.

— Tu t'es blessée ?

Elle s'agenouilla, se tenant la cheville droite.

— Tu m'as blessée, grogna-t-elle.

Merde, ce n'était pas prévu.

— Assieds-toi, ordonnai-je doucement en m'agenouillant.

Elle m'obéit, et je n'eus pas le temps de voir son pied s'élancer qu'une vive douleur me vrilla la mâchoire.

*La petite peste !*

— J'ai gagné, annonça-t-elle triomphalement.

Toute cette tension que j'avais accumulée refit surface d'un coup. Oubliant la douleur, je la plaquai sur le sol sans lui laisser la moindre possibilité de mouvement.

— Tricher, ce n'est pas gagner.

— Gagner, c'est gagner, contra-t-elle. Peu importent les moyens.

— Pas quand les règles sont claires, sifflai-je. Tu devais être capable de forcer ma défense, pas de frapper quand c'était fini.

— Qui a dit que c'était fini. Et ta défense, je l'ai percée. Juste pas celle que tu croyais.

Ses paroles me frappèrent de plein fouet. J'aurais dû être plus vigilant et surtout j'aurais dû n'en avoir rien à foutre de sa cheville. Seulement voilà, pour une raison stupide, je m'étais inquiété de l'avoir blessée.

Je la fixai intensément. Son nez fin légèrement retroussé, les traits délicats de son visage, le puits de promesses de ses iris. Sa bouche légèrement entrouverte, son souffle erratique.

— Tu te trompes, c'est moi qui ai brisé tes défenses.

Ma bouche s'écrasa brutalement contre la sienne. Elle hésita à peine. Nos dents s'entrechoquèrent, nos langues se défièrent férocement comme nos corps l'avaient fait juste avant. J'attrapai sa mâchoire d'une main ferme pour l'immobiliser et approfondir notre baiser. Elle me répondit avec la même hargne, fourrant ses doigts dans mes cheveux et les tirant avec l'intensité du désir qui la submergeait. Qui nous submergeait. Mon corps pesait déjà contre elle, et je sentais ses courbes délicieuses se frotter contre moi, réclamant plus de contact. Je me saisis de l'élastique dans ses cheveux et l'enlevai d'un coup. Je ne voulais aucune entrave.

Elle attrapa ma lèvre inférieure et la suça vigoureusement avant de la mordiller jusqu'au sang.

Putain ce qu'elle m'excitait.

Tous mes sens s'embrasèrent d'un coup ; de ma langue, je traçai un sillon brûlant sur la chair tendre de son cou, me repaissant de son goût sucré, avant de racler sa peau humide et frissonnante de mes dents. Un gémissement lui échappa, résonnant directement dans mon bas-ventre. Je me frottai contre elle, et ses mouvements se calèrent sur les miens.

Me relevant légèrement, j'observai sa poitrine voluptueuse se mouvoir à un rythme erratique. Je crus perdre la raison et plantai mes dents dans la chair tendre de son sein. Surprise, elle poussa un petit cri que j'étouffais immédiatement sous un baiser tandis que je dégrafais son soutien-gorge d'un coup sec. Sa poitrine se libéra aussitôt, m'offrant un spectacle étourdissant. Je pris un moment pour la contempler, ses cheveux argentés auréolant son visage de madone, ses seins ronds et gonflés de désir pointant vers moi, son ventre lisse et plat…

Je pourrais me repaître de ce spectacle éternellement.

— Je t'avais promis un feu d'artifice, *Starlight*. Je tiens toujours mes promesses.

Ma tête plongea dans sa poitrine que je pressai avec avidité. Un grognement sauvage nous échappa. Je n'étais jamais rassasié. Elle se tortilla contre moi, émettant de petits bruits obscènes qui me firent durcir un peu plus contre son ventre. Il devenait difficile d'ignorer à quel point j'étais à l'étroit dans mon pantalon. Toutefois, je me retins de l'enlever maintenant ; je savais qu'ensuite plus rien ne m'arrêterait. Et j'avais encore envie de jouer avec elle.

Tout en faisant rouler ses pointes entre mes doigts, je poursuivis mon exploration vers le sud, le bout de ma langue sillonnant les vallées et les monts de son corps. C'était une véritable œuvre d'art, digne de figurer dans le Guinness Book de l'année.

Tirant un peu plus sur mes cheveux, elle se cambra, m'offrant un meilleur accès à tous ces endroits dont elle voulait que je m'occupe. Je souris contre sa peau chaude.

*Elle est à moi.*

Un sentiment euphorique s'empara de ma personne.

Je m'immobilisai un instant, ne pouvant me lasser de la voir s'abandonner à mes caresses. Elle grogna son désaccord. Je passai un coup de langue vigoureux sur son flanc, cette peau si douce, ce creux si délicat qu'il donnait envie d'y mordre à pleines dents. Mais assez de marques pour aujourd'hui ; je me contentai de souffler doucement dessus et me délectai du voile de chair de poule qui la recouvrit.

Mes yeux remontèrent le long de son corps. Ses tétons lourds et pleins qui surplombaient la vallée de son abdomen, tels deux monuments à vénérer, ses yeux fermés, ses lèvres entrouvertes, ses traits relâchés, vides de l'agressivité qui ne les quittait jamais en ma présence… Je m'accordai un instant pour imprimer cette image éthérée dans mon esprit, conscient que je n'aurais pas d'autre occasion.

Puis j'écartai lentement ses jambes, mon visage à quelques centimètres du centre de son corps. J'inspirai longuement, m'enivrant de l'odeur de son désir.

— Rafael.

Entendre mon nom sortir de ses lèvres sous la forme de cette plainte indécente m'acheva. J'approchai ma bouche du seul tissu qui me séparait d'elle à présent et y imprimai une légère pression. Tous les muscles de mon corps se bandèrent, à l'agonie. *Les choses que j'avais envie de lui faire…* Je raclai mes dents sur l'étoffe minuscule, conscient de la douceur moite qu'elle abritait. Par réflexe, elle tenta de refermer ses jambes. Je posai mes mains sur sa peau de pêche et forçai ses cuisses à s'écarter au maximum. Ma langue entama un lent va-et-vient de haut en bas, n'épargnant aucun point de pression. Ses jambes tentèrent à nouveau de bouger, mais je les maintenais immobiles.

Mon sang bouillait si fort dans mes veines que j'avais l'impression de me consumer dans un grand feu de joie. Je poursuivis mon travail avec application, la mordillant de temps en temps. Ses cuisses se mirent à trembler. Je choisis ce moment pour déchirer son string et découvrir la partie la plus intime de son corps.

Je tremblai presque lorsque ma bouche entra en contact avec elle. Jamais je n'avais éprouvé un tel besoin de possession. Baiser était un sport pour moi, agréable et routinier. Rien de ce que je ressentais à cet instant ne m'était familier. C'était excitant… et perturbant.

Maintenant toujours ses jambes écartées, je la travaillai comme si ma vie en dépendait, comme si je trouvais mon souffle dans ses gémissements de plus en plus sonores. Lorsque mes dents entrèrent dans la danse, je sus qu'elle allait exploser en vol. Laissant échapper un long cri qui s'infiltra dans chacune de mes cellules, elle souleva son bassin et pressa ma tête contre elle. Je donnai mon dernier coup de langue seulement lorsqu'elle se détendit entre mes bras.

Satisfait, je me redressai et défis ma ceinture. Je crus n'avoir jamais bandé aussi dur de ma vie et je savais que je ne serais soulagé qu'une fois au fond d'elle.

Tous les deux haletants, nous ne vîmes pas la suite arriver.

# 52

## *Becca*

— Que se passe-t-il ici ?

J'ouvris à peine les yeux que je dus les refermer, pensant devenir aveugle.

Puis j'entendis un bruit métallique.

— Les mains en l'air, pas un geste !

Mes paupières clignèrent plusieurs fois, dans la direction opposée à la source de lumière qui m'avait brûlé la rétine, puis, une fois accoutumée, je tournai la tête.

Deux hommes en uniforme se tenaient devant nous, l'un avec une lampe torche, l'autre avec une arme. Braquée sur Crawford.

Dans un sursaut de lucidité, je réalisai que j'étais allongée sur le sable, nue comme un ver. Ma robe étant trop loin, je croisai les bras et les jambes pour me cacher au maximum. Je n'étais pas spécialement pudique, mais me retrouver complètement à poil sous le feu d'un projecteur après un orgasme intergalactique, ce n'était pas sur ma *to-do list*.

Crawford avait obtempéré et se trouvait à genoux, mains derrière la tête. Ses yeux verts me fixaient avec intensité. Je remarquai alors son visage brillant, et un drôle de pincement se fit sentir au creux de mon ventre. Un sourire victorieux étira ses lèvres, comme s'il avait deviné ce à quoi je pensais. C'est fou, même ainsi, en position de vulnérabilité, il semblait être le maître du jeu.

— … a agressée ? Mademoiselle ?

L'un des policiers s'avança ; par réflexe, je resserrai mes bras sur moi-même. Il s'arrêta aussitôt. Puis je réalisai qu'il me parlait.

— Mademoiselle, répéta-t-il doucement. Nous avons eu déclaration d'un incident. Cet homme vous a-t-il agressée ?

Je clignai des yeux. Puis je percutai. Wayne devait avoir appelé les flics. Tout le monde avait vu Crawford m'embarquer, et maintenant ces deux-là rappliquaient et me trouvaient nue, mes sous-vêtements en lambeaux avec le même type qui m'avait traînée à l'écart et dont le jean déboutonné ne pouvait passer inaperçu.

L'ironie de la situation ne m'échappa pas et, lorsqu'un fou rire nerveux me secoua, les deux policiers se regardèrent, inquiets, se demandant si le choc de ce que je venais de subir ne m'avait pas rendue folle.

Non, merci. Si ma santé mentale avait survécu aux choses dégueulasses que m'avait fait subir Trenton Crawford, elle s'en tirerait très bien ce soir.

*Cet homme vous a-t-*il agressée ?

Combien de fois avais-je rêvé que l'on me pose cette question ? Que mes mots puissent être entendus ? Que mon calvaire ne devienne pas mon enfer personnel ? Et c'est maintenant que cela arrivait !

La vie était vraiment une chienne.

Mon rire se calma enfin, et j'essuyai les larmes qui s'étaient échappées. Mon regard s'ancra dans celui de Rafael. Il était à ma merci, et il le savait. Un mot de ma part, et il serait à l'ombre pour de longues années. N'était-ce pas la vengeance rêvée ? Pour ne pas m'avoir écoutée. Pour m'avoir traitée en pestiférée et fait devenir la cible de centaines d'adolescents. Pour m'avoir obligée à quitter le seul lieu que je connaissais.

*Pour avoir gâché ma vie.*

Il méritait bien de souffrir, lui aussi. Et, si je n'arrivais pas à avoir le père, au moins me serais-je vengée sur le fils.

Mon cerveau tournait à toute allure. Tout mon être me disait de répondre « oui ». Chaque cellule de mon corps qui avait souffert le martyre, chaque recoin de mon esprit qui n'avait pu se protéger des souvenirs incessants de mon supplice. L'innocence et la partie de mon âme que j'avais perdues.

Oui, tout en moi hurlait vengeance.

Mais la vengeance aurait un goût amer.

Ce n'était pas Rafael qui m'avait acculée contre un mur.

Ce n'était pas lui qui m'avait ordonné de retirer ma jupe.

Ce n'était pas lui que j'avais désespérément tenté d'oublier en pressant les yeux, m'échappant très loin dans un coin de mon esprit.

Rafael me fixait, sachant précisément ce qui se passait dans ma tête et le tort que je pouvais lui causer. Dans son regard, je ne lus ni peur ni haine. Il n'essaya pas non plus de se défendre. Il attendait juste que je prenne ma décision.

Je tournai la tête vers les policiers.

— Non. Je n'ai rien fait que je ne voulais pas faire.

# 53

## *Raf*

D'après les indications du GPS, il me restait une petite demi-heure de route. Ce foutu institut Fitzpatrick se trouvait au milieu de nulle part, c'était à se demander s'il s'agissait d'un asile ou d'un endroit pour enterrer ceux qui y entraient.

Dans tous les cas, j'avais décidé de m'y rendre.

Rose Prince semblait ne jamais avoir existé. J'avais fouillé partout, je n'avais pas trouvé un seul document qui me permettait de savoir qui elle était et, surtout, pourquoi elle était liée à mon père.

Je me répétai le nom en boucle. Chaque fois, j'avais l'impression de tenir quelque chose, d'avoir la solution à portée de main. Chaque fois, elle m'échappait. Cela dit, le prénom et le patronyme étaient communs, cela ne signifiait probablement rien.

En tout état de cause, pour en avoir le cœur net, je devais me rendre sur place.

Le deal que j'avais passé avec Stiller n'était pas la seule raison de ma venue. Plus je réfléchissais, plus je trouvais cette histoire louche. Soit le détective privé de Rebecca s'était fourré le doigt dans l'œil, soit il y avait anguille sous roche. De plus, j'avais beau tout faire pour ne pas penser aux accusations de Stiller et ces particularités de mon père qu'elle connaissait, c'était peine perdue. Un sentiment de malaise grandissant s'emparait de moi à chaque fois.

Et si elle disait la vérité ?

*Elle a pris le pognon et étouffé l'affaire, t'as oublié, ducon ?*

Oui, mais comment elle savait ? Elle semblait si sincère, brisée…

*C'est toi qui l'as brisée, rappelle-toi. Tu l'as obligée à quitter Archer's et Encinitas, après l'avoir humiliée publiquement. Elle veut juste se venger.*

Je me passai une main nerveuse dans les cheveux, las de ce débat incessant dans ma tête.

Auparavant, je n'avais aucun doute, Becca et sa mère étaient dans la merde après la condamnation et la mort de M. Stiller ; tous leurs biens allaient être saisis, il ne leur resterait que leurs yeux pour pleurer. Rebecca avait inventé cette histoire de viol pour faire chanter mon père et lui extorquer de quoi vivre dans le luxe pendant de longues années. En tant qu'homme d'affaires, mon paternel avait tout intérêt à payer et ne pas attirer l'attention sur lui ; un scandale de ce type aurait pu faire chuter drastiquement l'action de l'entreprise.

Quelle femme qui aurait subi un viol accepterait de se taire contre du fric ?

*Une femme qui a peur.*

*Une femme qui a honte.*

*Une femme à qui l'on force la main.*

Ma mâchoire se contracta, et un tic nerveux l'agita. À aucun moment, je n'avais envisagé ces options. Je l'avais haïe et déclarée coupable. Davantage préoccupé par la brûlure de la trahison et par mon ego qu'autre chose.

Aujourd'hui, je ne savais pas où se trouvait la vérité.

Mais je comptais bien la découvrir.

Arrivé à destination, je coupai le moteur, récupérai un vêtement chaud à l'arrière du véhicule et descendis.

Perché à deux mille sept cents mètres d'altitude, l'institut semblait tout droit sorti d'un film de science-fiction. Son architecture ovoïde et sa structure entièrement faite d'inox et de baies vitrées étaient conçues pour supporter un rude climat. Et pour garder les patients bien à l'abri des regards. Le bâtiment était superbe certes, mais il n'offrait en aucun cas un cadre paisible pour des gens censés en avoir besoin.

J'appuyai sur le vidéophone et patientai. C'est là que j'allais devoir être bon.

— Institut Fitzpatrick, que puis-je pour vous ?

— Monsieur Crawford, je viens pour une visite : Rose Prince.

Un blanc s'ensuivit, puis j'entendis le bruit caractéristique de l'autorisation de passage.

Un vigile m'attendait à la sortie du sas, et je le suivis vers l'accueil. Une femme d'environ trente ans me toisa avant de me demander :

— Pièce d'identité, s'il vous plaît.

Je lui offris mon plus beau sourire et entrepris de prendre mon portefeuille dans la poche intérieure de mon blouson, le tout sans précipitation.

— Vous êtes là depuis longtemps, Sloane ? J'ai l'impression de ne vous avoir jamais vue.

J'avais repéré son badge tout de suite.

Elle leva les sourcils et continua de m'observer sans autre réaction. *Peut*-être faut-il la mordre pour qu'elle se déride ?

— On ne s'est jamais rencontrés, en effet, monsieur… Crawford, lut-elle comme je lui tendais ma carte.

Je la rangeai aussitôt et poussai un cri de victoire intérieur. La partie n'était pas gagnée pour autant.

— Avant d'autoriser la visite, nous devons procéder à votre identification digitale.

— Bien sûr, acquiesçai-je, c'est pour cela que nous avons choisi votre établissement.

Sur ce coup-là, je devais remercier le fameux Dayton, lequel m'avait fourni l'information et m'avait permis de me préparer. J'avais récupéré assez facilement les empreintes de mon père et avais fait dupliquer celles du pouce et de l'index de la main droite. Je n'avais plus eu qu'à appliquer le film transparent sur mes doigts avant de venir. Évidemment, pour un travail de cette qualité, j'avais payé la peau des fesses, mais si mon compte en banque était loin d'égaler celui de mon père, il était bien garni.

J'éprouvai tout de même un sentiment peu familier tandis que j'apposai mon index sur l'appareil : l'appréhension.

J'allais savoir si j'en avais eu pour mon argent. Si mon faussaire avait bien fait son taf. Le doute était faible cependant car il était fiable. Mike, Raf et moi le connaissions depuis des années, du temps où nous côtoyions malgré nous l'un des gangs les plus dangereux de Californie du Sud.

J'accueillis tout de même la lumière verte clignotante avec un soulagement évident.

# 54

## *Raf*

Sloane hocha la tête et appuya sur un bouton. La porte sur sa droite s'entrouvrit.

— Veuillez patienter par ici, monsieur Crawford, dit-elle dans un sourire, en désignant la porte. Nous préparons la salle et l'on viendra vous chercher. Je vous souhaite la bienvenue à l'institut Fitzpatrick.

Bordel, ça ne plaisantait pas ici. D'un seul coup, Sloane s'était métamorphosée de bouledogue à jeun en véritable rayon de soleil.

Je m'installai tranquillement. Au bout d'une demi-heure, un type en blanc vint me chercher. Je le suivis sans un mot. Discrètement, j'observai les couloirs atones qui défilaient. Lumières blanches, murs blancs. Cet endroit était déprimant au possible. Si l'on y rentrait sain d'esprit, nul doute qu'après un bout de temps dans cet enfer on perdait la raison pour de bon.

Il finit par ouvrir une salle d'une dizaine de mètres carrés – blanche et capitonnée –, au centre de laquelle se trouvait une femme menottée à une table elle-même ancrée dans le sol. Je retins un mouvement de recul. Avais-je rendez-vous avec Hannibal Lecter ? Même ce célèbre personnage fictif n'exigeait probablement pas autant de mesures de sécurité.

Mon masque d'impassibilité – des années d'entraînement – me servit une fois encore.

Je m'assis en face de la femme, faisant signe à mon guide de nous laisser seuls. Elle semblait éteinte et complètement inoffensive.

Des cheveux châtains filasses, des cernes violets qui accentuaient les creux de son visage, un regard vide. Cette femme semblait plus morte que vivante. Je détournai rapidement les yeux.

J'avais du mal à lui donner un âge. Probablement la cinquantaine bien tassée.

— Rose Prince ?

Elle ne réagit pas, se contentant de me dévisager avec une expression lasse.

Peu de choses m'embarrassaient, mais cette femme décharnée, ne portant plus aucune étincelle de vie, me donnait envie de prendre les jambes à mon cou.

Je me forçai finalement à l'observer, le moindre détail pouvant m'être utile. Ses mains aux longs doigts effilés qui avaient jadis dû être élégantes, évoquaient les serres d'un rapace. Elle était si maigre que c'était à se demander si les pensionnaires de cet établissement étaient nourris correctement.

Durant mon examen, elle n'avait pas bougé d'un pouce. Alors, je retentai ma chance.

— Rose, je souhaite juste vous parler. Savez-vous pourquoi vous êtes ici ?

Toujours rien. Je commençai à m'impatienter et surtout je ne comprenais pas pourquoi mon père dépensait autant pour une femme sortie de nulle part, incapable de proférer un seul mot.

Je jouai ma dernière carte et regardai droit dans ses pupilles vides.

— Rose, connaissez-vous Trenton Crawford ?

Pour la première fois, j'obtins une réaction. Un éclair ressemblant férocement à de la terreur zébra son regard, la rendant plus humaine. L'espace d'un instant, son visage me parut familier, puis la sensation s'échappa. Ses mains se mirent à trembler, occasionnant un cliquetis des menottes qui portait sur les nerfs. Inquiet, je fis ce qui me semblait le plus naturel : je recouvris ses mains des miennes. Je faillis les retirer aussitôt tant elles étaient froides, mais je me fis violence. Cette femme n'avait rien de dangereux, elle me faisait pitié ; je n'en tirerais probablement rien de plus.

J'avais appris deux choses :

1 – Elle connaissait bien mon père ;

2 – Il la terrifiait.

Cela dit, une bonne partie de la population était dans ce cas.

Je ne savais pas comment la calmer. Aussi, je caressais sa main pour tenter de l'apaiser.

— Rose, dis-je avec douceur. Tout va bien, je ne vais pas vous faire de mal. Je m'appelle Rafael. Je souhaitais seulement parler. Juste parler.

Par un miracle que je ne m'expliquais pas, ses tremblements cessèrent d'un coup. Elle releva imperceptiblement la tête et planta ses pupilles dans les miennes. Un grand frisson me secoua. Et, alors que je ne m'y attendais pas, une voix éraillée semblant sortir d'une caverne résonna dans la petite pièce :

— Pour chaque fin il y a toujours un nouveau départ.

Cette fois, ce fut elle qui me prit les mains et les serra.

# 55

## *Raf*

Je pris une douche bien méritée. Cette visite à Fitzpatrick avait été carrément flippante, avec une ambiance à la *Shining*. Je m'étais demandé si j'allais en sortir, de ce foutu bâtiment.

J'avais laissé Rose Prince dans le même état qu'en arrivant, à un détail près. Elle ne m'avait pas lâché du regard et, au lieu du vide glaçant, j'y trouvai une lueur ressemblant furieusement à de l'espoir. Loin d'être un sentimental, je ne pus m'empêcher d'avoir un pincement au cœur.

Quel faux espoir avais-je donné à cette pauvre femme en lui rendant visite ?

*Pour chaque fin il y a toujours un nouveau départ.*

Ce qu'elle m'avait dit n'avait aucun sens. Probablement une phrase qui tourbillonnait parmi tant d'autres dans le cerveau d'une folle.

Toutefois, je ne pouvais m'empêcher d'être hanté par ses yeux bleus alors qu'ils avaient repris vie. Elle m'avait regardé comme si elle pouvait voir au travers de mon âme, c'était une sensation… déconcertante. Et dérangeante. D'autant que cela faisait écho dans mon cerveau, sans que je ne trouve pourquoi.

Les mains à plat sur la faïence de la douche, je tentai de faire le vide dans mon esprit, en vain.

Des images de Stiller lascive sur le sable, ses doigts dans mes cheveux. Sa voix lasse et défaite dans la salle photo…

*Je te l'ai dit, Rafael. Tellement de fois.*

Ses cris de plaisir et mon corps en ébullition.

Rose Prince, cette image insaisissable chaque fois que je revoyais ses yeux.

Il fallait que je mette de l'ordre dans tout ça, sinon j'allais péter un câble. Et comme d'habitude lorsque j'étais au bord du précipice, je n'avais qu'une chose à faire.

Je fermai le mitigeur et attrapai une serviette.

— Je ne comprends pas pourquoi tu l'aides. Cette fille t'a causé plus de problèmes que les sept milliards d'autres êtres humains sur cette planète.

Jace répondit à Mike en ricanant. J'avais réuni le conseil de guerre des DA.

— Elle a une chatte magique, voilà pourquoi.

— Mec, tu m'emmerdes.

— Et cette femme, tu ne sais vraiment pas qui elle est ? intervint Hope pour calmer le jeu.

*Au moins, si elle devait s'incruster, qu'elle serve à quelque chose.*

J'écartai les mains en signe d'impuissance.

— Y a un truc qui m'interpelle, mais je ne sais pas quoi. Impossible de mettre le doigt dessus.

— Quand même, peu importe qui elle est, d'après ce que tu nous en dis, il faudrait voir si elle est bien traitée. Ça craint, ton histoire.

Je ne pouvais qu'être d'accord. Ce n'était pas mon genre de me mêler des affaires des autres, mais cette femme avait remué quelque chose en moi et je ne pouvais l'ignorer.

— Donc, on sait qu'elle est folle, qu'elle connaît ton père et qu'il la fait flipper, résuma Mike.

— Et qu'elle n'est pas muette, renchérit Jace.

— Qu'est-ce qu'elle t'a dit exactement ?

Je balayai la question de Hope d'une main évasive.

— Un truc qui n'a ni queue ni tête du genre « La fin d'une chose marque le commencement d'une nouvelle ».

Elle fronça les sourcils et retroussa son joli petit nez.

— C'est exactement les mots qu'elle a utilisés ? La fin d'une chose marque le commencement d'une nouvelle.

Je pris le temps de la réflexion.

— Elle a dit : Pour chaque fin il y a toujours un nouveau départ.

Hope leva la main en l'air, imposant le silence. Elle secoua la tête, prit son mobile, pianota quelques secondes et nous regarda, triomphante.

— C'est une citation du *Petit Prince* de Saint-Exupéry.

Un froid glacial se propagea jusqu'à la pointe de mes orteils.

# 56

## *Raf*

Après la bombe que Hope avait lâchée, je n'avais pas perdu une seconde. Jace m'avait filé sa moto pour aller plus vite et j'avais foncé en direction d'Encinitas.

Ma tête était aux prises d'un véritable chaos, et j'essayai de me concentrer sur la route plutôt que les émotions qui m'assaillaient, sous peine de finir dans le mur.

J'avais encore loupé les cours, mais je m'en moquais éperdument. Les enjeux étaient trop importants.

Quand j'arrivai, je constatai que mon père était à la maison, ce qui me mit d'une humeur de dogue allemand. Je n'avais aucune envie de le croiser. D'autant qu'il y avait moyen qu'il ait découvert le virement que j'avais fait à son insu.

J'ouvris silencieusement la porte et fus satisfait de ne voir que mon ombre. Je me dirigeai alors vers la pièce qui m'intéressait.

Plus personne n'allait dans la bibliothèque. Quand j'y pénétrai, je fus assailli par l'odeur du passé, un mélange réconfortant de bois, de cuir et de papier ancien. Pendant longtemps, cette pièce fut mon refuge. Ma mère m'y emmenait tous les jours avant le coucher pour me lire une histoire. Je me collais à elle sur le grand canapé en cuir et l'écoutais, fasciné. C'était pratiquement le seul souvenir que j'avais gardé d'elle. Après sa mort, j'avais continué de venir dans la bibliothèque, avec cet espoir insensé que seul un enfant peut avoir. Évidemment, elle ne revint jamais et ce fut la fin de mes illusions sur la vie, me renfermant petit à petit sur moi-même.

De nombreuses nourrices défilèrent, aucune ne tenant le coup plus de quelques mois sous le joug de ma tyrannie. Puis je grandis, et il y eut Jace, Mike, et Nicole.

Ma gorge était si nouée que je peinais à avaler ma propre salive. Je dus toutefois me secouer, j'étais venu ici dans un but précis. Je me dirigeai d'un pas lent vers l'une des alcôves, tendant la main vers le cadre photo.

Même si je m'y attendais, le choc fut brutal. Comment n'avais-je pas réalisé ?

Je me laissai tomber sur le siège, les jambes coupées. Bien sûr, la femme souriante qui me faisait face n'avait rien du fantôme d'humanité que j'avais vu à Fitzpatrick. Et pourtant, là, au fond de ses yeux bleus, cette étincelle que j'avais perçue un bref instant, c'était la même. Ce grain de beauté sous l'œil gauche, cette fossette maintenant presque invisible.

Rose Prince n'était autre qu'Angela Crawford, la mère que j'avais perdue à cinq ans. Celle-là même dont les bras réconfortants, les mots doux et la chaleur m'avaient tant manqué.

Un raz-de-marée menaçait de s'échapper de ma poitrine, mais je ne pouvais pas me permettre de me laisser aller. Rose Prince m'avait laissé un message.

*Le Petit Prince* était mon livre préféré, et par conséquent je le réclamais sans arrêt. Angela Crawford nous avait quittés, mais une partie d'elle demeurait et m'avait reconnu. Les émotions se bousculaient en moi, mais je les contins. L'être froid que j'étais devenu au fil des années avait la peau dure. Je calai le cadre sur le sofa et me dirigeai résolument vers l'étagère où se trouvait le livre. C'est d'une main tremblante que je le retirai. Je ne l'avais plus jamais ouvert.

La tranche était poussiéreuse, le papier jauni, mais c'était bien le même livre, celui qui m'occasionnait tant de joie dans une autre vie.

Soudain, la porte s'ouvrit. Dans l'encadrement, Trenton Crawford en pyjama de satin.

Une vague de haine me submergea.

— Que fais-tu ici, tu ne devrais pas être à la fac ?

Ses yeux se portèrent sur le livre entre mes mains, puis sur la photo posée sur le canapé et enfin sur moi. Sa mine s'assombrit.

— Pourquoi ?

Il ne méritait pas plus de mots. Et il était trop intelligent pour me faire l'affront de feindre l'incompréhension. Ma mère était vivante, et il me l'avait caché.

Semblait-il affecté par ma découverte ? Bouleversé ? Pas le moins du monde. Tout au plus agacé.

Je n'avais qu'une envie, me jeter sur lui et le fracasser. Mais j'avais assez roulé ma bosse pour savoir que l'impulsivité ne menait à rien.

— Pourquoi ne viens-tu pas dans le salon prendre un verre, je t'expliquerai tout.

— Ici, c'est parfait, répondis-je avec dureté.

Il me fixa de longues minutes, comme pour savoir si le combat valait le coup. Il dut décider que son temps était précieux et n'insista pas.

— Angela souffrait de schizophrénie paranoïde avancée.

— Elle semblait en parfaite santé.

Il souffla, agacé.

— Tu avais cinq ans, de quoi veux-tu te souvenir ? Ce n'est pas toi qui devais gérer les crises et elles devenaient de plus en plus fréquentes.

Je ricanai.

— Vu que tu n'étais jamais là, ce n'était pas toi non plus. Bref, être malade et être morte et enterrée, ce sont deux choses différentes. Aux yeux du monde, Angela Crawford est morte. Pourquoi ?

— Pour toi.

Ces deux mots inattendus faillirent avoir raison de mon sang-froid. Je lâchai un rire amer.

— Pour moi ? Moi, son fils qui l'a pleuré pendant des jours, des mois, des années.

Je serrai le poing, à bout.

— Arrête de te foutre de ma gueule, tu sais très bien que n'importe quel môme aurait préféré avoir sa mère, même malade. Et de toute façon, tout ce que tu as toujours fait était pour toi. Donc je répète ma question, pourquoi ?

Il me regarda droit dans les yeux, pas une once d'émotion sur son visage de marbre.

— Elle n'était plus elle-même, elle devenait dangereuse et il fallait l'interner. J'ai jugé que tu grandirais mieux en passant à autre chose. Donc je répète ma réponse : pour toi.

# 57

## *Raf*

— Ton père est un putain de psychopathe.

— Jace, le rabroua Hope.

— Il a raison. Quel homme simule la mort de sa femme ? Je suis désolé mais ça me paraît louche, son explication ne tient pas la route.

Mike avait raison, je ne croyais pas un mot de ce qu'avait dit mon père.

— Tu n'as aucun souvenir de ta mère malade, agissant bizarrement ?

Je fis un geste évasif de la main et me rencognai dans le sofa où nous étions installés. La veille au soir, j'avais poussé mon paternel devant la bibliothèque avant de lui mettre mon poing dans la figure. J'étais arrivé à San Diego dans le milieu de la nuit mais n'avais pu me résoudre à rentrer.

Au lieu de quoi, j'avais roulé pendant des heures, le cœur battant à cent à l'heure.

*Maman est vivante.*

Cela tournait en boucle dans ma tête, et quand je pensais à ce qu'elle était devenue, j'avais envie de tout péter.

— Je ne me souviens de rien, mais il n'a pas tort, j'étais trop jeune.

— Tu te rappelles les jeux que vous faisiez ensemble et les

soirées lecture, objecta Hope. Si vraiment elle avait eu des crises, cela t'aurait marqué.

— Ou alors, je les ai refoulées et n'ai gardé en mémoire que les bons moments.

Je me passai une main rageuse dans les cheveux.

— J'ai l'impression de devenir dingue.

Mike posa ses doigts sur mon épaule.

— N'importe qui péterait un câble.

Le téléphone de Jace se mit à sonner.

— Oui, répondit-il aussitôt.

Hope étant là, pour qu'il réponde si vite, c'était forcément Nicole.

Son masque imperturbable se fissura, ses yeux s'écarquillèrent.

Quand il raccrocha et se tourna vers nous, une lueur d'espoir brillait dans son regard. Je savais ce qu'il allait dire avant même qu'il n'ouvre la bouche.

— Ma mère vient d'être contactée par un institut de recherche spécialisé dans le cancer du sein. Ils ont mis en place un protocole expérimental qui pour l'instant donne d'excellents résultats et souhaitent l'inclure dans l'étude.

Hope poussa un cri qui tenait du sanglot étouffé et se jeta dans ses bras. Mike pressa doucement son épaule en signe de soutien, et je murmurai quelques paroles de circonstance.

J'étais content, vraiment, mais j'avais l'impression que j'allais exploser.

Je me levai brusquement.

— J'ai besoin de me défouler, les mecs, qui en est ?

Tout le monde savait ce que cela signifiait ici. J'avais besoin de me battre et pas gentiment. Comme nous le faisions à outrance au lycée, lors de combats clandestins.

La mine de la Fée Clochette s'allongea, mais je n'en avais rien à cirer.

Mike fut le premier à parler.

— Tous pour un, vieux.

Je portai un regard interrogateur sur Jace, sentant le dilemme qui le tiraillait.

Finalement, il rangea son portefeuille dans la poche arrière de son jean et se dirigea vers la porte.

— On y va ?

Cette nuit-là, je ne dormis pas. Le visage d'Angela revenait sans cesse me hanter. Un sentiment de culpabilité m'étreignait la poitrine. Ma mère était vivante et, pendant tout ce temps, elle était retenue dans ce mouroir comme une criminelle. Je ne pouvais croire qu'elle était malade au point d'être enfermée dans cette forteresse. Bien sûr, j'étais jeune, mes souvenirs étaient flous.

Je me souvenais d'une maman douce, aimante, souvent triste. Peut-être était-elle déprimée ?

Mon père parlait de schizophrénie paranoïde avancée. Je m'étais renseigné sur le sujet. Les patients atteints de ce trouble étaient victimes d'hallucinations auditives ainsi que de délires de persécution. Ils étaient en proie à la colère, l'anxiété, la tendance au conflit et se repliaient sur eux-mêmes.

J'avais beau forcer ma mémoire, rien de tout cela ne m'évoquait ma mère. Je ne l'avais jamais vue agressive. Et pourquoi avoir simulé sa mort ? Je ne croyais pas un mot de ce qu'il m'avait dit. Stiller avait raison, mon père cachait des choses et j'avais le sentiment que je venais seulement de découvrir l'arbre qui dissimulait la forêt.

Je finis par m'endormir sur la promesse de sortir Angela de là, en nage et épuisé.

— Tu vas lui dire ?

Je continuai de fixer les pancakes devant moi. Rien que de les regarder, j'en avais la nausée.

— Évidemment qu'il va lui dire !

Je posai les yeux sur Hope, toujours en rogne de notre virée de la veille. Nous avions récolté quelques bleus et entailles, rien de bien méchant.

— De quoi je me mêle ?

Elle se tourna vers moi et plongea son regard caramel dans le mien.

— Ne me dis pas que cela ne t'a pas fait reconsidérer ses propos ? Ton père a quand même simulé la mort de ta mère et l'a internée là où personne n'irait la chercher ! C'est un criminel, Rafael.

Je pinçai les lèvres. Elle avait raison, bien sûr, mais j'avais besoin de jouer l'avocat du diable.

— Peut-être qu'elle était vraiment atteinte ? Peut-être que c'était la seule solution ?

Hope continua de me fixer.

— Tu n'y crois pas toi-même, Raf. Qui ferait une chose pareille ? Et tu n'as aucun souvenir corroborant ses dires.

— Mais qu'est-ce qu'il en a retiré ? fit remarquer Mike. Pourquoi la faire disparaître ?

Jace tournait la cuillère dans son café, pensif.

— Ta mère avait peut-être découvert quelque chose qu'elle n'était pas censée savoir, finit-il par lâcher.

Un silence s'installa.

Avec gravité, Hope finit par le rompre.

— Mais concernant Rebecca… Après tout ça, tu n'envisages pas qu'elle dise la vérité ? Que ton père ait vraiment abusé d'elle ?

Si. *Si, et je n'arrête pas d'y penser. Ça me rend malade. J'ai envie tout péter.*

Sauf qu'avant de craquer je devais m'occuper de mettre ma mère en sûreté et voir s'il y avait une chance, même infime, d'améliorer son état.

Trouver pourquoi mon enfoiré de père avait agi de la sorte.

Aider Stiller à le faire tomber.

Et ne pas m'appesantir sur la plus grosse erreur de ma vie, sous peine de perdre la raison.

Rebecca disait la vérité, depuis le début.

J'avais tout gâché pour avoir placé ma confiance dans la mauvaise personne.

# 58

## *Becca*

— Arrête de gigoter, me rabroua Pepper. J'en mets plein à côté.

— C'est long, râlai-je en contemplant mes doigts de pied.

— Évidemment que c'est long, ça fait deux fois que tu me fais changer de couleur.

— Je suis d'humeur versatile aujourd'hui.

— Et moi, je ne suis pas d'humeur tout court, alors si tu ne veux pas que je te laisse avec le pied à moitié verni, tu te tiens tranquille.

— C'est toi qui m'as proposé de me vernir les pieds, je te signale.

Pepper mit le pinceau en l'air et me regarda d'un air furibond.

— D'accord, d'accord, maugréai-je, je ne bouge pas d'un millimètre.

Mon amie se mit à parler de sa dernière conquête en date, et j'en profitai pour fermer les yeux et réfléchir.

J'étais complètement déboussolée. Le pouvoir que j'avais détenu sur Crawford pendant ces quelques secondes sur la plage m'avait grisée. Un mot de ma part et il serait en train de moisir en taule. Je ne regrettais pas ma décision, elle était juste. Peut-être méritait-il d'aller en prison, mais pas pour la façon dont il m'avait traitée ce soir-là. Ni avant d'ailleurs. Sinon, j'imagine que les trois quarts de la planète y croupiraient.

J'avais compris autre chose à cet instant : la haine que je vouais à Rafael était légitime, mais démesurée. Il m'avait jugée et condamnée sans vouloir m'écouter et cela m'avait fait un mal de chien. Toutefois, si cela était arrivé à une autre fille, dans les mêmes circonstances, n'aurais-je pas moi aussi sauté sur les mêmes conclusions ?

Plus maintenant, c'était certain, du fait de mon vécu. Mais avant ?

Un doute perfide s'insinuait en moi.

Ou peut-être que je me ramollissais ? J'avais beau lutter, chaque fois que je me trouvais en sa présence, je peinais à respirer. Il m'attirait comme le soleil Icare[1], c'en était limite douloureux.

Et il était le seul mec auquel je réagissais. Le seul qui avait su ressusciter mon corps. Il suffisait du contact de sa peau pour m'embraser tout entière et me laisser consumer par un million de sensations délicieuses. Si j'en avais éprouvé de la honte au début, ce n'était plus le cas. Entre ses bras, je me sentais belle, maîtresse de mon corps et de mes désirs. Puissante.

Notre aventure sur la plage m'en avait fait prendre une conscience aiguë. Trop longtemps, j'avais eu la sensation d'être un objet usé. J'avais moi aussi le droit de vivre, malgré ce qui m'était arrivé.

*Surtout à cause de ce qui m'était arrivé.*

Je n'avais plus envie de me battre avec lui.

La sonnette me fit sursauter.

— J'y vais, s'écria Pepper en sautillant.

Parfait. J'en profitais pour bouger mes doigts de pieds.

Curieuse, je jetai un œil vers la porte qu'elle venait d'ouvrir. Comme chaque fois qu'il était à proximité, mon estomac fit un looping.

Les mains dans les poches, il me fixait par-dessus l'épaule de Pepper. Cette dernière se retourna pour me demander mon assentiment avant de le laisser entrer. *Un vrai cerbère, cette fille.*

Il marcha vers moi avec son aisance habituelle, et j'en profitai pour

1. Dans la mythologie grecque, Icare s'éleva trop haut dans les airs ; la chaleur du soleil fondit la cire qui attachait ses ailes ; il tomba et périt en mer.

me rincer l'œil. Tout de blanc vêtu, cargo et T-shirt, il ressemblait à un ange descendu du ciel. Un ange très sexy et très bronzé. Quelques mèches d'un blond foncé tombaient sur son front, accentuant la profondeur de son regard. Un court instant, je me laissai happer par ce vert saisissant. Puis mes yeux dérivèrent vers la courbe de son biceps, et la veine saillante de son avant-bras.

— Stiller, si tu as fini de baver, je dois te parler.

Vexée, je m'apprêtai à l'envoyer sur les roses quand je réalisai qu'il ne souriait pas, même pas un peu. Bien qu'il soit toujours canon, il avait une sale tête, celle qu'on avait lorsqu'on ne dormait pas. Et qu'on s'était battu.

Bref, c'était sérieux.

Je me levai sans hésiter, ne tenant pas compte des invectives de Pepper au sujet du vernis et de mon ingratitude.

Je le laissai me suivre et lui ouvris la porte de ma chambre.

# 59

## *Becca*

Cela me fit drôle de me trouver avec lui dans ma chambre. Auparavant, nous étions toujours chez lui. Ou ailleurs.

Silencieux, il observa mon antre avec intérêt. Les quelques cadres photos que j'avais disposés sur le bureau, les bougies parfumées disséminées çà et là, les livres éparpillés, mon plaid de *Star Wars*. Et le portrait 80x60 de mon père, celui que j'avais pris avec l'appareil-photo qu'il m'avait acheté juste avant d'être arrêté.

Il se tenait devant la cuisinière avec un tablier orné du personnage de Ratatouille et s'apprêtait à goûter son plat. En réalité, ce n'était pas une prise intéressante, il avait les yeux fermés. Mais pour moi cette photo n'avait pas de prix. La cuisine était sa passion. Étrange pour un banquier. Dès qu'il trouvait le temps, c'est-à-dire trop peu souvent, il se mettait aux fourneaux. Il avait l'air si serein dans cet instant que j'avais capturé. Sentant les larmes monter, je tournai la tête.

Je m'installais en tailleur sur mon lit. Rafael pouvait toujours s'asseoir par terre.

— Alors, qu'est-ce qui est si important ?

Il finit par détacher son regard du portrait et me fixa longuement. Mal à l'aise, je me déplaçai, me mettant en tête de lit.

— Je sais qui est Rose Prince.

J'arrêtai de respirer. Il avait réussi !

— C'est ma mère.

Sachant que je posai mes pieds sur le plaid de Dark Vador, j'aurais presque pu en rire. Presque. Si son air n'avait pas été aussi sérieux.

— Pardon ?

J'avais très bien entendu et il était stupide de poser cette question, mais j'étais trop sonnée pour réagir autrement.

Il se laissa tomber le long du mur en soupirant.

— C'est toute une histoire.

Il me raconta son épopée à Fitzpatrick, l'impression d'étouffement qu'il avait ressentie là-bas, son entrevue avec la femme que nous souhaitions démasquer. J'eus un pincement au cœur lorsqu'il me décrivit son état et les conditions dans lesquelles elle vivait.

— Rose Prince, murmurai-je, abasourdie.

Il hocha la tête.

— La rose est l'amie du Petit Prince. Il n'a même pas été foutu de trouver un nom par lui-même, ricana-t-il. Comme moi, elle adorait ce livre. C'était peut-être le seul truc qu'il avait retenu d'elle.

La douleur dans sa voix ne me trompa pas, et mon cœur se serra pour lui.

Pour la première fois depuis que je le connaissais, il paraissait vulnérable. Dans cette chambre, assis par terre, le Dark Angel avait laissé sa place à Rafael, le fils d'Angela Crawford.

À l'époque où nous passions du temps ensemble, il m'avait parlé de sa mère et confié à quel point cela avait été dur pour lui. Il ne s'était pas étendu, après tout il était expert dans l'art de cacher ses failles, comme ses deux amis. Mais j'avais décelé une vraie souffrance, un véritable manque.

— Peut-être qu'elle est heureuse de le porter, lançai-je maladroitement pour le réconforter.

Ses yeux rencontrèrent les miens.

— Elle a à peine conscience d'être en vie. Et encore, avant que je ne prononce le nom de mon père, c'était comme s'il n'y avait personne dans cette salle.

— J'imagine que c'est pour ça que tu es allé te battre, dis-je en fixant son arcade sourcilière fissurée et sa pommette violette.

— J'imagine que tu as quelque chose à en redire.

Son ton mordant me piqua. Je n'avais qu'émis une constatation, il était inutile de se montrer désagréable. Cela me rappela à qui j'avais affaire, et en réalité c'était une bonne chose. Je n'étais pas prête pour affronter ce nouveau Rafael qu'il m'avait laissé entrevoir : vulnérable et humain. Cette version était bien plus dangereuse que l'autre, arrogante et sans merci. Autant ne pas l'oublier.

Je me levai brusquement, mettant fin à nos échanges.

— OK, merci de m'avoir prévenue, tu peux partir maintenant.

À son tour, il se releva, me dominant d'une tête.

— Tu n'as pas envie que je parte et tu le sais très bien.

— Tu te donnes trop d'importance. La porte est juste là, dis-je en l'indiquant du doigt.

Il m'observa un moment.

— Pas croyable, murmura-t-il.

Je fronçai les sourcils.

— Quoi encore ?

— Tu as peur, *Starlight*. Tu as peur de ce qui peut arriver dans cette chambre, là, tout de suite. Pourtant, tu sais que c'est écrit depuis le début. Je t'ai fait une promesse, non ?

— Je n'ai peur de rien du tout, car il ne va rien arriver, ni maintenant ni après.

Il pencha légèrement la tête.

— Tu veux que je te rappelle à quel point tu étais réceptive, sur la plage, susurra-t-il, un sourire en coin.

Une vision de sa tête entre mes jambes s'imposa.

Une fois n'est pas coutume, le rouge me monta aux joues. Et, sans que je ne puisse rien y faire, mon corps réagit ostensiblement.

La colère se mêla alors à l'excitation. Croyait-il être le seul à pouvoir jouer à ce petit jeu ?

Sans plus réfléchir et d'un geste fluide, je passai mon haut par-dessus la tête et libérai ma poitrine, juste sous ses yeux.

Il se pétrifia, le regard rivé sur mon buste.

Je m'approchai de lui jusqu'à ce que mes seins effleurent son torse. Le contact du coton de son T-shirt enflamma ma peau nue.

Pas un souffle ne sortait de sa poitrine.

Je me hissai sur la pointe des pieds, accentuant le frottement, et murmurai à son oreille, narquoise :

— Qui a peur maintenant ?

# 60

## *Becca*

Satisfaite de la leçon, je me mordis la lèvre et reculai, mais il agrippa aussitôt mon poignet, m'empêchant de m'éloigner davantage.

Son regard était brûlant, il me consumait.

— Tu joues avec le feu, siffla-t-il, la mâchoire serrée.

Il m'attira brusquement contre lui et captura mes lèvres.

C'était le moment de résister, de lui montrer que je gardais le contrôle.

Je n'en fis pourtant rien.

Alors qu'une sonnette d'alarme retentissait dans ma tête, m'incitant à m'écarter et arrêter cette folie que je finirais par regretter, il se pencha et me pressa davantage contre lui. Malgré toutes mes bonnes résolutions, j'avais envie de Rafael. J'en crevais.

Nous nous cherchions depuis trop longtemps, tels deux fauves en quête de domination. Cette envie permanente de se toucher, de sentir l'autre, c'était explosif.

L'être humain est ainsi fait que, parfois, alors qu'il a la certitude de se noyer, il plonge sans pouvoir s'en empêcher.

Je ne fis pas exception.

Alors que sa bouche s'activait avec ferveur, j'ouvris la mienne et lui donnai libre accès. Avec un grognement de frustration, j'enroulai mes bras autour de son cou, tirant sur ses cheveux et augmentant la pression de nos points de contact. Je m'abandonnai, laissant le destin suivre son cours.

Ce fut comme si un énorme fardeau était retiré de mes épaules. Je me sentis légère, libre et grisée.

La chaleur de son corps traversait ses vêtements ; je la laissai m'envelopper, s'enrouler autour de moi, savourant la symphonie des frissons sur ma peau.

Lui contre moi, c'était une évidence, il ne servait plus à rien de le nier.

Était-il dangereux ? Assurément. Mais dans ses bras je me sentais belle, désirée, vénérée. Je n'étais pas le coup d'un soir, une fille interchangeable qui se trouvait là par hasard. Il me désirait moi, il me désirait si fort qu'il avait du mal à contenir le tremblement de ses mains.

Pour ma part, je voulais cela autant que lui, avec une force qui me faisait peur, sans demi-mesure.

Alors, le danger, je lui fis un doigt d'honneur.

J'approfondis notre baiser, donnant tout, prenant tout. Nous n'étions plus que sensations brûlantes, nos mains insatiables testant chaque parcelle de nos corps.

Rafael s'agenouilla devant moi et prit mes seins en coupe, saisissant délicatement les pointes entre ses dents. Je réprimai un long gémissement. Les mains dans ses cheveux, je le laissai jouer, savourant chaque coup de langue, chaque morsure délicate, abandonnée.

Le plaisir prenait ses quartiers dans chacune de mes cellules, à la manière d'un invité éduqué. Mais j'en voulais plus.

Alors, je me baissai à mon tour, appliquant ma paume sur la bosse qui déformait son cargo. Le sentir si dur fit grimper d'un cran mon excitation.

Un grognement sauvage me répondit tandis que je le frottais de haut en bas.

Il se releva brusquement, m'entraînant avec lui et enroula mes cuisses autour de son bassin. Comprenant son intention, je frottai mon entrejambe contre son érection. Il enfonça davantage ses doigts dans la chair tendre de mes fesses et s'accorda à mon rythme. Insensible à tout le reste, je me laissai emporter par le torrent de sensations voluptueuses. Désirs, soupirs, contacts, gémissements, rien d'autre ne comptait.

Aujourd'hui, j'allais me donner à Rafael, mais j'allais aussi prendre tout ce que je pouvais. Aujourd'hui, je comptais bien avoir mes feux d'artifice.

Alors que j'étais sur le point de voler en éclats, il me déposa sur le lit puis fit glisser mon short en coton le long de mes jambes, emportant mon string au passage. Ses yeux s'attardèrent entre mes cuisses, le regard brillant. Puis ils remontèrent lentement.

D'un doigt léger, il caressa l'arrondi de mes seins lourds de désir.

— Bon sang, *Starlight*, tu as toujours eu la poitrine la plus bandante du lycée.

Mes sourcils s'arquèrent.

— OK, de toute la Californie, concéda-t-il, amusé.

Ses yeux dérivèrent lentement vers le haut ; il les ancra dans les miens pile au moment où il prit mon téton entre ses lèvres. Une plainte indécente s'échappa de ma gorge quand il le taquina avec ses dents. Je tournai ma tête de gauche à droite, étourdie de plaisir, mais frustrée de le contenir. Je me cambrai, impatiente.

Un bras puissant encercla ma taille tandis que sa main droite traçait un sillon brûlant de mon ventre jusqu'à mon cou, envoyant mille décharges électriques.

Tandis qu'il se baissait, il prit délicatement ma joue en coupe et m'embrassa avec une tendresse douloureuse. Un baiser puissant, possessif mais attentif, comme s'il cherchait à me donner le meilleur de lui-même. Un sanglot silencieux se forma dans ma poitrine.

Jamais personne ne m'avait touchée ainsi. Jamais je n'avais eu l'impression d'être si précieuse.

Son front contre le mien, il m'observa comme s'il avait accès à mon âme et tous les rêves fous qui y étaient imprimés.

— Aujourd'hui, je suis à toi, *Starlight*. C'est toi qui as le pouvoir.

Certains mots sont juste des mots. D'autres recèlent de terrifiantes implications. Les siens s'infiltrèrent sous ma peau, trouvèrent le chemin de mon cœur et s'imprimèrent dans mon esprit avec force. À cet instant, je réalisai à quel point j'avais besoin de les entendre. À quel point mes blessures étaient à vif, en quête d'apaisement. Tout ce que j'avais utilisé en guise de pansement n'avait servi à rien, les plaies suintaient toujours autant.

Quand tout ce qu'il fallait, c'étaient ces quelques mots. Et le fait que ce soit lui qui les prononce…

Doucement, il me fit asseoir et releva mon menton pour ancrer à nouveau ses yeux dans les miens. Il suivit la trajectoire de la larme que je ne pus retenir et la cueillit de sa langue. Je fermai les yeux, submergée par les émotions.

Rafael me mettait en position de contrôle. Parce qu'il savait que j'en avais besoin. Parce qu'il me croyait, de cela j'étais intimement convaincue. Sinon, pourquoi ce changement d'attitude ?

*Il me croyait.*

Mon cœur allait exploser. Je refoulai un autre sanglot.

— Ne les retiens pas, Becca. Ça fait trop longtemps.

Je clignai des yeux, sa voix douce me parvenant comme dans un rêve. Il s'approcha de mon oreille.

— Et prends tout ce que j'ai à te donner. Je te le répète, tu es en contrôle.

Il se tenait devant moi, dans l'attente de mon feu vert. Rafael Crawford. D'habitude, il serait déjà en train de reboutonner son pantalon et de passer la porte.

# 61

## *Raf*

Apprendre que ma mère était en vie avait fissuré la carapace que je m'étais forgée. J'avais redécouvert des émotions auxquelles je croyais avoir renoncé pour toujours. Et dans la course j'avais, terrifié, regardé la vérité en face. Celle que Rebecca n'avait eu de cesse de crier quand personne ne voulait l'entendre.

Je n'étais pas du genre à me sentir coupable, ou à avoir des regrets. Pourtant, j'en étais rempli.

J'avais humilié cette fille. Je l'avais mise plus bas que terre, écrasée de mon talon. Et chassée de chez elle. Je ne savais pas encore comment j'allais gérer toute cette merde, mais j'étais sûr d'une chose : Rebecca Stiller n'était pas n'importe qui, et quelque chose m'attirait inexorablement vers elle. Je ne pouvais plus nier que je n'avais pas seulement envie de la sauter. Je voulais lui montrer, à ma façon, qu'elle pouvait compter sur moi. Qu'elle m'avait touché des années avant. Peut-être était-ce pour cela que j'avais été aussi dur avec elle. Elle était l'unique fille à m'avoir atteint, et je n'avais voulu voir que la trahison. Solution de facilité.

Je ne pourrais jamais lui rendre ce qui lui avait été pris. J'étais coupable. De n'avoir pas écouté. D'avoir décidé qu'elle n'était pas la victime dans cette histoire, sans chercher à comprendre. Jamais aucune action ne pourrait m'absoudre pour ce que je lui avais infligé. Mais j'allais quand même faire tout mon possible pour me réhabiliter à ses yeux. Et aux miens.

Les larmes continuaient de rouler sur ses joues. Elle leva une main et la mit sur ma mâchoire en une douce caresse. Je n'étais pas habitué, mais cherchai le contact de sa paume, instinctivement.

Elle me sourit d'un air entendu, et je compris qu'elle s'ouvrait à moi.

Je glissai une main sur sa nuque et inclinai sa tête vers l'arrière, déposant une vague de baisers le long de son cou. Sa peau agissait sur moi comme une drogue et je ne me lassai pas de son contact. Je la léchai avec application, raclant mes dents sur la zone la plus sensible juste avant l'épaule. Elle me répondit par un grognement qui résonna directement dans mon caleçon.

Il n'était pas question de craquer maintenant. Je voulais la rendre folle de désir, qu'elle halète de plaisir et qu'elle en oublie son propre nom.

J'étais doué et je le savais.

Sa main revint sur mon érection, et je fermai un instant les yeux pour garder le contrôle. Je capturai sa bouche et caressai sa langue. Elle était si chaude, si douce, j'aurais pu rester des heures à l'embrasser et la goûter ainsi. Sa pression s'accentua, et je ne pus retenir un grognement de frustration.

Elle rompit notre baiser et me regarda.

— Touche-moi.

J'inspirai douloureusement.

— Où ?

Elle prit ma main et la guida entre ses cuisses qu'elle écarta davantage.

J'effleurai sa chair tendre.

— Oui, là, murmura-t-elle.

Je souris et accentuai légèrement la pression.

— Rafael, grogna-t-elle en se frottant avec force.

Au lieu de lui obéir, je la renversai sur le dos et écartai ses jambes au maximum, mon visage tout près de l'endroit dont elle souhaitait si férocement que je m'occupe.

Perdant patience, elle s'accrocha à mes cheveux et me pressa contre elle. Maintenant que je m'étais rappelé quel goût elle avait – celui du paradis –, je ne rêvais que de m'en enivrer.

Je m'employai alors à la faire gémir, de toutes les manières possibles. *Et je les connaissais toutes.* Elle se cambra, et à ses tremblements je sus qu'elle était sur le point de se laisser aller. Fasciné, je regardai les vagues de plaisir secouer son corps sublime.

Une fois qu'elle put respirer à nouveau normalement, elle s'agenouilla devant moi, le regard brillant.

Elle souleva mon T-shirt et le fit passer par-dessus ma tête, savourant la tension dans mon corps. Je devais mobiliser ma volonté pour ne pas tout arracher et la pénétrer d'un coup.

Elle s'attarda un moment sur mon torse et traça une légère caresse le long de mes bras. Je frissonnai, mais demeurai parfaitement immobile, la laissant aller à son rythme. Ses petites paumes chaudes se posèrent sur mes pectoraux et glissèrent lentement vers le bas. Je ne pus retenir un léger sursaut lorsqu'elle atteignit la bande de peau juste au-dessus de la ceinture.

Souriant victorieusement, elle la défit et me fit signe de me lever pour qu'elle puisse ôter le reste.

Elle balaya mon corps nu du regard, s'attardant sur la partie qui l'intéressait le plus.

Un son qui tenait plus de l'animal que de l'homme s'échappa de ma poitrine lorsqu'elle m'empoigna avec fermeté, commençant des caresses de haut en bas. J'étais lourd, gonflé et au bord du précipice. Pour autant, je ne bougeai pas. Même si dans mon esprit je lui faisais tout un tas de choses indécentes.

— Frustré ? demanda-t-elle, provocante, en esquissant un sourire moqueur.

— Tu as le contrôle, lui rappelai-je.

Elle hocha la tête.

— J'ai le contrôle.

Elle accéléra le mouvement d'une main agile et je jetai ma tête en arrière, pas sûr de me maîtriser. Mais il le fallait.

Elle ralentit aussitôt.

— Comment tu veux jouir ?

J'ouvris les yeux, surpris. Mais n'hésitai pas une seconde, mon regard avide se posant sur sa partie la plus intime.

Un tic nerveux agita ma joue. Elle me provoquait, mais c'était de bonne guerre.

Sans un mot, elle s'allongea alors sur le dos et écarta les jambes, sans cesser de me regarder.

— Alors, viens par ici, Dark Angel, et montre-moi à quel point tu en as envie.

# 62

## *Becca*

Sa respiration régulière était apaisante. Je n'avais pas l'habitude de dormir avec quelqu'un. Toutefois, sentir son corps chaud et puissant contre le mien pourrait se révéler addictif si je n'y prenais pas garde. Mon dos contre son torse ferme, je savourai cet instant.

Rafael avait tenu sa promesse et plus encore. Ce n'était pas ma première fois, mais c'était *notre* première fois.

Et en guise de feux d'artifice, j'avais expérimenté une putain de super nova.

Dès que je lui en avais donné l'autorisation, il s'était approché du lit, doucement, alors que tous ses muscles bandés témoignaient de la volonté qu'il mobilisait. Cela m'avait permis de me repaître de la vision de son corps, véritable œuvre d'art. Rafael était musclé, mais élancé. Ses muscles étaient ciselés par des heures d'entraînements variés, pas par des stéroïdes à la con ou de la fonte à l'excès. Ses biceps, ses pecs, ses abdos, ses jambes, il semblait avoir été dessiné par un maître de la Renaissance.

Son corps surplombant le mien, il m'avait embrassée en prenant son temps, tout en s'installant entre mes jambes. Au bout d'un moment, n'en pouvant plus, je l'avais supplié.

Son front contre le mien, il m'avait alors pénétrée doucement, exacerbant la sensation de chaque point de contact entre nous. Je l'avais accueilli avec un soupir de contentement, proche de l'extase. Et nous avions continué ainsi, sur un rythme langoureux, les yeux dans les yeux, jusqu'à ce nous ne soyons plus qu'un million d'étincelles crépitantes. Son râle de plaisir s'était infiltré dans toutes les cellules de mon corps, si bien que je n'avais même pas entendu le mien.

Demain, j'allais avoir des nouvelles de mes colocs…

D'autant que nous avions remis ça. Cette fois, en beaucoup plus rock'n roll. *Plus Rafael.*

Je me rendormis, un sourire aux lèvres pour la première fois depuis des années.

Je fus réveillée par la sensation d'être observée. Ouvrant les paupières, en panique, je fus instantanément rassurée par le regard émeraude qui me faisait tant fantasmer. Allongé sur le côté, Rafael me fixait tranquillement une main soutenant sa tête. Je me tournai vers lui.

— Hum, c'est flippant. Ça fait longtemps que tu me regardes dormir ?

— Un moment.

Sa voix basse titilla les hormones que j'essayais de juguler. Tout en laissant ses yeux errer paresseusement sur mon corps, il effleura mon épaule du doigt, puis poursuivit sa route vers mes côtes et mon flanc. Un voile de frissons recouvrit ma peau. Sa mâchoire se contracta, mais il poursuivit son exploration. Il caressa amoureusement mes fesses et lorsque son doigt chercha à s'y faufiler, je me tendis.

Il sourit diaboliquement.

— On dirait qu'on aura une vraie première fois, après tout.

Je me mordis la lèvre, pas sûre de savoir quoi répondre.

— Mais, murmura-t-il en se penchant vers ma bouche, ce sera pour un autre jour, si tu le veux bien.

Il m'embrassa sauvagement, et encore une fois j'oubliai qui j'étais.

Je le regardai enfiler son cargo et son T-shirt, pensive.

— Tu rentres à Encinitas ce soir ou demain ?

Nous étions vendredi.

— Probablement demain, répondis-je. Je pense aller faire un tour à la grotte, ce soir.

La grotte. Là où une fois par mois l'on pouvait se laisser aller à tous les fantasmes.

Il se figea de façon très perceptible. Je fis mine de n'avoir rien vu et poursuivis, l'air détaché.

— J'y suis allée une fois. Et je suis tombée sur un mec hyper doué.

Il me fixa sans rien dire mais ses yeux étincelaient.

J'éclatai soudain de rire, le prenant de court.

— Quoi, tu crois que je n'avais pas découvert que c'était toi ?

La tension sur ses épaules se relâcha.

— Tu avais les yeux bandés.

— Oui, et j'ignorais qui j'avais près de moi, contrairement à toi, j'en suis sûre. J'ai compris lorsque tu t'es approché suffisamment le soir de la fête, quand tu m'as surprise dans ta chambre.

— Si j'avais su que je pouvais être repéré par mon odeur, rétorqua-t-il en ricanant.

— J'adore ton odeur, dis-je sérieusement.

Il s'assit sur le lit et se pencha pour effleurer mes lèvres. Je fermai les yeux quelques secondes et savourai ce moment. La bulle allait éclater.

— Rafael…

— Crache le morceau, Blondie. On dirait que tu as un os en travers de la gorge.

— Tu sais que je vais rendre public ce qu'a fait ton père.

Il me considéra de longues minutes. Cela risquait de nous diviser. Après tant d'années, j'avais réussi à me mettre à sa place et considérer la situation à travers ses yeux. En acceptant l'argent, ma mère m'avait enlevé toute crédibilité. Elle m'avait étouffée. Si je pouvais être indulgente avec Rafael, elle, en revanche, n'avait aucune circonstance atténuante.

Toutefois, je n'étais pas prête à renoncer à ma vengeance. Commençant à me sentir mal à l'aise sous le feu de son regard indéchiffrable, je gigotai maladroitement.

Finalement, il prit la parole.

— Laisse-moi une semaine, *Starlight*. Après, tu feras comme tu veux.

# 63

## *Raf*

J'arrivai à Encinitas sur les coups de 21 heures. Mon père n'était pas là, mais je n'avais aucune envie de rester chez moi. Alors je continuai à rouler un peu et m'arrêtai dans un pub. Je commandai un whisky sec et tentai de démêler mes pensées.

Compte tenu de tout ce qui s'était passé, j'étais persuadé que Rebecca disait la vérité à propos de Trenton. L'image était insoutenable, et je n'étais pas sûr de pouvoir regarder mon père en face sans le plaquer contre un mur et le tabasser.

Mais, surtout, je n'étais pas sûr de pouvoir, moi, me regarder dans la glace. J'avais été en dessous de tout, et par ma faute elle avait doublement souffert.

Qu'en aurait-il été si je l'avais crue ? Bien sûr, le trauma aurait été là. Mais elle aurait eu un soutien, et ça n'a pas de prix. Personne ne l'a écoutée, et j'en suis le premier responsable. Comment vivre avec ça sur la conscience ? Comment me rattraper ?

Je me pinçai l'arête du nez, à bout. Entre la réapparition miraculeuse de ma mère et la conscience de l'ordure qu'était mon paternel, la coupe était pleine. Je me sentais partir en vrille.

Par ailleurs, je n'avais aucune preuve attestant la version de Becca. Et j'avais un autre problème sur les bras, l'avenir de ma mère, qui lui devait être traité en urgence.

Je fis claquer mon verre sur le bar et en redemandai un autre.

— Rafael !

Non. Ce n'était vraiment pas le moment qu'on vienne m'emmerder.

Quand je tournai la tête et m'aperçus de qui il s'agissait, mon humeur tourna au noir.

— Dégage, Sheila.

La pétasse d'Archer's. Quitter le lycée nous avait permis de nous en débarrasser, mais l'on n'était pas à l'abri de rencontres importunes de ce type. Ses deux esclaves étaient assis à une table un peu plus loin. Sheila ne se déplaçait jamais sans ses mignons. Il y a des choses qui ne changent pas.

Elle s'installa à côté de moi, ignorant mon injonction. Écouter n'avait jamais été son fort.

— Arrête de te la jouer, Raf, le temps d'Archer's est loin, tu n'as plus aucun ascendant sur nous maintenant.

Je fis tourner le liquide brun dans le verre.

— Tu veux parier, Sheila ? Et ce qui s'est passé avec Bradshaw le mois dernier, on en parle ?

Cette fois, je tournai la tête, ne voulant pas manquer sa réaction. Comme prévu, elle semblait sur le point de faire une crise d'apoplexie.

Je lui offris mon plus beau sourire.

— Tu vas dégager, maintenant ?

Elle se leva, furieuse que je la jette comme au temps du lycée.

— Tu le payeras un jour, Rafael, toi et tes deux potes, vous traitez les gens comme de la merde, mais vous n'êtes pas intouchables.

Probablement. Mais ce jour n'était pas encore arrivé, et elle retourna d'où elle venait.

Ce fut Hope qui m'ouvrit. Je n'étais pas entré que deux tornades se jetèrent sur moi.

— Rafael, c'est super que tu sois là !

Les yeux brillants, Trixie, la sœur de Hope, s'accrochait à mon jean.

— Ouiiiii, tu vas faire une partie de cache-cache avec nous !

Ça, c'était Lucas, le frère de Jace.

— Même pas en rêve, maugréai-je.

Les gosses, ce n'était pas mon truc, et quand j'en avais deux qui s'agrippaient à moi telles des sangsues comme maintenant, j'avais envie de prendre les jambes à mon cou.

— Rafael !

Nicole s'avança vers moi, les bras tendus. Je la pris dans mes bras, heureux de la voir.

— Tu as meilleure mine.

Elle me fit un clin d'œil.

— L'espoir. Les enfants t'ont dit que j'entamai un nouveau traitement, j'imagine ?

— Oui, c'est super, Nicole, je suis sûr que tout va bien se passer.

Elle me serra le bras, les yeux brillants.

— Merci, Rafael. J'ai eu une chance incroyable d'avoir été sélectionnée dans ce programme, c'est un signe du destin.

Mon cœur se réchauffa à l'idée qu'au moins ce problème-là allait peut-être se régler.

Elle joignit les mains en signe d'enthousiasme.

— Alors ce cache-cache ?

Ma mine s'allongea aussitôt.

Le regard noir que je jetai à Hope lorsqu'elle ricana bêtement mériterait de figurer dans les annales.

— Ton père rentre ce soir ?

— Normalement.

— Tu vas faire quoi ?

Las, je me passai une main dans les cheveux. Je n'avais pas dormi de la nuit. Hier, après avoir quitté le pub, je m'étais dirigé vers la plage, une bouteille de whisky en main.

— J'en sais rien, avouai-je.

Mais si je laisse cette histoire sortir, c'est ma mère qui sera dans l'œil du cyclone. Même si elle ne se rend compte de rien, je ne veux pas qu'elle devienne un phénomène de foire dont on parle dans tout le pays. Ce n'est pas juste. Je ne veux pas lui enlever le peu de dignité qu'il lui reste. Si quelqu'un doit payer, c'est lui et lui seul.

Jace acquiesça.

— Tu sais ce que ça veut dire, finit-il par lâcher.

— Je sais, rétorquai-je en soupirant.

Jace était mon pote, quelle que soit ma décision, je savais qu'il me soutiendrait.

— On trouvera un autre moyen de le faire coffrer, me promit-il.

Oui. Mais Rebecca attendrait-elle jusque-là ?

J'entendis la porte claquer et attendis qu'il aille dans son bureau. C'est toujours ce qui se passait, immanquablement. Il rentrait, se rendait dans son bureau, repartait, d'aussi longtemps que je m'en souvienne.

Je demeurai un instant devant la porte close, retardant le moment. Puis je tournai la poignée.

Il sursauta.

— Tu ne frappes plus ? maugréa-t-il, mécontent.

Ne répondant pas, je m'installai confortablement dans son fauteuil.

— Tu vas faire sortir ma mère de ce mouroir et la rapatrier dans sa maison.

Il consentit à relever la tête.

— Et pour quelle raison ?

— Parce que je te le dis.

Il émit un petit rire méprisant.

— Je crois que tu oublies quelle est ta place, fiston.

Je serrai les poings. L'entendre m'appeler ainsi m'était insupportable.

— Au contraire, Trenton. Je suis avant tout le fils d'Angela Crawford, et elle est vivante. Alors, à moins que tu ne veuilles que toute la presse parle de toi demain, tu vas faire ce que je te dis.

Son regard se fit dur comme du granit.

— Personne ne me donne d'ordre, Rafael.

Je me levai, feignant une décontraction que j'étais loin d'éprouver.

— Il y a un début à tout. Fais-la sortir discrètement, tu l'installes dans l'aile ouest. Et tu t'assures de payer suffisamment de personnel pour s'occuper d'elle jour et nuit. Sans oublier les accords de confidentialité afférents. Arrange-toi comme tu veux, mais efface toutes les traces.

Il fulminait, et pour la première fois je vis mon père tel qu'il était : un monstre sans morale.

— Et pourquoi ferais-je cela ?

— Je te l'ai dit. Parce que sinon ton nom sera dans tous les journaux. Et pas pour relater tes exploits.

Un petit sourire apparut à la commissure de ses lèvres et le rendit encore plus grotesque.

— Tu n'oseras pas. Il n'y a pas que moi qui en pâtirais. Ce scandale salirait le nom de la famille, et ta mère serait à la une de tous les journaux. Tu n'as pas plus envie que moi que la vérité éclate. Sinon tu n'insisterais pas pour prendre toutes ces précautions.

Une bouffée de rage me submergea.

— Teste-moi, lançai-je, grinçant.

Avec satisfaction, je vis son visage s'assombrir. Il avait compris que j'irais jusqu'au bout, même si cela ne me plaisait pas.

Je m'en allai sans le regarder et m'arrêtai sur le pas de la porte.

— Ah. Et tu as trois jours. Passé ce délai, tu verras si je bluffe.

# 64

## *Becca*

— Je ne sais pas comment je vais faire pour aller jusqu'au bout de ce pavé, avouai-je à Coline. Rien que d'y penser, ça me donne de l'urticaire !

— Je ne vais pas te dire le contraire ! *De la Division du travail social* est l'un des ouvrages les plus assommants qu'il m'ait été donné de lire.

— On est d'accord, hein ? On se de…

Aaaahhh !

D'un seul coup, le sol me sembla beaucoup moins bas. Forcément, j'avais la tête à l'envers. Quelqu'un venait de me jeter sur son épaule, et les boots Belstaff que j'avais sous le nez me donnaient une idée assez précise de l'identité de leur propriétaire.

— Repose-moi tout de suite, râlai-je en lui décochant des coups de pied. C'est la troisième et dernière fois que tu me fais ce coup !

Le soir du Diva, la soirée chez Wayne, j'en avais ma claque de me faire transporter comme un sac de pommes de terre.

— Je trouvais au contraire que c'était une bonne habitude, railla-t-il sans me lâcher.

Il continuait de marcher.

— Rafael, tu…

— Je sais, me coupa-t-il, je suis le mec le plus sexy et le plus brillant que tu as jamais rencontré. Économise ta salive, *Starlight*.

— Rafa…

— On est arrivés !

J'entendis un bip et me retrouvai installée en deux secondes sur le siège passager de sa voiture.

Devant mon air ébahi, il sourit et déposa un baiser sur la pointe de mon nez.

— Je t'emmène dîner. Tu auras tout le temps de me soûler pendant le repas.

J'avais la tête à l'envers et le cœur deux fois plus gros. Un constat alarmant que j'enfouis aussitôt dans la case on-verra-plus-tard.

— Tu aurais pu me prévenir, je me serais habillée un peu mieux que ça, ronchonnai-je en contemplant mon slim et mon vieux top mauve.

Les coudes sur la table, il s'avança vers moi un sourire diaboliquement sexy aux lèvres.

— Peu importent les vêtements que tu portes, je vais tous te les enlever un par un tout à l'heure.

La façon dont il détacha ses mots, son ton bas carrément indécent…

Mes hormones s'affolèrent immédiatement et je me sentis rougir comme une débutante. Car, même s'il avait chuchoté, la serveuse était tout près.

— Je croyais que les *dates*, ce n'était pas ton truc, dis-je tentant de changer de sujet.

— C'est vrai… Mais qui a parlé de *date* ? Considère ça plutôt comme des préliminaires.

Mon Dieu, s'il continuait de me regarder ainsi, comme si j'étais le plat de résistance, je n'allais pas tenir bien longtemps.

Je gigotai sur ma chaise, sentant une vive chaleur envahir mon ventre.

Comme s'il lisait dans mon esprit, il me fit un clin d'œil, satisfait.

— Plus tard, Blondie. Choisis ton menu. Et garde de la place pour le dessert.

Rafael m'avait emmenée dans l'un des restaurants les plus prisés de San Diego, chez Carmina. Les spécialités italiennes étaient à tomber et surtout il proposait des pizzas gastronomiques que l'on ne trouvait nulle part ailleurs.

Rafael, la promesse d'une nuit torride et une pizza de luxe, je ne pouvais être plus heureuse.

*Heureuse.*

Même mentalement, cela me fit drôle d'utiliser ce terme. Un combo de légèreté, d'envie, d'espoir et de bien-être auquel je n'avais pas goûté depuis l'incarcération de mon père, quand mon monde avait basculé. Au lieu de voir défiler ma vie à travers une fenêtre fermée, j'avais le sentiment de la croquer à pleines dents. Et ça, c'était nouveau. Avoir Rafael à ma merci devant les flics avait provoqué un électrochoc. J'avais arrêté de le haïr, et cela m'avait en quelque sorte libérée.

Quand la serveuse se tint prête à prendre notre commande, je sortis de ma rêverie et balayai rapidement la carte des pizzas. Évidemment, je n'avais pas quinze choix comme dans n'importe quel restaurant. Carmina avait sélectionné seulement cinq recettes, mais qui faisaient toutes frétiller mes papilles.

Je me décidai finalement.

— Je vais prendre la Pizza Caravaggio, s'il vous plaît.

— Excellent choix, la même chose pour moi.

Quand la serveuse partit, nous nous observâmes de longues

minutes. À ce stade, je devais être un diffuseur d'hormones à moi toute seule.

Heureusement que l'on nous apporta à boire, sinon, je crois bien que nous nous serions jetés l'un sur l'autre comme des sauvages. La tension sexuelle saturait l'espace autour de nous.

Pour alléger l'atmosphère, je lui posai quelques questions sur sa vie ces dernières années ainsi que sur Hope et Jace. J'avais été si surprise de voir le DA rangé.

— Ah, la Fée Clochette a tout ravagé sur son passage. C'est un nouveau Jace qui est né.

Son ton affectueux m'apprit qu'il n'en voulait pas à Hope, bien au contraire.

— Les débuts de leur relation se sont révélés… tumultueux, c'est le moins qu'on puisse dire. Mais ces deux-là sont faits pour être ensemble et rien ni personne n'y changera quoi que ce soit.

Je levai un sourcil, choquée mais amusée.

— Voilà que tu crois aux âmes sœurs, maintenant ?

Il ne répondit pas tout de suite mais, quand il le fit, il me transperça de son regard vert et, Seigneur, j'eus le sentiment que j'allais entrer en combustion spontanée accélérée.

— Il y a beaucoup de choses qui existent auxquelles je ne croyais pourtant pas.

J'ignorais par quelles prouesses nous avions atteint sa chambre encore habillés, mais très vite ce ne fut plus le cas.

— Tu ne devais pas m'enlever mes vêtements un par un ? murmurai-je entre deux baisers enfiévrés.

— C'est exactement ce que j'ai fait pendant tout le dîner. Mentalement.

Il racla ses dents sur mon sein droit, et je sifflai, le plaisir se mêlant harmonieusement à la douleur. Il s'empara de moi rapidement, férocement, comme s'il était désespéré et que j'étais sa seule chance de salut.

Un peu plus tard, bras et jambes entremêlés, nous reprenions notre souffle, yeux dans les yeux, comme si nous n'y croyions pas nous-mêmes.

Il finit par lever une main pour saisir une mèche reposant sur ma joue et la remit délicatement derrière mon oreille.

— Rebecca Stiller, tu m'as manqué.

Ces quelques mots m'avaient coupé le souffle. Et ne m'avaient pas quitté, chaque fois qu'il avait fait vibrer mon corps cette nuit-là et les suivantes, emportant systématiquement un morceau de mon cœur.

# 65

## *Becca*

Au bout d'une semaine, nous connaissions tous les recoins de nos corps respectifs. Néanmoins, je sentais qu'une ombre planait au-dessus de nous. Déjà, même s'il ne le montrait pas, je savais qu'il était bouleversé par le fait d'avoir retrouvé sa mère. Qui ne le serait pas ?

Chaque fois que j'avais tenté d'aborder le sujet, il avait esquivé. J'imagine que la charge émotionnelle était trop lourde et qu'il n'était pas prêt à s'ouvrir.

De même, je savais qu'il avait réalisé qui était son père. D'un accord tacite, nous n'avions pas évoqué le viol dont j'avais été victime. Je n'en avais de toute façon pas envie. Il avait touché du doigt la vérité, c'était l'essentiel, et je n'aurais pas accepté de pitié. Tout ce que je voulais, c'était obtenir justice et ruiner la vie de Trenton Crawford.

Après, je pourrais commencer le reste de ma vie.

Toutefois, il ne m'avait pas reparlé de révéler au grand jour les actes de son père.

Je décidai donc de prendre les choses en main et l'attendis à la sortie de son cours de socio.

Il fut surpris de me voir, en général, on se retrouvait en fin de journée.

— Salut, *Starlight*, murmura-t-il sur mes lèvres. Je te manque déjà ?

— Tu peux toujours y croire, rétorquai-je, moqueuse.

Je laissai passer une seconde de silence.

— Non, dis-je, soudain l'air plus sérieux. Je voulais savoir quand tu comptais régler l'affaire de ton père.

Il se rembrunit aussitôt.

D'un signe de tête, il fit signe à ses amis de nous laisser.

— Viens, fit-il en me précédant. On va parler ailleurs.

Nous marchâmes jusqu'à un endroit isolé derrière le stade.

Je n'aimais pas sa façon de réagir à ma question.

— Alors ? dis-je, un peu tendue par sa réaction.

Il se passa une main sur le visage, et je sentis un spasme dans mon ventre.

— Je vais trouver un autre moyen. Je ne peux pas faire ça à ma mère, Rebecca.

Le sang se mit à battre furieusement à mes tempes.

— Ta mère est à peine consciente.

— Elle a droit à sa dignité, je ne peux pas la jeter en pâture pour une simple vengeance.

Mon cœur éclata en mille morceaux.

— Une simple vengeance, répétai-je, à bout de souffle, les yeux dans le vide.

Je plongeai dans ses prunelles vertes.

— Tu m'as menti. Encore.

Mon corps vibrait de l'intérieur, si je ne mobilisais pas toute ma volonté, j'allais m'écrouler.

— Becca, je vais trouver autre chose, je te le promets.

Je ne sus si je devais rire ou pleurer.

— Tu me le promets, répétai-je en ricanant, amère. Alors, je n'ai pas à m'inquiéter, hein, parce que ta parole vaut quelque chose ?

Il ne répondit pas.

— Je n'ai pas besoin de ton accord, crachai-je, méprisante. Il me suffit de passer quelques coups de fil et l'affaire sera réglée.

Alors que son regard me fuyait, il resta silencieux.

Et l'évidence me frappa. Ce délai, il l'avait utilisé pour tout effacer. Rose Prince avait disparu et je ne trouverais aucune preuve incriminant Trenton Crawford.

Réalisant que j'avais compris la situation, il me regarda bien en face.

— Je suis désolé, Rebecca.

*Je suis désolé, Rebecca.*

*Je suis désolé, Rebecca.*

*Je suis désolé, Rebecca.*

Ces mots tournaient encore en boucle dans ma tête. Sentant ma vision s'obscurcir et le malaise me gagner, je l'avais planté là, anéantie. Je ne savais pas comment j'avais gagné l'appartement. Tout ce dont je me souvenais, c'était du soulagement qu'il n'y ait personne et de m'être effondrée sur le lit, secouée de sanglots.

Comment avais-je pu être aussi stupide ?

Comment avais-je pu faire confiance à un Dark Angel ? À celui-là, précisément. Il m'avait déjà laissée tomber sans un regard en arrière, comment avais-je pu penser un seul instant qu'il avait changé ?

Au fond de moi, je lui avais pardonné son aveuglement. Les apparences n'étaient pas en ma faveur, il était plus jeune et avait sauté sur la conclusion la plus évidente.

Après des années de ressentiment, j'avais pardonné.

Tout ça pour quoi ?

Il m'avait trahie, à nouveau.

Après s'être assuré de m'avoir sous son emprise, parce que je n'étais qu'une idiote sans jugement.

Une fois qu'il n'y eut plus une seule larme dans mes glandes lacrymales, je me saisis de mon téléphone et demandai à Dayton de vérifier les données sur Rose Prince. Sans surprise, quelques heures après je reçus sa réponse.

Plus aucune trace d'elle à Fitzpatrick.

Dayton n'avait pas fini d'analyser l'ordinateur de Trenton Crawford, mais pour l'instant il n'avait rien trouvé d'exploitable.

En tout état de cause, je n'avais plus rien me permettant de mettre à mal mon bourreau.

# 66

## *Raf*

J'inspirai une longue bouffée en regardant le soleil couchant. L'océan était agité ce soir, se calquant parfaitement sur mon humeur. Je n'étais pas du genre à m'extasier sur la beauté de la nature, mais j'avais besoin de respirer.

Car l'étau dans ma poitrine ne faisait que se resserrer, chaque minute un peu plus. Encore une fois, je l'avais laissée tomber. La déception dans son regard m'avait coupé les jambes. J'avais l'impression que quelqu'un s'était servi de mon cœur sur un presse-citron, le vidant de toute sa substance.

Et je me sentais si impuissant. Un sentiment qui ne m'était pas familier et qui me rendait dingue.

Habituellement, je ne me prenais jamais la tête pour les autres ; ma seule famille, c'étaient mes amis.

Rebecca avait toujours été l'exception. Dès le début, un fil invisible m'avait attiré vers cette fille, sans que je sache pourquoi. Au début, ce sentiment désagréable m'avait fait grincer des dents, puis j'avais réalisé qu'il ne servait à rien de l'occulter. C'est à ce moment-là que j'avais commencé à tourner autour d'elle. Et plus je m'approchai, plus l'intensité de cette attraction était forte. J'avais un besoin incontrôlable de la voir, de la toucher, de respirer le même air qu'elle.

Jusqu'à ce qu'elle accuse mon père et empoche son fric.

En réalité, je croyais surtout que je m'étais rué sur ce prétexte pour me libérer de l'ascendant qu'elle exerçait sur moi. Cela m'avait donné une raison valable de la détester et de la rejeter. Sans prendre le temps d'écouter ce qu'elle avait à dire. J'avais été un enfoiré de première.

Et lorsque je l'avais revue en début d'année à l'université, toujours aussi belle, toujours aussi magnétique, j'avais remis ça.

Comment m'avait-elle pardonné ? C'était un mystère. J'étais probablement le mec le plus chanceux de cette putain de planète. Cette semaine que nous avions passée ensemble me semblait irréelle. Rebecca Stiller était unique.

Notre symbiose était totale, intense, douloureuse.

J'avais tout foutu en l'air.

Hope vint se poster à côté de moi, les mains sur le garde-corps. Ses longs cheveux blonds virevoltaient – la faute à la brise marine de fin de journée –, mais cela ne semblait pas la gêner. Je ne pus m'empêcher de penser à une autre personne qui avait cette même chevelure dorée.

Je creusai les joues et évacuai la fumée.

— Elle ne te pardonnera pas.

— Je sais.

D'un léger battement de l'index, je fis tomber l'excès de cendres dans le petit réceptacle que la Fée Clochette avait imposé à toute la maisonnée.

— Tu l'as trahie, encore.

— Sanders, je sais tout ça, m'écriai-je, agacé, tu crois que j'avais le choix ?

— On a toujours le choix, Raf.

J'écrasai ma cigarette d'un geste rageur. Ce qu'elle pouvait être exaspérante. Mais je savais qu'elle avait raison. J'avais pris une décision, il fallait maintenant l'assumer. Néanmoins, je n'avais pas envie de l'entendre.

— Je vais trouver de quoi faire tomber mon père, d'une manière ou d'une autre. Ce qu'il a fait n'est pas pardonnable.

— Il doit être puni. Et ne pas ruiner d'autres vies.

— Je sais, répétai-je, las.

Elle finit par s'installer sur le sofa du salon de jardin et j'eus la paix pendant quelques minutes.

— Raf ?

Oh putain, j'avais parlé trop vite.

— Quoi ? grognai-je.

Elle ne releva pas mon ton désagréable.

— C'est normal qu'il y ait une clé collée sur la couverture intérieure du *Petit Prince* ?

En un éclair, je fus auprès d'elle, le livre entre les mains.

— Il était posé dans le panier sous la table basse, précisa-t-elle.

Elle avait raison, une petite clé extrêmement fine était scotchée avec application sur l'intérieur de la couverture en cuir.

— Et ces lignes de chiffres, c'est ta mère qui les a inscrites ?

— Ma mère n'aurait jamais dénaturé cette édition du *Petit Prince*. À moins que…

Je m'interrompis, mon cerveau tournant à plein régime.

— À moins que ce ne soit un message codé ?

Ma mère m'avait mis sur la piste avec une citation du *Petit Prince*. Je pensais que son cerveau embrumé cherchait juste à me faire prendre conscience de son identité. Mais si ce n'était pas tout ?

Je me tournai vers Hope, penchée sur le livre, sourcils froncés. Gonflé d'espoir, je lui pris la tête entre les mains et appliquai un baiser sonore sur son front. Elle en fut si choquée qu'elle demeura la bouche ouverte et les yeux écarquillés.

— Alors, fit Mike en entrant dans le salon.

Il était 4 heures du matin, j'étais claqué et n'avais pas levé les yeux de cette foutue grille de chiffres.

Je me frottai yeux, commençant à voir double.

— Alors rien, rétorquai-je d'une voix rageuse. J'ai cherché tout ce qui se fait comme grille de codage et cela ne correspond à rien.

— Tu devrais aller te coucher, mec, tu n'as plus les yeux en face des trous. On te mettrait la solution sous le nez que tu ne la verrais pas.

Pas faux. Mais je n'avais pas de temps à perdre. S'il s'agissait d'un message de ma mère, je voulais le décrypter au plus vite. L'ignorance me rendait fou.

— Va dormir quelques heures, tu reprendras une fois que tes neurones seront reconnectés.

Cela ne me réjouissait pas, mais force était de constater que dans cet état je n'étais bon à rien. Il s'était passé trop de choses ces derniers temps et j'avais si peu dormi. Quelques heures de repos étaient nécessaires. Je mis mon réveil à 6 h 30.

Lorsque ce dernier sonna, une immense détresse m'envahit. J'avais l'impression que je venais de m'endormir. Toutefois, la perspective du travail qui m'attendait fut une motivation suffisante pour que je me traîne hors du lit.

Les autres devaient déjà être debout ; j'entendais des chuchotements animés dans le salon.

Effectivement, ils étaient regroupés autour de la table, le livre ouvert.

— Mike a trouvé !

Hope sautilla comme un cabri, le visage triomphant.

Encore étourdi, il me fallut quelques secondes avant que la

nouvelle atteigne mon cerveau. Mais, une fois que l'étincelle se fit, je les rejoignis en deux enjambées.

— Tiens, regarde.

Hope brandit un bout de papier et déversa un flot de paroles :

— Il ne s'agissait pas d'une grille de code quelconque, tu cherchais dans la mauvaise direction. Les quatre chiffres indiquent chaque fois une lettre : numéro de page, numéro de ligne, numéro du mot dans la ligne, numéro de la lettre dans le mot.

— On peut dire qu'elle a voulu noyer le poisson, observa Mike.

Incrédule, je fixai le bout de papier d'une main tremblante, puis je reportai mon regard sur mes amis.

— Merci, les gars, dis-je la gorge nouée. Vous êtes au top.

Hope émit un gargouillis mécontent.

— Toi aussi, Minnie Mouse, lançai-je en lui ébouriffant les cheveux.

— Hé, râla-t-elle, tu vas me décoiffer !

Je penchai ma tête sur le côté et levai les sourcils.

— Si ce nid d'oiseau signifie que tu es coiffée…

— Jace, protesta-t-elle, défends-moi !

— T'inquiète, Papillon, je vais lui péter les dents, tu pourras t'en faire un collier.

Nous éclatâmes de rire à l'unisson et cela n'était pas arrivé depuis longtemps.

Nos problèmes étaient loin d'être réglés, mais je considérai cela comme une petite victoire.

Je reportai les yeux sur la feuille.

**Trouve notre cachette.**

1 – Je savais exactement de quoi il s'agissait.

2 – Ce message provenait bien de ma mère.

# 67

## *Becca*

— Becca, ça suffit maintenant ! Je te jure que tu vas m'ouvrir cette porte ou je pète la serrure.

La tête enfoncée sous ma couette, je fis la morte. Cela faisait trois jours que je m'étais enfermée dans ma chambre, ne sortant que pour aller chercher à manger dans le frigo quand personne n'était là. J'avais envie qu'on me fiche la paix et je trouvais qu'après la claque que je m'étais prise j'avais droit à quelques jours sans contact humain.

L'injustice me brûlait les entrailles. Je ressassais ce qu'il s'était passé nuit et jour, ma tête allait exploser, et toute énergie m'avait quittée.

Un énorme fracas me fit soudain bondir sur le lit. Ébahie, je regardai alors Pepper, triomphante, entrer dans la chambre, une énorme masse à la main.

— Je t'avais prévenue.

Je me laissai retomber sur le matelas. Après tout, il me suffisait de l'ignorer.

— Oh là là, se plaignit-elle en se précipitant vers la fenêtre, tu fais un élevage de rats crevés ici ?

Elle ouvrit en grand et fit de même pour les volets.

Puis elle s'assit en bordure du lit.

— Becca, je t'en prie, parle-moi. Cela fait trois jours que tu te terres ici, je m'inquiète, Irina aussi.

— Pas Ginny ? demandai-je, ironique.

Pepper soupira.

— J'imagine que Rafael a raison, tu n'es qu'une loque sans aucune force de caractère. Je me demande pourquoi je me donne du mal.

Je me redressai si vite que j'en eus des vertiges.

— Il a dit quoi ?

Pepper me regarda d'un air sévère.

— Crache le morceau, tout de suite.

L'ascenseur émotionnel eut raison de moi. Je m'effondrai et racontai tout à ma coloc.

Comment Crawford s'était rapproché de moi il y a quatre ans.

Ce qu'il s'était passé dans ce bureau.

La trahison de ma mère.

L'enfer que le DA avait déchaîné sur moi.

La souffrance.

L'humiliation.

La solitude.

La honte.

Et, bien entendu, les derniers événements. Tout, sans omettre aucun détail. Et, Seigneur, cela m'enleva un poids. À la moitié de mon récit, elle m'avait prise dans ses bras et je pleurai sur son épaule comme une gamine.

Quand j'eus terminé, Pepper continua de me caresser le dos en un geste réconfortant pendant quelques minutes. Je ne l'en empêchai pas.

— Crawford n'a pas dit que tu étais une loque sans force de caractère, finit-elle par dire. Mais il me harcèle pour avoir de tes nouvelles.

Je ne sus comment accueillir cette nouvelle. Une partie de moi s'était réchauffée tandis que l'autre avait envie de lui crever les yeux.

Finalement, je m'écartai d'elle en reniflant.

— Ce sont tes amis, je n'aurais pas dû te raconter ma vie.

Elle émit un son irrité.

— Foutaises, ce salaud va m'entendre, crois-moi.

Mais, ajouta-t-elle d'un ton adouci, c'est pour toi que je m'inquiète, Becca. Ce que tu as traversé est atroce, personne ne sort indemne de l'enfer que tu as vécu. Je comprends que tu réclames justice – et je te soutiens à 200 % –, mais pour l'instant tu as les nerfs à fleur de peau, tu as besoin de faire un break avec tout ça.

Je ne sus que répondre ; elle avait raison, mais je ne pouvais m'y résoudre, et puis, je ne savais pas comment faire. Il ne s'agissait pas d'appuyer sur un bouton ON-OFF.

— Écoute, dit-elle d'un ton résolu. Ma famille possède un petit chalet en pleine forêt à cent cinquante kilomètres d'ici. Vas-y, prends quelques jours, coupe-toi du monde. Tu dois te reconstruire avant de décider de ce que tu fais.

L'idée m'apparut comme une bouffée d'oxygène. J'avais besoin de sérénité, de calme. En m'isolant dans cette chambre, je n'avais fait que tourner en boucle, me morfondre et renifler les draps qui portaient notre odeur.

Prendre le temps de me ressourcer en pleine nature, loin de lui, ne pouvait que m'être bénéfique. Et j'étais si épuisée que de toute façon je n'avais pas de meilleure idée pour me relever.

Je ne protestai pas et préparai quelques effets.

# 68

## *Raf*

Mes amis avaient insisté pour m'accompagner. J'avais beau leur dire que je pouvais me débrouiller seul, rien n'y avait fait. Même la Fée Clochette n'en avait pas démordu.

Sans surprise, mon père était absent. Je garai la voiture devant la maison et nous nous retrouvâmes tous les quatre sur le perron.

Je regardai cette grande bâtisse qui jadis appartenait à la famille de ma mère. Cette dernière étant la seule héritière, mon père en était maintenant l'heureux propriétaire. Petit bonus dont il avait dû se rengorger lorsqu'il avait simulé sa mort. Je serrai les poings, furieux de m'être laissé aveugler si longtemps. Si seulement j'avais écouté Rebecca, il serait peut-être derrière les barreaux à l'heure actuelle, incapable de nuire.

Mike rompit le silence.

— Alors, elle est où cette cachette secrète ?

— Pléonasme, Mickey, si c'est une cachette, elle est forcément secrète.

— Wentworth, la prochaine fois qu'elle m'appelle Mickey, je te la bâillonne et te la fous dans le coffre.

Jace ébaucha un sourire mais ne se donna pas la peine de répondre.

— Je suis là, tu sais, rétorqua Hope une main sur la hanche, inutile de t'adresser à Jace.

— Vu que tu n'écoutes jamais rien, Minnie Mouse, c'est plus sûr.

Sanders ouvrit la bouche pour répondre, mais je lui coupai l'herbe sous le pied. Je ne connaissais ces joutes verbales que trop bien et si, d'habitude, je m'en délectais car elles mettaient en boule notre nymphe des bois, aujourd'hui, j'avais plus important à faire.

— Dans la chapelle. Je n'y avais plus du tout pensé, mais ça m'est revenu en décodant le message. Elle m'emmenait souvent là-bas, mes grands-parents y sont inhumés.

*— Rafael, j'ai un gros secret à te révéler.*

*Mes yeux se mirent à briller. Le mot secret signifiait mystère, trésor, aventure.*

*— J'adore les secrets.*

*Le son doux et pur de son rire résonna dans la chapelle.*

*— Je sais, c'est pour cela que je te le dis, à toi, et rien qu'à toi. Je peux te faire confiance pour le garder ?*

*Je me rengorgeai et bombai le torse.*

*— Bien sûr, maman, j'ai rien dit pour le passage caché non plus.*

*Ma mère me sourit avec tendresse. Un sourire lumineux, plus chaud que le soleil.*

*— Je sais, mon chéri.*

Clignant des yeux, je revins à la réalité. Mes amis se tinrent cois, conscients de mon voyage silencieux à travers les limbes du passé.

— Allons-y.

La petite chapelle en pierre nous attendait au fond du parc. Étranglé par l'émotion, je fis une pause avant d'entrer. Je n'y avais pas remis les pieds depuis tant d'années.

La mort de ma mère avait été un traumatisme que j'avais géré en mettant sous clé tout ce qui se rapportait à elle.

— Waouh, chuchota Hope en tentant d'éviter, en vain, les toiles d'araignée. Ça fait longtemps que personne n'est passé par là.

Évidemment, ce n'était pas mon père qui allait se recueillir sur la fausse tombe de sa femme.

— C'est par là, indiquai-je en dépassant les bancs.

L'autel reposait sur des gradins, majestueux. Je ne perdis pas de temps et m'accroupis sous le regard attentif de mes amis.

Je passai ma main sur le gradin du milieu en commençant par la gauche, cherchant le jeu que je savais infirme. Je pris mon temps, mettant des points de pression sur chaque joint et enfin, à trois pierres de la fin, je sentis un mouvement, très léger.

— C'est ici !

Trois paires d'yeux intrigués fixèrent l'endroit que j'indiquais.

— Jace, tu as amené le tournevis ?

Hope fouilla dans son sac et me le tendit. Fébrile, je m'en servis de levier pour faire bouger la pierre. De longues minutes s'écoulèrent, j'y allais méticuleusement, ne souhaitant pas abîmer l'édifice.

Finalement, la pierre se désenclava.

Nous retînmes tous notre souffle, rendant le silence de la chapelle presque anormal.

J'insérai une main fébrile dans la cavité et en sortis un coffret en fer forgé gravé de fleurons.

— Le livre ?

Quelqu'un me le passa, je ne pris pas la peine de regarder lequel d'entre eux, fasciné par ma trouvaille.

Je caressai la couverture en cuir brun avec révérence puis ouvris l'ouvrage en dernière page, là où reposait la clé, toujours scotchée. Pour une raison que j'ignorai, j'avais refusé de la déloger avant de trouver son pendant.

La gorge nouée, je l'insérai dans la serrure du coffre et tournai vers la gauche. Mes doigts soulevèrent le couvercle qui résista.

— Fais un deuxième tour, murmura Mike.

— Merci, Sherlock, lançai-je, ironique, en m'activant.

Cette fois, nous entendîmes le clic révélateur et le contenu s'étala sous nos yeux.

Soit une feuille de papier et une clé USB.

Je dépliai la feuille qui se révéla être une lettre.

— C'est de ma mère, annonçai-je en regardant la signature en bas de page.

Hope posa une main sur mon bras.

— Tu veux qu'on te laisse seul ?

Pétrifié, je regardai sans les lire les mots que ma mère avait couchés sur le papier si longtemps auparavant. Vu l'état dans lequel elle était, je pouvais raisonnablement penser que ce seraient les derniers qui me seraient adressés.

— Raf ?

— Non. Restez.

Assis par terre dans la chapelle, la pierre répandant le froid sous nos vêtements, nous prîmes connaissance de ce qui allait changer de nombreuses vies.

# 69

Mon cher Rafael,

Si tu lis cette lettre, c'est que comme je le pressens j'ai échoué et ne serai plus là. Je ne sais pas quel âge tu as, mais je me suis assurée que le chemin te menant ici soit suffisamment complexe pour que tu sois adulte maintenant.

Ce qui importe, c'est que justice soit faite. Je ne peux que prier pour que le nombre de victimes soit le plus faible possible. Ces vies gâchées pèseront sur ma conscience même par-delà la mort.

Ces révélations vont sûrement te choquer et j'en suis désolée...

J'ai découvert récemment que ton père n'était pas l'homme dont j'étais tombée amoureuse. Celui-ci n'était qu'un mirage, et il m'a fallu beaucoup de larmes et de souffrance pour l'accepter.

Te souviens-tu de la fille d'Esperanza, Lalita ? Elle était un peu plus âgée que toi, une douzaine d'années à l'époque, et accompagnait souvent sa mère au travail. Elle aimait bien s'occuper de toi et tu le lui rendais bien. Je me souviens encore de la fois où l'élastique du bracelet de perles que tu lui avais confectionné s'était cassé. Quelle crise de nerfs tu m'avais faite. J'avais dû t'aider à en fabriquer un nouveau dans la seconde pour que tu arrêtes de pleurer...

Lalita était une gentille gamine, toujours souriante, toujours prête à jouer, chanter, danser. Un vrai rayon de soleil.

Du jour au lendemain, cette petite s'est totalement renfermée sur elle. Plus de sourires, plus d'entrain, elle n'était plus qu'une coquille vide. Elle s'est amaigrie rapidement, et Esperanza se rongeait d'inquiétude.

Un jour, je suis rentrée prématurément. J'avais prévu une journée au musée, Esperanza t'avait accompagné à ton cours de football puis était partie faire des courses. Ton père souhaitait une soupe de homard pour le dîner. Bref, lorsque je suis arrivée dans le vestibule, j'ai entendu quelqu'un pleurer.

Seules deux personnes étaient à la maison : ton père et Lalita.

J'ai découvert Lalita en larmes, recroquevillée dans les toilettes. J'ai tenté de la réconforter, mais elle ne s'est calmée qu'au bout d'une demi-heure.

Elle n'a répondu à aucune de mes questions, mais, quand elle a pu parler, elle m'a suppliée de ne rien dire à sa mère, car elle ne voulait pas l'inquiéter.

Un doute terrifiant a pris alors racine dans mon esprit.

Un jour qu'Esperanza et toi étiez à nouveau sortis, je feignis de m'absenter moi aussi. J'utilisai ce passage secret qui t'avait tant enthousiasmé, celui qui débouche dans le cellier. Je restai silencieuse jusqu'à ce que j'entende des voix.

Ce jour-là, je découvris l'effroyable vérité. Il n'avait

même pas fermé la porte de son bureau, si confiant en son impunité. Je suis sortie de la maison, puis ai fait semblant de rentrer, en faisant un maximum de bruit. J'avais écourté le supplice le Lalita, pour cette fois.
J'étais anéantie, écœurée et surtout je me sentais coupable. Comment ne m'étais-je rendu compte de rien ?
J'ai eu le temps de prendre des photos, mais je savais que cela ne servirait pas à arrêter ton père et, après avoir tourné le problème dans tous les sens, j'ai décidé d'en parler à Esperanza. La pauvre femme s'est effondrée.
J'ai insisté pour qu'elle convainque Lalita de témoigner. Mais elle n'a rien voulu savoir. Elle était entrée aux États-Unis en situation irrégulière pour échapper à une guerre de cartel et ne pouvait prendre le risque de retourner dans son pays où elle risquait la mort. Elle a pris Lalita avec elle, et je ne l'ai plus revue.
Je suis persuadée que ton père a commencé à avoir des soupçons à partir de là. J'ai beau jouer la comédie, il est impossible de ne rien laisser transparaître. Il me révulse. Et me terrifie.
Je suis perdue, mon fils, je ne sais pas quoi faire.
M'enfuir ? Où ? Il nous retrouverait même au fin fond de l'Alaska.
Le dénoncer ? Sans le témoignage de Lalita, c'est foutu d'avance, ses avocats le feront sortir en moins de temps qu'il ne faut pour le dire. Et toi et moi serions alors en danger.
Par ailleurs, je suis épuisée, c'est à peine si j'arrive à me lever le matin, j'ai tout le temps la nausée, des vertiges. Je pensais que c'était le choc, le dégoût, mais cela empire chaque jour.

Pour faire court, je pense qu'il a compris que j'étais au courant et qu'il va agir rapidement.
Voilà pourquoi j'écris cette lettre, Rafael.
Pour qu'un jour la vérité éclate, je sais que tu seras capable de l'affronter. Tu es déjà un petit garçon tellement intelligent, tellement courageux. Fais ce qu'il faut et que je n'ai pas su faire.
N'oublie pas, pour chaque fin, il y a toujours un nouveau départ.

Je t'aime, mon fils.

Angela

# 70

## *Raf*

Colère.

Dégoût.

Tristesse.

Impuissance.

Culpabilité.

Regrets.

Toutes ces émotions m'avaient assailli, et pas forcément dans l'ordre. Une sensation de vertige s'était emparée de moi, me contraignant à rester silencieux pendant de longues minutes après la lecture de la lettre. Mes amis respectèrent ce temps de pause ; ils étaient eux-mêmes secoués. De grosses larmes roulaient sur les joues de Hope. Jace et Mike semblaient sur le point d'aller dépecer quelqu'un.

Moi, je pensais à ma mère dont la seule faute était d'être tombée amoureuse d'un monstre. À Rebecca, que j'avais jugée et condamnée injustement, car maintenant j'en avais la preuve tangible. Et à toutes ces autres filles probablement dont la vie avait été brisée.

Il n'y avait rien que je puisse faire pour effacer cela. Mais je pouvais leur offrir la justice qu'elles méritaient. Si tant est que l'on puisse appeler ça justice car, quand bien même il passerait le reste de sa vie en prison, rien de tout cela n'était juste.

Tranquillement, j'avais remis la pierre en place, ne laissant aucune trace de notre passage. Je m'étais relevé, portant le fardeau de la culpabilité sur les épaules. Mais aussi celui de la vengeance.

— On part en guerre.

Ces quatre mots scellèrent notre accord. Nous allions tout mettre en œuvre pour faire tomber Trenton Crawford, et pas simplement au sol, mais dans un sable mouvant dont il ne sortirait jamais.

Avant de partir, je me dirigeai vers l'aile ouest de la maison. Comme prévu, ma mère avait été transférée. Je pris ses mains dans les miennes et parlai, jusqu'à en être fatigué, sans toutefois obtenir aucune réponse.

— Pepper, c'est important, je dois absolument lui parler.

Tel un cerbère, la jeune femme me bloquait l'entrée de l'appartement.

— Dégage, Rafael. Becca m'a tout raconté. Tu me fais vomir.

Si je fus surpris de l'épanchement de Rebecca, je ne le montrai pas. Je n'avais pas de temps pour cela. J'en conclus juste que pour en parler à une personne qu'elle connaissait depuis peu, elle devait vraiment être dans un sale état.

— C'est justement pour ça qu'il faut que je la voie. J'ai merdé et j'ai besoin d'elle pour mettre fin à tout ça.

La belle rousse plissa les yeux à la manière d'un serpent sur le point de frapper.

— Quand elle avait besoin de toi, tu n'étais pas là. Pire, tu lui as enfoncé la tête sous l'eau. Débrouille-toi maintenant, Crawford. Et, ajouta-t-elle avant de me claquer la porte au nez, pas la peine de revenir, Rebecca n'est pas à San Diego et tu ne la trouveras pas.

Furibond, j'abattis mon point sur l'encadrement de la porte, me moquant éperdument des morceaux de plâtre qui se détachèrent et tombèrent au sol.

— Elle est partie, putain. Introuvable.

— Tu as essayé de tracker son mobile ?

— Évidemment. Il est éteint. Et on n'a pas encore les moyens de la NSA.

— Ça pourrait être une idée…

— Jace, j'ai pas le temps pour ces conneries.

— Il te reste une solution, retrouver la fameuse Lalita.

J'acquiesçai.

— En priant pour que cette fois elle accepte de témoigner.

Un soupir las s'échappa de ma poitrine.

Outre le fait que j'avais besoin de Rebecca pour témoigner contre Trenton, l'urgence de lui parler me rongeait de l'intérieur. Je l'avais laissée tomber deux fois, et j'allais devoir vivre avec. J'avais cependant un certain nombre de choses à lui dire ; des choses qui ne changeraient probablement pas son opinion de moi, mais il fallait que ce soit fait.

Nous avions retrouvé assez facilement la trace de Lalita Gomez, maintenant citoyenne américaine. Lalita était aujourd'hui consultante en relations publiques dans une prestigieuse agence à L.A. et, à vingt-sept ans, elle s'en sortait plutôt pas mal.

Jace prit le rendez-vous à son nom, et nous y allâmes ensemble. Pour l'occasion, nous avions revêtu la tenue sésame pour ce genre d'entretien : costume-cravate. Et, lorsque la jolie réceptionniste de Follow nous vit arriver, je sus que je pouvais obtenir son 06 sans même ouvrir la bouche. Dommage que cela ne m'intéresse pas.

— Jace Wentworth, j'ai rendez-vous avec Lalita Gomez. Voici mon assistant, Rafael Crawford.

Je me retins de lever les yeux au ciel. Il aurait pu dire collaborateur ou associé, mais non, il avait juste envie de me faire chier. Je me demandai si un jour nous arrêterions le concours de celui qui a la plus grosse. Cela dit, nous fonctionnions ainsi depuis toujours, et je devais avouer que j'aurais du mal à m'en passer.

Après avoir vérifié nos pièces d'identité, l'hôtesse nous pria de nous asseoir dans l'espace d'attente. Avant, elle n'oublia pas de nous glisser une carte de visite de Follow. Je ricanai intérieurement quand je vis le numéro de mobile inscrit derrière.

Lalita Gomez arriva pile à l'heure.

— Monsieur Wentworth ?

Je levai le nez de mon téléphone. Jace se mit debout et tendit sa main.

— Lalita Gomez, je présume ? Voici Raf, mon assistant.

Elle me jeta un bref coup d'œil machinal, puis nous demanda de la suivre.

Lalita était une magnifique jeune femme, très classe, qui en imposait malgré son âge. Des cheveux noirs et brillants ramenés en un chignon bas, de grands yeux onyx sur un visage fin et délicat, une mâchoire volontaire… Elle ne devait pas passer inaperçue. J'éprouvai une lueur d'espoir à l'idée qu'elle avait surmonté le traumatisme de son enfance. En tout cas, elle donnait l'image d'une femme sûre d'elle-même et déterminée.

Nous nous installâmes dans une salle de réunion pourvue d'une grande baie vitrée.

— Alors, messieurs, commença-t-elle, d'une voix ferme mais conviviale, en quoi puis-je vous aider ?

— Nous souhaitons donner un maximum de visibilité à une grosse affaire.

Elle hocha la tête.

— Quel domaine ? Quelle entreprise ?

Cette fois, c'est moi qui répondis.

— Pédophilie. Crawford Company.

Lalita tourna si vite la tête vers moi que je crus qu'elle allait la déloger de son cou. Un voile de détresse recouvrit ses jolis traits, mais ce fut si rapide que quelqu'un qui n'y aurait pas prêté attention ne se serait rendu compte de rien.

— Je suis navrée, dit-elle en se levant, un sourire figé aux lèvres, on a dû mal vous renseigner, je ne traite pas ce genre de dossier.

— Lalita, rasseyez-vous. Je suis Rafael Crawford. Et j'ai besoin de vous pour enterrer Trenton Crawford.

Elle retomba sur la chaise comme un sac, cette fois le contrôle sur ses émotions s'était envolé. Nous la laissâmes reprendre ses esprits ; après la bombe que je venais de lâcher, cela s'avérait nécessaire.

Au bout de quelques minutes, elle posa un regard hésitant sur moi. Je jetai un œil à ses mains tremblantes posées dans son giron. J'avais eu tort, Lalita était loin d'être guérie ; les cicatrices étaient toujours là, béantes.

— Rafael ? Sa voix n'était qu'un filet étranglé.

Je hochai doucement la tête, captant son regard.

— C'est bien moi, Lalita. J'ai découvert ce qui t'était arrivé. Et je vais le faire payer.

Je lui racontai de bout en bout ce que nous avions appris. Et je lui parlai de Rebecca. À ce moment-là, sa lèvre se mit à trembler. Jace me jeta un regard en coin. Comme moi, il craignait qu'elle ne craque dans le bureau. Heureusement, elle était dos à la vitre.

Elle se prit la tête entre les mains.

— Je n'ai plus reparlé de ce qui s'est passé. Jamais. Ma mère me l'avait interdit. Nous ne pouvions pas nous le permettre.

— Je sais.

Leur situation était déjà assez précaire, elle ne pouvait pas se payer le luxe de la justice. Elle prit une grande inspiration.

— Je ne peux pas, Rafael, je ne peux pas. J'ai construit ma vie sur le tombeau de mon enfance. Je ne peux pas remuer tout ça, j'ai trop galéré pour que tout s'effondre comme ça.

— Lalita, dit doucement Jace. Il continue probablement. D'autres enfants et adolescentes risquent de vivre le même cauchemar.

Un sanglot étranglé s'échappa douloureusement de sa gorge.

— Je sais, murmura-t-elle à son tour. Mais c'est au-dessus de mes forces, je suis désolée.

Elle se leva et quitta précipitamment la salle.

Nous rentrâmes à San Diego, défaits. Sans Lalita et sans Rebecca, nous étions coincés. Et cet enfoiré continuait de vivre normalement.

Quelques jours passèrent, durant lesquels j'appelai Pepper sans arrêt pour savoir si Becca était de retour. Elle loupait beaucoup d'heures de cours ; soit elle avait décidé de gâcher son semestre, soit elle n'allait pas tarder à rentrer.

— Et si tu envoies les clichés à la presse ? lança Hope.

Je soufflai la fumée de ma cigarette sur son visage.

Elle me jeta un regard furieux au milieu de sa quinte de toux.

— On en a déjà parlé, Minnie Mouse. Les photos en l'état ne sont pas recevables, elles vont juste causer du tort à son image, mais son armée de conseillers le blanchira en deux secondes.

Un téléphone sonna. Jace se redressa légèrement sur le sofa pour récupérer le mobile dans la poche avant de son jean. Ne reconnaissant pas le numéro, il répondit, sourcils froncés.

— Wentworth.

Au bout de quelques secondes, il planta son regard azur dans le mien.

Je me tendis brusquement, me demandant ce qui allait encore nous tomber sur la tête. S'agissait-il de Rebecca ? Oui, mais cela ne faisait aucun sens, Jace n'avait aucune raison d'avoir des nouvelles de la jeune femme.

Nicole ? Un problème avec son traitement ?

Tandis qu'il poursuivait la conversation sans rien dire qui pouvait m'aiguiller, je sentis l'appréhension me gagner.

Enfin, il raccrocha. Et m'offrit le plus beau sourire d'enfoiré qu'il m'ait été donné de voir.

— Elle a changé d'avis, mec. Elle va témoigner.

Il me fallut quelques secondes pour intégrer ses paroles. Lalita avait changé d'avis, la culpabilité avait surpassé sa peur.

L'étau dans ma poitrine se desserra. Et, tandis que Hope me sautait au cou, *elle* était tout ce à quoi je pouvais penser.

*J'ai enfin fait quelque chose pour toi, Becca...*

À partir de là, nous ne perdîmes pas de temps. Je contactai un avocat réputé pour ce type de cas, un requin qui déchiquetait ses proies. Je lui fournis une copie des photos et la lettre de ma mère. J'étais réticent pour cette dernière car c'était très personnel, mais je n'avais pas le choix.

Ensuite, tout alla très vite : mon père fut placé en détention provisoire, la presse se déchaîna et je pus enfin respirer.

Ma mère était à l'abri dans notre maison d'Encinitas et, en attendant que je puisse passer davantage de temps avec elle, elle était entourée d'une équipe solide et bienveillante, je m'en étais assuré.

Cependant, toujours pas de nouvelles de Rebecca.

# 71

## *Becca*

Le chalet de Pepper se tenait en pleine forêt, à l'écart de tout. Exactement ce qu'il me fallait. Il n'y avait pas de télé, pas de wi-fi et encore moins de réseau. J'arrivai là-bas brisée. Ce n'était pas tant la trahison de Rafael ; ça, c'était la goutte d'eau, celle qui avait fait céder les digues que j'avais érigées, jour après jour pendant quatre ans. J'avais cru être assez forte pour supporter tout cela, assez forte pour me construire une vie normale, assez forte pour faire justice moi-même.

Et j'avais lamentablement échoué.

Comme j'avais pu le constater, la justice n'était qu'un mirage : elle ne servait pas les victimes, elle ne protégeait pas les plus faibles, ne reconnaissant comme maître que le pouvoir.

Je me rappelais ma détresse en sortant de son bureau ce jour-là. J'avais eu envie de mourir. De tout oublier. Je ne me sentais pas digne d'être sur cette terre.

J'aurais dû me douter et ne pas aller dans son bureau.

J'aurais dû être capable de me défendre.

J'aurais dû l'empêcher de me toucher.

J'aurais dû l'empêcher de me souiller.

Après, j'avais eu beau rester sous la douche pendant deux heures à me frotter sous l'eau brûlante jusqu'à arracher des lambeaux de peau, je me sentais toujours aussi sale, aussi repoussante, engluée dans la honte et la culpabilité.

Tout cela avait enflé en moi comme une boule de pus, me gangrenant de l'intérieur. Je m'étais ouverte à Liana, j'en avais payé le prix.

Première trahison.

Heureusement, la colère avait rapidement pris ses quartiers. Je voulais que le salaud paye pour ce qu'il m'avait fait. C'est là que j'avais tout déballé à ma mère, lui demandant de m'accompagner au poste de police. De marbre, elle m'avait écoutée jusqu'au bout. Avais-je espéré un brin d'affection, une lueur d'inquiétude, de la compassion, de la colère ? Je n'eus rien de tout cela. Elle s'était contentée de m'interdire d'en parler à quiconque à partir de là. Et j'avais obtempéré.

C'était ma mère, après tout.

Lorsque peu après je m'étais retrouvée tremblante, face à mon bourreau, sur le lieu du crime, je l'avais écoutée marchander mon innocence et ma dignité.

Seconde trahison.

À ce moment-là, quelque chose s'était brisé en moi. L'humain m'apparaissait désormais comme un être vil et pervers, sans distinction aucune.

Rafael m'avait ensuite jugée, condamnée et menée au bûcher, me chassant d'Encinitas.

Troisième trahison.

Un défilé de psys plus tard, j'avais compris que rien ne réparerait ce qui avait été cassé. En revanche, je pouvais décider de vivre avec, en imposant mes règles.

Je m'étais mise à donner mon corps au premier venu, en partie pour me punir, en partie pour me sentir en contrôle. Le contrôle de mon corps, de ma vie était devenu une obsession.

J'avais noué de nombreuses relations que je prenais soin de

garder superficielles, la règle numéro 1 étant de ne m'attacher à quiconque puisque cette personne allait me poignarder dans le dos à un moment ou à un autre.

J'étais la fille délurée, sociable et toujours de bonne humeur que tout le monde appréciait.

Je m'étais mise au sport de combat avec acharnement, passant parfois cinq heures d'affilée à la salle d'entraînement.

Personne, avais-je décidé, plus personne ne m'imposerait sa volonté.

Malgré le mal que m'avait fait ma mère, j'avais toujours gardé un œil sur elle, me rendant bien compte que sa santé mentale empirait de jour en jour. C'est ce que mon père aurait voulu.

Au bout du compte, j'avais réussi à reprendre ma vie en main. Du moins, jusqu'à mon arrivée à San Diego.

Chacun naît sous une étoile, la mienne ne brillait pas vraiment.

J'avais beau détester Rafael, une part de moi l'aimait toujours. À quinze ans, il était ce garçon inaccessible et mortellement beau que toutes les filles rêvaient d'avoir en petit ami, celui que tous les garçons craignaient et qu'il pliait à sa volonté. Et il s'intéressait à moi. Outre la fierté que j'en tirais, il tenait mon cœur empli d'aspirations dans sa main. Jusqu'à ce qu'il l'écrase comme une vulgaire éponge, ne laissant que l'enveloppe desséchée.

Pourtant, malgré la haine que je lui vouais, il avait réussi à le faire battre de nouveau. Comme le dit l'adage, de la haine à l'amour…

Je m'étais leurrée en me persuadant que ce n'était que du sexe, comme pour les autres. Du sexe qui n'avait pourtant de saveur qu'avec lui. J'aurais dû me méfier de moi-même, je me croyais forte, trop forte ; en réalité, je n'étais pas prête à me mesurer à Rafael Crawford. Il n'avait fait de moi qu'une bouchée.

Naïve, j'avais cru qu'il m'aiderait maintenant qu'il connaissait la vérité. Et je lui avais fait confiance, la vengeance à portée de main.

Quatrième trahison.

D'autant plus douloureuse que la dernière semaine que nous avions passée ensemble m'avait rendue vulnérable. Il s'était infiltré dans toutes les cellules de mon corps et de mon esprit.

Étais-je la seule à avoir ressenti cette connexion entre nos âmes tandis que nous faisions l'amour, les yeux dans les yeux ?

Étais-je la seule à me sentir entière pour la première fois de ma vie ?

Étais-je tant en manque d'affection et d'attention que j'avais imaginé tout cela pour nourrir mon cœur ?

*Visiblement, oui.*

J'étais toujours cette Rebecca faible et peureuse qui s'était fait violer sur un coin du canapé. Je n'avais rien appris.

Je fermai à clé le chalet de Pepper, y calfeutrant toutes mes illusions et montai dans la voiture. Un coup d'œil à la jauge d'essence m'informa que j'allais devoir m'arrêter à la première station. Je parcourus une vingtaine de kilomètres avant de retrouver le monde civilisé. Mon téléphone se mit à biper sans arrêt pendant quatre ou cinq minutes, récupérant tous les messages stockés par le réseau depuis quinze jours. Je n'étais pas pressée de les écouter, ils devaient en grande partie provenir de ma mère.

Je m'arrêtai pour faire le plein et en profitai pour acheter quelques bonbons et barres chocolatées. M'installant derrière le volant, je décidai de faire une pause en-cas. Tout en mâchant, je me saisis de mon téléphone et fis défiler les notifications. Je fronçai les sourcils. Le nom de Rafael Crawford apparaissait au moins cinquante fois. Et Pepper m'avait appelée une bonne vingtaine de fois en quatre jours. Elle savait pourtant que je n'avais pas de réseau, c'était chez elle, après tout. J'ouvris son dernier SMS.

**Tu voudras voir ça, ma belle.**

Avec un lien vers le *New York Times.*

Je cliquai dessus. Et, après quelques minutes, éclatai en sanglots.

# 72

## *Becca*

— Tu veux que je t'accompagne ?

Je secouai la tête fermement.

— Non, Pepper. C'est à moi de le faire. Seule. Tu n'imagines pas à quel point j'en ai besoin.

Le regard de mon amie s'adoucit.

— Ce n'était pas ta faute, Rebecca.

*Ce n'était pas ta faute.* Combien de fois avais-je rêvé d'entendre ces quelques mots. Si j'avais au moins appris une chose dans toute cette tragédie, c'est que tous les êtres humains n'étaient pas bons à jeter comme je le pensais. Pepper m'avait prouvé le contraire.

Je posai une main sur son bras.

— Je sais.

J'étais sincère.

Lorsque j'avais lu l'article du *NYT*, ma vie avait pris un autre virage. En substance, il était dit que Trenton Crawford, l'une des plus grosses fortunes des États-Unis, avait été arrêté pour pédophilie. La victime, âgée aujourd'hui de vingt-sept ans, avait décidé de sortir de l'ombre et de témoigner, quinze ans après. Il était aussi mentionné que la jeune femme, d'abord réticente, s'était laissé persuader de porter plainte par Rafael Crawford, le fils de l'accusé.

*« Mon père a causé trop de dégâts, brisé trop de vies. Il est temps pour lui de payer. »*

Je ne saurais retranscrire les émotions qui s'étaient emparées de moi en cet instant. Soulagement, tristesse, dégoût, joie, incrédulité… Je n'étais que chaos, ne sachant pas si j'avais envie de pleurer, de crier ou de rire.

Toujours est-il qu'après une heure la tête contre le volant de la voiture, il ne me restait plus une seule larme et je me sentais légère, comme si le poids du monde ne pesait plus sur mes épaules.

Je fis ma déposition, n'omettant aucun détail et soulignant l'accord de confidentialité que ma mère avait signé, moi-même étant mineure. Je ne sais pas quel tort cela pouvait causer compte tenu des circonstances, mais je m'en moquais.

Puis je rentrai au campus. Ma vie allait enfin pouvoir commencer.

# 73

## *Becca*

C'était enfin l'heure du déjeuner. J'avais les crocs et me dépêchai de rejoindre la cafétéria, où Pepper m'attendait.

J'étais bien consciente de tous les regards qui me suivaient, des gens qui chuchotaient sur mon passage. Car non seulement j'avais témoigné, mais en plus j'avais levé l'anonymat et accepté les interviews. J'allais enterrer Crawford et utiliser tous les moyens à ma disposition. Son image allait être tellement salie que les jurés n'auraient pas une seconde d'hésitation.

Par ailleurs, mon témoignage à découvert avait eu d'autres vertus : plusieurs jeunes femmes et adolescentes avaient décidé de porter plainte à leur tour. Le voile de la honte était levé. Enfin la vérité éclatait au grand jour. Enfin, notre calvaire allait être reconnu.

La vibration dans la poche de mon jean m'informa d'un appel. Tout en poursuivant ma route, je me saisis du téléphone et constatai qu'il s'agissait de Dayton.

Je n'avais pas encore eu le temps de répondre à ses messages, et pourtant, ils étaient nombreux. Là encore, ce n'était pas le moment. Je rangeai le mobile.

Ce soir, je le rappellerai.

— Rebecca !

Je reconnus la voix de Hope Sanders et me retournai.

Comme d'habitude, elle était avec Jace. Qui lui-même traînait avec Mike. Et Rafael.

Je sentis ses yeux peser sur moi mais me fis violence pour ne pas le regarder. Chaque matin, depuis mon retour, je le trouvais au pied de mon appart. La première fois, je lui avais dit de dégager vertement.

Il voulait parler.

Pas moi.

Il ne s'était pas découragé, fidèle au rendez-vous chaque jour.

Nous faisions le trajet côte à côte, en silence, comme deux étrangers.

Comprenant que je ne bougerais pas, Hope s'avança vers moi à grandes enjambées. Elle s'arrêta devant moi, circonspecte. Si elle ne savait pas dans quel sens me prendre, elle opta finalement pour la simplicité.

— Comment vas-tu ?

Son regard concerné me disait qu'il ne s'agissait pas d'une question d'usage.

— Je vais bien. Mieux que jamais à vrai dire.

Elle hocha la tête.

— Ce que tu as fait est très courageux, Rebecca. J'imagine que cela a dû être très dur pour toi de raconter ton histoire.

— Je l'avais déjà racontée. C'est juste que personne n'avait voulu m'écouter.

Elle baissa les yeux, gênée, sachant pertinemment que je faisais référence à ses amis. J'éprouvai alors un pincement désagréable qui ressemblait étrangement à du remords. M'en prendre à Hope n'avait pas de sens. Elle n'était pas là à l'époque et elle m'avait offert une oreille attentive, souhaitant même arranger les choses.

— Écoute, Hope…

Mon ton s'était considérablement adouci.

— Je suis désolée, je sais que tu n'y es pour rien. Et je sais aussi que tu as cherché à m'aider. Pour cela et pour avoir cru en moi, ou tout le moins m'avoir accordé le bénéfice du doute, je ne te remercierai jamais assez.

Elle me sourit sincèrement, un sourire à vous faire perdre la vue. Hope Sanders était vraiment un phénomène ; pas étonnant qu'elle ait réussi à capter l'attention d'un mec comme Wentworth.

— Tu n'as pas à t'excuser, Becca. Ils ont tous les trois… manqué de discernement. Et crois-moi, ils s'en rendent compte et s'en veulent à mort.

Mon cœur se mit à battre plus vite à l'implication de ce qu'elle énonçait, mais je ne m'autorisai pas à m'y appesantir. On ne m'y prendrait plus.

Je lançai alors, pour faire diversion :

— On se voit demain pour finaliser le book ? C'est la semaine prochaine le verdict !

Chaque binôme devait remettre son travail au plus tard mercredi à Dylan. Dès jeudi, nos œuvres d'art seraient exposées, puis une soirée était organisée le vendredi de la semaine suivante, où toute l'université était conviée.

Buffet, musique et tout le tralala, avant la remise des prix. Tout le monde aurait ainsi le temps de voter.

— Ça marche, demain 17 heures au club.

Elle retourna auprès de ses amis dont j'évitai soigneusement le regard, et je me dépêchai de rejoindre Pepper, tout en ayant l'impression d'avoir une cible dans le dos.

# 74

## *Raf*

— Rafael Crawford.

Le téléphone collé à l'oreille, j'ouvris la portière de la voiture et m'installai.

— Dayton Price, annonça-t-il. Je ne parviens pas à joindre Rebecca.

Son ton sec me mit dans de mauvaises dispositions.

— Et ? grognai-je. J'ai l'air d'une hôtesse standardiste première catégorie ?

— C'est important, Crawford. Est-ce qu'elle va bien ?

Je ne répondis pas tout de suite.

— Elle va bien.

— Je dois vous parler, c'est à propos de Trenton.

Cela paraissait urgent. Nous nous donnâmes rendez-vous une demi-heure après dans un bar en dehors de la ville.

J'arrivai un peu en avance, ma curiosité en alerte maximum. Qu'est-ce que Dayton Price avait besoin de me dire ? Mon père était neutralisé et Rebecca avait sa vengeance ; affaire classée pour lui.

Je n'eus pas à patienter trop longtemps. Dayton s'assit en face de moi et retira ses lunettes.

Je pris une gorgée de mon Coca sans enlever les miennes.

— Price, qu'est-ce qui était si urgent pour me faire venir en quatrième vitesse. J'ai une vie, figurez-vous.

— Arrête ton numéro de gros dur avec moi, Crawford. Si tu n'avais pas envie d'être là, ton siège serait vide.

Je réprimai un sourire.

— Alors ?

— J'ai pu analyser les données de l'ordinateur de ton père. Certaines choses m'ont paru suspectes et j'ai creusé.

Son visage devint grave.

— C'est Trenton Crawford qui a commandité l'assassinat du père de Rebecca.

Pendant un bref instant, je crus avoir mal entendu, puis la réalité me sauta au visage et j'eus l'impression d'être drainé de mon sang. La liste des crimes de mon père était-elle donc interminable ?

— Vous êtes sûr ?

— Certain, affirma-t-il en se massant les tempes. Cela fait des jours et des nuits que je bosse sur le dossier, j'ai découvert un certain nombre de choses.

Je fronçai les sourcils. Que mon père soit capable de buter quelqu'un – attention, sans se salir les mains –, cela ne me semblait pas si farfelu à la lueur des dernières découvertes ; mais il ne l'aurait pas fait sans raison.

— Pour quel motif ?

— Adam Stiller avait découvert des mouvements de fonds suspects. Il enquêtait dessus et avait constitué un dossier conséquent.

— C'est à vous qu'il avait fait appel ?

— Non, pas cette fois-ci. Visiblement, il faisait ça en solo.

Et maintenant il n'était plus là pour en parler.

— OK. Pourquoi me dire ça à moi ?

Car c'était ça la véritable question.

— J'ai appelé Rebecca au moins dix fois, elle ne répond pas. Vu que tu as fait coffrer Trenton, j'ai présumé que je pouvais te faire confiance.

J'esquissai un sourire.

— Et vous comptez sur moi pour lui annoncer la nouvelle.

— Oui, avoua-t-il. Je trouvais qu'elle te détestait un peu trop, et quand je vous ai vus ensemble dans la même pièce la dernière fois, c'est devenu limpide.

Je levai les sourcils, attendant son explication.

— Que vous étiez fous l'un de l'autre. Je suis détective, Crawford, et la tension sexuelle entre vous, elle pourrait court-circuiter tout Manhattan.

Je me contentai de finir mon verre et de partir.

Je fis jouer mon réseau et obtins un permis de visite rapidement. Il fallait que je lui parle. En quelques jours, il était passé d'un père froid et distant à un pédophile doublé d'un meurtrier. Je refusais de m'appesantir dessus sous peine de péter un câble, mais le besoin de l'avoir en face de moi était plus fort.

Il était déjà là lorsqu'on me fit entrer dans la salle. Je m'étais arrangé pour qu'il n'y ait aucune oreille indiscrète.

— Finalement, tu t'es décidé.

Je m'assis face à lui, mon meilleur *poker face* en place. En réalité, j'étais une bombe à retardement.

Je ne répondis pas tout de suite. Je ne répondis pas du tout. Je n'étais pas venu pour faire la conversation. L'homme qui était en face de moi ne m'inspirait que répulsion.

— Tu as buté Adam Stiller.

Son regard sournois dévia vers la caméra – éteinte – puis se posa sur moi. Je ne portais qu'un jean et un T-shirt blanc, difficile de cacher un micro et il en arriva à la même conclusion.

— Ce crétin de Stiller allait détruire tout ce que j'avais construit.

J'ai fait ce que j'avais à faire, et tu devrais me remercier pour cela. Après tout, tu es mon seul héritier.

Un rire sarcastique m'échappa.

— Évidemment, comment n'y ai-je pas pensé ? Je suppose que je dois aussi te remercier d'avoir violé ma petite amie de quinze ans ?

Il m'offrit un rictus machiavélique que je ne connaissais que lorsqu'il était adressé à ses concurrents.

— Je dois dire que tu as un goût exquis.

La nausée me tordit l'estomac.

Imaginer ses sales pattes sur Rebecca, cela me donnait juste envie d'anéantir l'espèce humaine.

— C'est un peu ta faute, ce qui est arrivé à cette fille.

— Pardon ?

— Elle t'a envoyé un message avant de passer. Si tu n'avais pas oublié ton téléphone sur le bar de la cuisine…

Rebecca m'avait en effet appris qu'elle avait reçu une réponse de ma part. Réponse qu'il avait dû s'empresser d'effacer ensuite.

— Si tu penses pouvoir me manipuler ainsi, c'est que tu ne sais pas qui est ton fils. La seule culpabilité que j'éprouve est celle de ne pas l'avoir écoutée ce jour-là. De ne pas avoir envisagé que mon père pût être une ordure de la pire espèce. Pour le reste, inutile d'essayer de rentrer dans mon cerveau, ça ne marchera pas.

— En es-tu sûr, Rafael ?

Je me contentai de le toiser avec mépris.

Ce qu'il dit ensuite me glaça jusqu'aux os.

— Cette fille doit être importante pour toi, l'attendre comme un chien tous les jours en bas de chez elle…

Malgré moi, je me raidis. Ce salaud nous faisait suivre.

Il dut lire dans mon esprit.

— Tu crois que parce que je suis ici, je n'ai plus aucune ressource ?

Il éclata d'un rire faux qui hérissa tous les poils de mon corps.

— Je connais le moindre de vos faits et gestes. Tu pourras lui dire que j'apprécie particulièrement son ensemble en dentelle rose bonbon. C'est très … rafraîchissant.

Je me levai si brusquement que la chaise tomba derrière moi. Cela parut lui causer une immense satisfaction.

J'appuyai sur le bouton avec force pour demander le déverrouillage de la porte.

— Tu ne seras pas toujours là pour la protéger !

La porte claqua sur cette menace.

Je sortis en courant et vomis dans le premier buisson que je trouvai.

# 75

## *Raf*

Pour la première fois de toute ma vie, la peur me paralysait.

— Tu crois qu'il bluffe ?

Tel un automate, je tournai la tête vers Mike.

— La vraie question c'est : est-ce que je peux prendre le risque de ne pas y croire ?

— Quel intérêt pour lui ? Il va finir en taule, dans tous les cas.

— Justement, pointa Jace. Il n'a plus rien à perdre. Mais il a encore la capacité de pourrir la vie des autres.

— Jace a raison, acquiesçai-je. Inutile de se voiler la face, mon père est un psychopathe. Il prend plaisir au mal qu'il inflige.

Et dire que je n'avais rien vu. Que pendant toutes ces années, il avait abusé d'enfants et d'adolescentes sous mon nez. J'avais respiré le même air que lui, partagé le même toit. J'avais le même ADN que ce monstre. Et qui sait, peut-être étais-je aussi pourri que lui ? Il y avait bon nombre de choses dont je n'étais pas fier.

— N'y pense même pas.

La voix tranchante de Mike interrompit la spirale infernale de mes pensées.

Je posai sur lui un regard vide.

— Je sais précisément ce que tu penses, Crawford, et c'est un ramassis de conneries. Tu n'as rien à voir avec ton père et tu n'avais aucun moyen de savoir qui il était vraiment.

— J'aurais pu écouter Becca.

— Nous aurions tous dû l'écouter, contra Jace d'une voix calme. Mais nous ne l'avons pas fait. Elle a pris le fric et cela lui a enlevé toute crédibilité. Nous avons eu tort de ne pas chercher plus loin, mais ce qui est fait est fait. Et nous en sommes tous coupables.

Au fond de moi, je me demandai quelles bonnes actions j'avais accomplies dans une vie antérieure pour mériter des amis comme Jace et Mike. Toutefois, malgré les discours de mes amis, il me faudrait du temps avant de me pardonner. *D'avoir un monstre comme père.*

— Je n'ai pas le choix, je dois le neutraliser.

Un lourd silence s'installa, car nous savions tous trois ce que cela signifiait.

Et même si je le détestais, même s'il me faisait gerber et que j'avais envie qu'il brûle en enfer, l'idée d'assassiner mon propre père me déchirait. Je m'en voulais pour cela aussi. Avec tout le mal qu'il avait fait et qu'il pouvait encore faire, il serait mieux entre quatre planches. C'était la bonne décision.

Notre passé sous le joug d'un gang nous avait contraints à participer à pas mal de saloperies. Nos âmes en seraient meurtries à jamais, mais nous ne faisions que survivre.

Toutefois, en aucun cas je n'aurais imaginé mettre fin à la vie de mon propre père. J'étais fort, je ne me déroberais pas.

— OK, finit par dire Jace. N'entreprends rien pour l'instant, je vais me renseigner. Après, on mettra en place un plan d'action.

— Non, il n'y a pas de « on », pas question que vous soyez impliqués. C'est mon père, c'est moi qui dois mettre fin à toute cette merde.

Jace hésita puis capitula.

— OK. Je te demande quelques jours pour rassembler des

renseignements sur le centre de détention. Après, tu décideras tout seul de ce que tu veux faire.

Durant ce laps de temps, nous filions Rebecca à tour de rôle. Je ne pouvais prendre le risque de la laisser sans surveillance, au cas où mon père mettrait sa menace à exécution.

En revanche, je me tenais à distance et ne l'approchais plus. Impossible pour moi de la regarder dans les yeux quand je connaissais la vérité sur la mort de son père. Ma famille était la cause de toutes ses souffrances. Elle avait raison de m'éviter, jusque-là, je ne lui avais apporté que des larmes et de la douleur.

J'eus un petit pincement au cœur lorsque le premier jour, ne me voyant pas au pied de l'immeuble comme à l'accoutumée, elle avait scanné les alentours, un soupçon de déception dans ses magnifiques yeux bleu ciel.

Les jours passèrent lentement. Je n'étais pas habitué à être dans l'attente, étant toujours dans l'action. Seulement Jace avait raison, il me fallait rassembler le maximum d'informations avant de lancer la machine. Il me faudrait ensuite écumer le Darknet, je ne pouvais laisser aucune trace. Sinon, il aurait gâché ma vie jusqu'au bout.

# 76

## *Becca*

— Alors, nerveuse ?

J'éclatai de rire.

— C'est juste un petit concours photo à SDC, Pepper, pas le EyeEm Photography Awards !

— On s'en moque, ce qui compte, c'est de gagner ! J'adore gagner.

— Ça, j'avais remarqué, rétorquai-je amusée, en pensant aux parties de jeux vidéo que nous avions disputées.

Pepper était une très mauvaise joueuse. Enfin, plus exactement, une très mauvaise perdante, car quand elle gagnait elle respirait la félicité.

— C'est important de gagner, contra-t-elle. Tes efforts sont récompensés et cela contribue à faire grandir ta confiance en toi. La pyramide de Maslow, ça te dit quelque chose ? L'estime de soi est une étape essentielle.

— Merci, Pepper, je connais Maslow. Mais je ne crois pas que cela implique d'insulter ses partenaires de compétition, ni de donner des coups de pied sur les manettes, raillai-je.

Elle leva un doigt et répondit d'un ton professoral :

— C'est un moyen comme un autre d'évacuer la frustration.

Je roulai des yeux et allai m'habiller. J'espérai bien me changer les idées à la soirée de remise des prix. J'avais beau avoir obtenu ce que je voulais – Crawford sous les verrous –, je ne parvenais pas à me réjouir totalement.

Cela dit, avec tout ce que j'avais vécu, il me semblait normal de prendre du temps pour digérer. Passé les premiers moments d'euphorie, je m'étais rendu compte que je ne retrouverais jamais l'insouciance perdue. Le mal était fait et gravé en moi, j'avais maintenant l'opportunité de me construire une vie sur les cendres de celles de Crawford. C'était mieux que de ne pas avancer du tout.

Simplement, j'étais tellement obnubilée par ma vengeance que dans ma tête, une fois celle-ci réalisée, j'avais imaginé que tous mes problèmes seraient résolus.

La réalité était bien plus complexe que cela.

En soupirant, je choisis une robe noire longue jusqu'aux genoux avec un décolleté tour du cou vertigineux. Ce soir, j'avais envie de briller. Et, si j'avais été honnête avec moi-même, c'était particulièrement vrai auprès d'une personne bien précise.

Dylan avait vraiment bien fait les choses. Des buffets étaient installés sur les côtés de la salle – le gymnase à la base –, une console DJ se trouvait au fond et les jeux de lumière étaient parfaits. Nos œuvres d'art étaient placées sur l'estrade, à la vue de tous.

— Rebecca, j'ai cru que tu ne viendrais pas !

Dylan s'avança vers moi et me prit dans ses bras de façon tout à fait amicale.

— Je n'aurais manqué ça pour rien au monde ! Mais tu me connais maintenant, je suis toujours en retard !

Il me gratifia d'un clin d'œil malicieux.

— J'avais remarqué, en effet.

— En tout cas, bravo, franchement, l'organisation est au top. Encore une fois, je suis vraiment navrée de ne pas avoir aidé.

Son regard s'adoucit, et il posa une main sur mon épaule.

— Pas d'excuse, Rebecca, tu avais autre chose à faire et à penser ; et tout le monde l'a compris.

Les gens s'étaient avérés plutôt sympas avec moi après la grande révélation. Je m'étais attendue à des regards en coin désagréables, mais en définitive c'était de l'admiration que j'y avais décelée. Certaines personnes, hommes ou femmes d'ailleurs, étaient venues me voir pour me féliciter et louer mon courage. Moi qui m'étais construit une carapace anti-humains, je laissais maintenant mon cœur se réchauffer face à tout le soutien que je recevais.

— Saleté, tu es partie sans moi !

Pas besoin de me retourner pour savoir de qui il s'agissait.

— Pepper, au rythme où tu allais, je n'étais pas sûre d'arriver à la soirée avant demain matin.

— Mauvaise langue, je suis là et personne n'a commencé à danser.

— D'ailleurs, je vous abandonne et vais lancer les hostilités Ne vous étripez pas, les filles ! se moqua Dylan en s'éloignant.

— Dylan est vraiment mignon, lâcha Pepper d'un ton rêveur.

Je levai les yeux au ciel. Si je devais dresser une liste de tous les mecs que Pepper trouvait mignons, un téraoctet ne suffirait pas !

La soirée débuta avec Lady Gaga ; Pepper m'entraîna illico sur la piste. Je parvins à me vider la tête jusqu'à ce que mon regard tombe sur *lui.*

En costume noir et chemise blanche, il était tout simplement sublime. Son nœud pap était défait et, avec ses mèches blond foncé indisciplinées, il respirait le sexe et la décadence. Des images de nous deux en plein corps à corps surgirent dans mon esprit sans y être invitées. Et, comme s'il avait un pouvoir de télépathie, ses iris émeraude rencontrèrent les miens pile à ce moment-là, avec une lueur de *je-sais-exactement*-à-quoi-tu-penses.

L'air me sembla soudain trop épais pour être respiré, et malgré mes efforts, je commençai à voir des points noirs devant moi.

Je m'arrachai donc à la foule d'étudiants gesticulants et me dirigeai vers la sortie.

# 77

## *Becca*

À peine dehors, j'inspirai une grande goulée d'air et m'adossai contre le mur un peu l'écart de l'entrée. J'avais l'impression qu'une énorme boule s'était logée dans ma poitrine, mais l'air me fit du bien ; petit à petit je retrouvai un rythme de respiration normale.

— Ça va mieux ?

Mes paupières s'ouvrirent subitement, me permettant de voir ce que j'avais deviné. Comment ne l'avais-je pas entendu ?

— J'apprécierais assez que tu n'utilises pas tes talents de ninja en ma présence.

Il rit doucement, un rire bas et sexy, qui résonna jusque dans le creux de mon ventre et entraîna un lâcher de papillons insouciants.

— Je n'ai pas spécialement fait attention. Je t'ai vue sortir en tanguant un peu et je t'ai suivie.

— Précisément. Arrête de me suivre.

Au lieu de s'en aller, il s'adossa au mur à côté de moi. Son bras était si proche du mien qu'il me suffisait d'un mouvement infime pour le toucher. Je crus bien m'être changée en statue pour éviter cette situation malencontreuse.

— Je sais que tu m'en veux, Becca.

Ce mec avait le don de me mettre en rogne – mais pas seulement.

— Bravo, Sherlock. Maintenant que tu as résolu ton énigme, tu peux te casser.

— Rebecca…

La colère enfla en moi dangereusement.

Je me décollai du mur et lui fis face.

— Rafael, il ne t'est pas venu à l'idée que je ne souhaitais pas en parler avec toi. Ni maintenant ni jamais ?

Ses yeux verts me sondèrent de longues minutes. J'avais envie de m'en détacher et de le planter là. Malheureusement, mes pieds semblaient ancrés au sol.

— Tu as raison.

Surprise, je clignai des yeux. Ce n'étaient pas les mots que j'attendais. Des assertions suffisantes comme quoi c'était grâce à lui que j'avais finalement obtenu ma vengeance, peut-être. Mais pas ça, et j'en fus déstabilisée.

Il se redressa et se rapprocha de moi.

— Je t'ai trahie, Rebecca, deux fois. Et j'en suis désolé, putain, si tu savais comme ça me ronge ! Mais je pensais vraiment ce que je te disais. J'allais trouver un moyen pour le faire tomber.

Je plantai mes yeux dans les siens.

— Et si tu n'avais pas trouvé cette lettre ?

Hope m'avait raconté comment il avait découvert la vérité.

— Qu'aurais-tu fait, Rafael ? Ce n'est pas parce que tu veux quelque chose que cela se réalise ! Toi et tes copains vivez avec ce complexe de la toute-puissance depuis des années, mais vous êtes des hommes, pas des dieux ! Il serait temps de le reconnaître. Si tu n'avais pas ouvert ce livre et que tu n'avais pas décrypté le message, il serait toujours dehors. Alors ne me dis pas que je peux te faire confiance !

À ce stade, je hurlais presque, le corps secoué de tremblements.

Sa main se posa sur ma joue, et je ne pus rien faire d'autre que de fermer les yeux et en apprécier la chaleur, le réconfort.

— Tu as raison, *Starlight*, répéta-t-il. Je ne suis pas digne de ta confiance et tu serais folle de penser le contraire. J'ai merdé, Rebecca, j'ai fait la plus grosse connerie de ma vie. Je ne sais pas si un jour je me pardonnerai.

Sa voix tremblait. Cette fragilité émotionnelle me bouleversa.

— Tu méritais d'être crue, Rebecca. Tu méritais d'être écoutée. Tu étais une victime, putain, une victime ! Tu souffrais et je n'ai fait qu'appuyer sur tes plaies. Je ne mérite pas que tu poses les yeux sur moi. Je ne *te* mérite pas, Becca.

Des larmes se mirent à rouler sur mes joues sans que je m'en rende compte. Je l'écoutais parler, pétrifiée. Ses mots me transperçaient. Mais ils arrivaient trop tard.

— Et je suis tellement désolé… je suis un enfoiré, j'aurais dû te dire tout ça bien avant. J'étais juste…

Il lança sa main en l'air en secouant la tête.

— Je crois que je ne voulais pas admettre à quel point j'avais merdé avec toi. Tu es à la fois la plus belle chose qui me soit arrivée dans la vie et ma plus belle connerie.

Un son étranglé s'échappa de ma gorge. J'étais sur le point de m'effondrer. Et il ne semblait pas en avoir fini.

— Pour ce que ça vaut, je veux que tu saches que tu es la seule à m'avoir jamais atteint. La seule que j'avais envie de connaître. La seule que j'avais envie de toucher, vraiment. La seule, poursuivit-il inflexiblement en s'emparant délicatement de ma main, qui a jamais remué quelque chose *là*.

Sous ma paume, je pouvais sentir son cœur battre à vive allure.

*Boum, boum, boum.*

J'étais incapable de bouger, incapable de parler, percevant juste ce battement hypnotique avec lequel je communiais.

— J'ai tenté de te retrouver au travers de dizaines de filles. Mais elles n'étaient pas toi. Elles n'avaient pas ta candeur, ta fraîcheur, ta volonté. Elles n'avaient pas cette pureté éclatante qui déteignait sur tous ceux qui te côtoyaient. J'ai compris qu'aucune d'elles ne serait toi, jamais, et ça me rendait fou. Sauf que rien ni personne n'a pu combler le vide que tu as laissé.

Ma gorge se serra dangereusement.

— Je t'ai haïe, *Starlight*, avec toute la force de mon être, mais uniquement parce que je ne supportais pas de ne pas respirer le même air que toi. Tu étais ma plus grande faiblesse. Et tu n'as jamais cessé de l'être, murmura-t-il en cueillant une larme en fin de course.

J'étais perdue. Je ne savais plus où j'en étais, mon cœur battait si fort que c'en était douloureux, j'étais incapable d'émettre une seule pensée cohérente. Ses mots tournoyaient dans mon esprit et brûlaient tout sur leur passage. La colère, la déception, l'amertume. Tout ce que je voulais, c'était me noyer dans ses paroles, pour toujours. Oublier le reste, ses trahisons, mon passé.

Quand je parvins enfin à ouvrir la bouche, il ne me laissa pas le temps de parler. Sa main encercla ma nuque et il m'enlaça, me pressant contre lui comme s'il craignait que je m'échappe.

— Tu es ma première et dernière fois, Rebecca. Faire l'amour avec toi est la plus belle chose qui me soit arrivée et je ne l'oublierai jamais.

Dans mes rêves les plus fous, jamais je n'aurais imaginé cela. Une telle confession entre ses bras, son corps tremblant contre le mieux. Rafael Crawford rejetait tout ce qui s'apparentait à des émotions, depuis toujours. Il était un Dark Angel. Inébranlable, inaccessible. Sans cœur.

Pourtant, c'est bien lui que je sentais battre. Je n'avais pas bougé ma main, et je n'en avais pas envie.

Me serais-je trompée ? Avais-je un avenir avec ce garçon qui m'avait brisé le cœur ? Mes lèvres tremblantes ne parvenaient à proférer le moindre son.

Pourtant, il le fallait. Car j'étais trop meurtrie et, si je retombais dans les filets de Rafael et qu'encore une fois il me lâchait, je ne m'en remettrais pas. Je ne pouvais pas céder, j'en étais consciente.

— Je ne peux pas, Rafael…

Ma voix n'était qu'un filet étranglé.

— Je sais, chuchota-t-il en me caressant les cheveux. Et je ne suis pas là pour te faire changer d'avis. Tu as raison de te méfier, je suis toxique. Je te referai probablement du mal, encore.

Il s'éloigna de moi, et j'eus soudain l'impression d'être glacée.

— Tiens-toi loin de moi, Rebecca. Je ne sais pas si j'aurai la force de partir une deuxième fois.

Les jours passèrent, identiques les uns aux autres. Sans saveur, sans envie. Je me forçais à sortir, à rire, mais en fin de journée je me demandais ce qui avait changé. Crawford était sous les verrous, il ne pourrait plus nuire à personne, de cela j'étais évidemment satisfaite. Mais si j'avais pensé trouver le bonheur avec la vengeance, je m'étais lourdement trompée.

Je croisais Rafael de temps en temps, mais nous prenions soin de nous éviter. Lors des cours que nous avions en commun, il s'asseyait au fond et n'ouvrait jamais la bouche. J'aurais pu oublier sa présence. Sauf que c'était impossible. Au contraire, son silence et son absence me le rendaient d'autant plus présent. Je ne pensais qu'à lui, à ce qu'il m'avait dit. Et trouvais que la vie était vraiment merdique.

Je m'étais confiée à Pepper qui comme à son habitude me soutenait. Même si elle avait du mal à comprendre comment, après de telles déclarations, je parvenais à ne pas craquer et lui sauter dessus, elle convenait que c'était plus prudent.

# 78

## *Raf*

— Hope, décroche-moi ça du mur.

— Certainement pas. Je te rappelle qu'on a gagné un prix avec cette photo.

— Un prix d'honneur uniquement, le Nikon t'est passé sous le nez. Et des photos, il y en avait plein d'autres.

— Celle-ci est ma préférée.

— Officiellement, tu ne vis même pas ici.

— Je te demande pardon ?

Cette voix qui partait dans les aigus, ce n'était pas bon pour mon pote. De fait, il commençait à être exaspéré.

— Hope, tu es au courant que c'est Raf qui paye la plus grande part du loyer ?

— Et alors ?

Je l'entendis renifler avec dédain.

— C'est lui qui l'a proposé, si tu fais quelque chose pour quelqu'un, tu évites de lui faire remarquer ensuite. Sinon, ça ne sert à rien.

Sanders devrait se lancer dans le droit. Je la voyais assez bien au côté de Harvey Specter[1] en train de déboulonner tous ceux qui ne lui revenaient pas.

1. Personnage de la série *Suits*.

Jace eut l'air d'abandonner la partie. Je ne pouvais pas lui en vouloir, se prendre la tête avec Minnie Mouse avait autant d'attrait que le poulet tikka de Mike.

— De toute façon, si je l'enlève, il le remettra. Plus tard. Quand il aura ramassé ses couilles et qu'il se sera rendu compte que c'est la femme de sa vie.

Jace objecta bien quelque chose, mais je n'écoutais plus.

Lorsque j'étais rentré tout à l'heure, après deux heures de sport, et que j'avais trouvé le portait géant de Rebecca accroché au-dessus du canapé, j'avais pété un câble. La porte de ma chambre avait claqué si fort qu'un moment j'avais cru que l'encadrement s'était brisé.

Depuis que j'avais parlé à Rebecca pour mettre fin à tout ça, Hope ne me lâchait pas les baskets. Très franchement, je ne le tolérais que vis-à-vis de Jace. Elle se mêlait de ce qui ne la regardait pas et ne perdait pas une occasion pour me démontrer que j'étais le plus grand couillon de tous les temps en laissant filer Stiller.

*Comme si j'avais besoin d'elle pour le savoir.*

Depuis ce fameux soir, chaque fois que je la voyais, un curieux pincement d'estomac se faisait sentir.

Tout ce que je lui avais dit, je le pensais. Rebecca était spéciale. Et, même si je n'avais pas prononcé ces trois mots que toutes les meufs rêvent d'entendre, ils étaient là, en suspens. J'étais fou de Rebecca Stiller, il serait hypocrite de ne pas le reconnaître.

Mais cela ne changeait rien au fait que je lui en avais trop fait baver. Que c'était mon père qui l'avait violée et qu'en prime il avait buté le sien. Et que j'allais devoir commettre l'irréparable pour la protéger.

Ça, tout comme Sanders, elle ne le savait pas encore. Mike et Jace me conseillaient de ne rien dire, au moins pour l'instant. Nous surveillions toujours les arrières de Becca, mais cela commençait à faire long. Jace m'avait assuré qu'il aurait toutes les infos ce week-end.

Ensuite, ce serait à moi de jouer. La froide détermination qui m'animait n'empêchait pas la nausée de m'assaillir chaque fois que j'y pensais.

L'idée de ce qui m'attendait me filait des insomnies, je peinais à respirer. Chaque jour, je me sentais un peu moins humain.

# 79

## *Becca*

C'était la première fois que je rentrais à Encinitas depuis l'arrestation de Trenton Crawford. J'avais esquivé les cent cinquante messages d'Adélaïde. Je me sentais un peu coupable, mais j'avais besoin de recouvrer mes esprits. Trop à penser, trop à digérer.

Et maintenant que j'étais devant sa maison à dix millions de dollars, j'avais envie de prendre mes jambes à mon cou.

J'entrai donc à reculons, ne sachant pas dans quelles dispositions j'allais trouver ma mère. La maison était silencieuse, un rayon de lumière filtrait du côté du salon, je me dirigeai donc naturellement dans cette direction.

Elle était bien là, assise sur le canapé, un album photos entre les mains. Plusieurs dizaines d'autres carnets recouvraient le plancher, mais aussi deux bouteilles de champagne et un cendrier plein à ras bord, encore fumant.

La pièce n'était pas aussi propre qu'à l'accoutumée, et en passant j'avais remarqué – et senti – quelques sacs-poubelle entassés.

— Tu te décides à rentrer, finalement ?

Elle ne prit pas la peine de relever la tête et continua de tourner les pages. Sans répondre, je laissai glisser mon sac au sol et poussai quelques albums pour m'asseoir à côté d'elle.

— Je ne te savais pas si nostalgique.

J'étais surprise, car pour cela il aurait fallu éprouver des émotions.

La photo qu'elle fixait à présent devait dater car elle semblait très jeune dessus. Elle se tenait sur un yacht avec mon père et le contemplait avec adoration. Lui aussi semblait très jeune, plein de vie et heureux ; je ressentis un pincement douloureux dans la poitrine.

Elle effleura la photo du bout des doigts.

— Nous étions à Monaco. Quel voyage magnifique nous avons fait cet été-là ! Nous avons sillonné l'Europe : Londres, Madrid, Milan, Paris et la Côte d'Azur, murmura-t-elle d'une voix teintée de regrets.

Je l'observai avec inquiétude, ne sachant que répondre. J'évitai en général de parler de mon père de peur de déclencher un épisode désagréable.

— C'est lui qui voulait des enfants, tu sais. Moi j'étais contre. Nous étions tellement heureux ensemble.

Bien que je n'aie aucune illusion sur l'instinct maternel d'Adélaïde, l'entendre prononcer ces mots fut un réel choc.

— Tout a basculé quand tu es arrivée. D'un seul coup, il n'y en avait plus que pour toi, j'avais l'impression d'être devenue transparente à ses yeux.

Elle m'annonçait cela de la façon la plus naturelle du monde. Sans agressivité, d'une voix neutre, plate.

— Si tu ne voulais tellement pas avoir d'enfants, pourquoi avoir cédé ? Après tout, tu étais aussi décisionnaire.

Et mieux vaut ne pas avoir de mômes que de ne pas s'en occuper.

Elle soupira.

— Il m'aurait quittée. Je ne l'aurais pas supporté.

Je m'abstins de tout commentaire, mais cela aurait certainement mieux valu que de devenir le glaçon qu'elle était aujourd'hui.

Cependant, sa confession donnait un tout nouveau jour à mon enfance : non seulement Adélaïde ne m'avait jamais désirée, mais en plus elle était jalouse de l'attention que me portait mon père. C'était dur à digérer.

Je changeai volontairement de sujet.

— La femme de ménage n'est pas venue ?

— Je l'ai renvoyée, répondit-elle en se versant une autre coupe de champagne.

— Pardon ?

— Eh bien oui, je l'ai renvoyée. Vu que tu ne penses qu'à ta petite personne, maintenant que tu as donné cette interview et rompu l'accord de confidentialité, ils vont probablement tout nous reprendre.

Elle accompagna ses paroles d'un geste ample de la main.

Étais-je étonnée de sa réaction ? Pas vraiment.

Est-ce que cela me fit mal ? Carrément.

Difficile d'être logique lorsque les émotions s'en mêlent.

— Ma petite personne ? Tu sais qu'une mère normale serait anéantie à l'heure qu'il est ? Je suis venue me confier et te demander de l'aide. J'avais quinze ans ! Et tu ne m'as pas crue ! Aujourd'hui, tu découvres la vérité et c'est tout ce que tu trouves à me dire ? Que je ne pense qu'à moi ?

Ma voix montait dans les aigus. C'était plus fort que moi. Révoltant.

— Ma pauvre Rebecca, évidemment que je savais que Trenton Crawford était coupable ! Et qu'aurais-tu voulu que je fasse ? C'était fait ! En revanche, ce vieux pervers pouvait nous sortir de la situation catastrophique dans laquelle ton père nous avait plongées.

La boule qui se forma dans ma gorge m'empêcha de respirer pendant une bonne minute. Je m'étais toujours demandé si Adélaïde m'avait crue ou non. Plein de fois. Maintenant j'avais ma réponse, ce n'était plus une hypothèse en l'air. J'avais l'impression qu'un train m'avait roulé dessus.

Avant d'éclater en mille morceaux, je quittai la pièce et montai dans ma chambre.

— C'est grâce à moi que tu as eu cette vie, Rebecca, parce que j'ai eu le courage de m'opposer à lui ! Et maintenant, tu as encore tout gâché !

Je fermai la porte à clé et inspirai un grand coup. La colère m'empêchait de réfléchir rationnellement ; je pris tout ce qui me tombait sous la main, lampes, bibelot, cadres – autant de choses dont je n'avais rien à faire et qu'elle avait achetées pour soigner la déco – et les jetai contre le mur, prenant plaisir à les voir se briser brutalement. Seulement au bout de longues minutes, je me jetai sur mon lit, tentant d'effacer tout ce que je venais d'entendre.

# 80

## *Raf*

C'était mon tour de garde aujourd'hui. En général, je tâchais de me charger personnellement de sa protection, Mike et Jace ne venaient qu'en renfort, quand cela m'était vraiment impossible. Si j'avais été raisonnable, j'aurais dû leur demander de l'aide ce soir ; j'arrivais peine à tenir les yeux ouverts. Mais nous étions vendredi et je ne voulais pas priver mes amis de passer du temps en famille. Ce n'est pas parce que la mienne était dysfonctionnelle que je ne savais pas à quel point c'était important. Surtout lorsque l'un des membres avait de sérieux problèmes de santé, comme Nicole.

Je reportai mon attention sur la maison de Rebecca.

Je l'avais vue entrer chez elle, et peu de temps après la lumière de sa chambre s'était allumée. Elle était donc en sécurité.

À moi maintenant de faire le guet. La nuit s'annonçait longue. J'en profitai pour revenir sur tout ce qui s'était passé ces dernières semaines. J'essayai de ranger méticuleusement les choses dans ma tête, dans des compartiments étanches. J'étais habituellement très fort pour ça, ce qui me permettait d'éviter les regrets, la culpabilité et tout autre sentiment qui empêche d'avancer.

Malheureusement, ce fut un échec total. Des images sans rapport se télescopaient, créant un chaos total : ma mère, Rebecca, mon père, Lalita, autant de visages que je ne pouvais oublier, pourtant pour des raisons très diverses.

Très franchement, j'étais blindé, j'avais perdu ma mère très jeune, quasiment jamais vu mon père, traversé des situations très délicates avec Mike et Jace, failli y passer plusieurs fois… Mais je n'étais pas préparé à ce déferlement de merdes qui me tombaient dessus depuis plusieurs semaines. Une chose était sûre, j'avais beau être fort, sans mes potes, je n'étais pas certain de tenir la route. Personne n'était increvable.

Fatigué, je me massai les tempes, reconnaissant les signes annonciateurs d'une migraine. Je posai un instant ma tête sur le volant, et la fatigue eut finalement raison de moi.

L'odeur du feu de bois me fit tousser. Mon cerveau mit un laps de temps à réagir.

*Feu de bois ?*

J'ouvris les yeux brusquement, réalisant que je m'étais endormi. En deux secondes, j'étais hors du véhicule ; mon sang se glaça à la vue des immenses flammes orangées qui léchaient frénétiquement la maison de Rebecca. La panique m'envahit, mais je ne perdis pas de temps, j'appelai les secours puis récupérai un plaid dans le coffre de la voiture et vidai un bidon d'eau dessus.

J'arrivai devant la fenêtre du salon. Le feu y avait commencé à prendre ses quartiers, mais j'avais encore de la latitude pour me mouvoir. Mon seul et unique but était de monter à l'étage, où se trouvait la chambre de Rebecca.

D'un coup de pied, je fis voler la vitre en éclats. La fumée envahissait tout l'espace. *Mon Dieu, j'espère que je n'arrive pas trop tard !* Appliquant le plaid sur le bas de mon visage, je trouvai l'escalier déjà sous l'assaut des flammes. M'enveloppant dans la couverture, je grimpai comme un dératé. *Je dois la sauver.* C'était tout ce à quoi je pouvais penser. La perdre n'était pas une option.

La chaleur en haut était suffocante. L'étau dans ma poitrine se resserra. *Seigneur, faites que j'arrive à temps. Faites qu'elle s'en sorte !* Tout n'était que nuances ocre et orangées. Je me dirigeai tant bien que mal vers la chambre de Becca, parvenant à m'orienter car j'avais vu où elle se trouvait de l'extérieur.

Le cœur battant, j'atteignis ma destination. Je tournai la poignée en hurlant son nom. Mais la porte ne s'ouvrit pas. *Bon sang, elle l'a fermée à clé !* Je n'allais pas y arriver. Et cette simple pensée me donna le vertige.

Des images défilèrent dans ma tête. Becca et son regard meurtrier, ces mêmes yeux translucides écarquillés par le plaisir que je lui donne, son nez qui se retrousse quand elle est contrariée… La vérité, c'est que j'étais prêt à donner ma vie pour cette fille.

*Je l'aime. Je l'aime, putain ! Et je dois la sauver.*

Empli d'un sentiment d'invincibilité, je me reculai pour prendre de l'élan et lançai tout mon poids contre la porte. Je dus recommencer à plusieurs reprises avant qu'elle ne cède.

Je m'arrêtai un instant pour tousser, ma gorge me piquait atrocement.

Une personne saine d'esprit aurait fait demi-tour immédiatement ; les chances que nous nous en sortions vivants diminuaient de seconde en seconde.

— Becca !

Elle gisait sur son lit, inconsciente. Cette vision me glaça d'effroi. J'essayai de la réveiller, en vain. J'appliquai deux doigts sur sa carotide. Merci, mon Dieu ! Je devais faire vite.

Je l'enroulai dans sa couette, la protégeant au maximum et dus m'interrompre pour tousser à nouveau. J'avais de plus en plus de mal à respirer, ma vision s'obscurcissait et je peinais à tenir debout.

Combien de temps allais-je pouvoir ignorer ces symptômes ?

Prenant appui sur mes genoux, je tentai de me redresser et mobilisai toute ma volonté. Je devais la sortir d'ici. *Quoi qu'il en coûte.*

Je pris Becca dans mes bras et mis tant bien que mal la couverture sur ma tête. Elle m'offrait une protection sommaire, mais c'était mieux que rien.

Autour de nous, les flammes se déchaînaient, agressives et promettant une fin douloureuse. J'eus peur pour la première fois de ma vie.

J'atteignis non sans peine l'escalier, envahi par de longues langues de feu. Allait-il tenir ou s'effondrer sous notre poids ? Je n'avais plus le temps de me poser des questions.

Prenant une inspiration contre le tissu de la couette, je calai Becca au mieux, sa tête dans le creux de mon épaule. Et plongeai en enfer.

# 81

## *Becca*

Mon corps semblait peser trois tonnes alors que j'étais allongée. En grognant, je changeai de position et sentis une vive douleur au bras droit.

Mes yeux s'ouvrirent instantanément. La panique me submergea quand je ne reconnus rien de ce qui m'entourait : les néons au plafond, les murs blancs, le lit, le trépied de la perfusion.

Jetant un œil à mon bras, je me redressai brutalement.

— Hey, doucement, si tu l'enlèves, tu vas te faire mal.

Je tournai la tête à cinq heures. Hope Sanders était enfoncée dans un fauteuil, les jambes ramenées sous ses fesses.

— Hope ?

Mon amie se leva et s'approcha, posant une main réconfortante sur mon bras. Son air grave ne me rassura pas.

— Tu vas bien, m'assura-t-elle, ils te gardent juste en observation, mais tes constantes sont OK.

Voyant que je ne comprenais rien, elle ouvrit la bouche, puis mordit sa lèvre inférieure. Elle détourna son regard et le posa dans le vide.

— Hope ?

Quelque chose n'allait pas, je le sentais.

— Ta maison a pris feu, annonça-t-elle tandis que je tentais d'assimiler la nouvelle. Raf t'a sortie de là…

Mes yeux s'écarquillèrent ; je réalisai la portée de la nouvelle.

— Rafael ?

Elle acquiesça en silence. *Rafael m'a sauvé la vie…*

— Tu peux lui dire de venir ? demandai-je, en proie à un besoin irrépressible de lui parler.

Comme dans un cauchemar, Hope me prit gentiment la main.

— Rafael est en réanimation.

Ces mots me percutèrent si fort que je crus avoir perdu connaissance. Seule la voix de Hope me rappela que j'étais bien éveillée.

Mon cerveau se mit en pilote automatique : j'arrachai brusquement la perf et descendis du lit avec la ferme d'intention d'aller voir Raf. Je n'eus pas fait deux pas qu'un vertige me cueillit sans prévenir.

Hope me rattrapa avant que je m'affaisse au sol, je dus prendre appui sur le lit. Mes jambes flageolaient, et j'avais une furieuse envie de vomir.

— Rebecca, tu n'es pas sérieuse ! Tu dois te reposer.

— Je dois le voir. Qu'ont dit les médecins ?

— Rien pour l'instant. Il a respiré beaucoup de fumée. Jace est avec lui en ce moment, il n'est pas seul.

J'accusai le coup.

Et s'il ne s'en sortait pas ? À cause de moi ?

Je hurlai en mon for intérieur.

— Peu importe, je veux y aller, annonçai-je en me remettant debout tant bien que mal.

La porte s'ouvrit brusquement sur une femme en blouse blanche ; quand elle me vit, elle fronça les sourcils.

— Que se passe-t-il, jeune fille ? Vous devez rester allongée jusqu'à ce qu'on fasse un check-up.

— Je dois aller voir quelqu'un en réanimation.

— J'en suis certaine. Mais ce sera demain matin.

Elle m'allongea sur le lit. Mes membres s'apparentaient à de la guimauve, elle ne rencontra pas une grande résistance.

— Voilà, laissez-moi remettre la perfusion.

La douceur de son ton contrastait avec l'autorité qu'elle avait insufflée à ses mots, juste avant.

Une boule d'angoisse enfla dans ma poitrine et je sentis l'affolement me gagner.

— Hope, j'ai besoin de le voir, de savoir…

— Jace m'appellera dès qu'il a des nouvelles et tu le sauras tout de suite. Je reste là, avec toi.

Je me sentis soudain éperdue de gratitude. Hope devrait être avec ses amis, pas avec moi. Toutefois je n'eus pas le courage de le dire à haute voix, de peur qu'elle change d'avis. L'idée de rester seule avec mes pensées me terrifiait.

Je m'étais endormie en pleurant avec les atrocités que m'avait lancées ma mère à la figure. Elle avait pris l'argent de Crawford en sachant pertinemment qu'il avait violé sa fille. Le lui entendre dire m'avait anéantie. J'allais couper les ponts définitivement avec cette femme, j'allais…

Je me tournai brusquement vers mon amie.

— Ma mère, elle est là, aussi ?

Ses épaules s'affaissèrent. Elle évita mon regard ; l'infirmière quant à elle, continua de s'affairer puis nous laissa en tête à tête.

Je sentis mes yeux me piquer, incapable de bouger.

— Hope ?

La supplique qui transpirait de ce simple mot ne lui échappa pas.

— Becca, chuchota-t-elle en secouant la tête, je suis désolée.

Je restai un long moment sans rien dire, vidée.

— Tu veux que je te laisse ? demanda Hope en se dirigeant vers la porte.

Ma réponse fusa.

— Non.

Je ne voulais pas qu'elle parte, au contraire.

Elle se rassit en silence, me laissant l'initiative de poursuivre ou non.

— Hope ?

— Oui ?

— Pourquoi est-ce que je ne ressens rien ?

Mon amie resta silencieuse de longues minutes.

— Ce n'est pas que tu ne ressens rien, Rebecca, finit-elle par dire d'une petite voix. Si, comme tu me l'as expliqué, ta mère ne s'est jamais comportée comme telle, il a bien fallu que tu survives. Et personne ne peut survivre en souffrant perpétuellement. Tu as fait ce que l'on fait tous dans ces cas-là : tu t'es protégée.

Adélaïde n'avait jamais eu l'instinct maternel, et je savais pourquoi maintenant. Mais la petite fille que j'étais se demandait sans cesse ce qu'elle avait fait de mal pour susciter un tel détachement. Son indifférence m'avait flétrie au fur et à mesure des années, jusqu'au jour où, grandissant, j'avais décidé que je n'avais pas besoin de son amour pour vivre. Mon cœur s'était alors fermé pour elle. Ce fut encore pire après la tragédie que j'avais subie. Adélaïde n'était pour moi qu'un élément de ma vie avec lequel je devais composer.

La voyant décliner, j'avais pris sur moi de la surveiller. C'était mon devoir, rien de plus. Aujourd'hui, elle n'était plus là et même en cherchant, je ne trouvai aucun souvenir joyeux, aucun instant chaleureux à regretter.

— J'ai l'impression d'être un monstre, murmurai-je.

Hope posa sa main sur la mienne.

— Le monstre, ce n'est pas toi, Becca.

Elle hésita, puis me dit :

— Tu vois, le jour où ma mère nous quittera, je vais certainement pleurer. Mais uniquement parce que cela me rappellera ce que les enfants normaux ont eu et dont j'ai été privée. Je ferai enfin le deuil de cet amour inexistant. Les actions entraînent des conséquences et les femmes qui nous ont mises au monde ne méritent pas notre chagrin.

Tournant ses paroles dans ma tête, je finis par sombrer dans le sommeil.

# 82

## *Becca*

— Hey, comment tu te sens ?

Je tournai la tête à gauche, Hope était toujours là, fidèle au poste.

— Bien, mentis-je.

Comment cela pourrait-il aller ?

— Des nouvelles de Rafael ?

— Pas encore, le médecin doit venir nous parler ce matin.

Je hochai la tête, groggy. Pourquoi tout s'était-il écroulé en si peu de temps ?

Si Rafael ne s'en sortait pas, jamais je ne me le pardonnerais. Un nouvel élan de culpabilité me traversa.

La porte s'ouvrit pour laisser entrer un homme d'une quarantaine d'années.

— Mademoiselle Stiller, comment vous sentez-vous ?

Il tenait une tablette entre ses mains sur laquelle ses doigts s'agitaient.

— Bien.

Il hocha la tête.

— Nous allons voir cela, dit-il en prenant son stéthoscope.

Il s'adressa ensuite à mon amie.

— Vous patientez dans le couloir ? Cela ne devrait pas être long.

Le médecin m'avait autorisée à sortir. À part des traces de fumée sur la peau, je n'avais rien. Rafael s'en était assuré. Hope m'avait expliqué comment il m'avait enroulée dans la couette et protégée contre son corps.

Mon cœur se serra à l'idée de ne pouvoir le remercier.

Je me passai une main tremblante sur le visage.

— Il va s'en sortir. C'est un battant et ce n'est pas un peu de fumée qui va l'avoir.

Mike était assis à côté de moi, tendu comme un arc. Son teint blafard contrastait avec les cernes noirs qui lui mangeaient le visage. Il avait veillé toute la nuit.

— Je suis désolé pour ta mère.

— Ne le sois pas. C'est triste et elle ne méritait pas de finir de cette façon… et pourtant je n'arrive pas à ressentir quoi que ce soit.

Il acquiesça silencieusement, comme s'il comprenait.

— Tu ne m'en veux pas ? lui demandai-je finalement d'une petite voix.

Il me considéra un instant.

— Non, Stiller. C'est à nous que j'en veux. On a été des merdes avec toi.

Mon cœur fit une embardée. Je ne trouvai rien à répondre.

— Il n'aurait pas dû, chuchotai-je en secouant la tête, il n'aurait pas dû.

— Quoi ? rétorqua-t-il avec gravité. Tenter le tout pour le tout pour te sauver ?

Il esquissa un faible sourire.

— Tu ne le connais pas, Stiller, il donnerait sa vie pour nous. Il est du genre à faire ce qu'il y a à faire. Peu importent les conséquences, rien ne l'arrêterait.

Quelque chose dans la façon dont il prononça ce *nous* fit battre mon cœur plus vite, mais je refusai d'y penser.

— Pour vous, oui. Je ne sais pas ce qui lui a pris.

Il m'observa en coin.

— Alors réfléchis un peu mieux…

Jace sortit de la pièce, l'air complètement ravagé. Son regard se posa sur moi un long moment, et j'eus l'impression de passer au tribunal. Il bougea la tête presque imperceptiblement comme pour valider ma présence, et moi j'expirai un grand coup.

— Je peux aller le voir ?

Mike opina.

— Vas-y, j'y suis allé cette nuit, on ne peut pas rentrer à plusieurs.

# 83

## *Becca*

Je dus m'asseoir pour ne pas m'écrouler.

Rafael était sous respirateur. Il semblait dormir paisiblement, mais les traces noires sur son visage démentaient cette sérénité. Un épais bandage recouvrait son bras droit, un autre entourait sa tête au niveau du front. Ce qui inquiétait les médecins, c'était la quantité de fumée qu'il avait respirée mais aussi la commotion cérébrale qu'ils avaient identifiée. Difficile de se protéger quand on a un fardeau humain dans les bras. La culpabilité, les regrets me submergèrent face à cet homme inconscient qui avait risqué sa vie pour moi.

Les larmes se mirent à rouler sur mes joues sans discontinuer.

J'avais envie de le toucher, de le presser contre moi, mais je n'en fis rien. Il paraissait si fragile.

— Raf, geignis-je, pourquoi ? Pourquoi tu as fait ça ? Tu dois t'en sortir, sinon je n'y arriverai pas…

Et c'était vrai, je ne survivrais pas à un monde sans lui. La réalité me frappa de plein fouet : je pouvais rejeter cet homme autant de fois que je le voulais, je reviendrais toujours vers lui. Parce qu'il était unique, et que nous étions faits pour être ensemble, quelles que soient les difficultés, quels que soient les obstacles à surmonter.

Ma main survola la sienne.

— Je suis tellement désolée… Je t'ai reproché de me juger, mais je n'ai pas mieux fait. Je t'ai tout jeté à la figure, te condamnant sans prendre la peine de considérer ta situation. Je suis désolée, Rafael, répétai-je, de ne pas avoir compris à quel point c'était dur pour toi de retrouver ta maman dans cet état.

Je m'en voulais d'avoir été si obnubilée par mon désir de vengeance que j'avais totalement occulté ses sentiments. Il avait grandi en pensant être orphelin de mère, privé d'amour et de toutes les attentions auxquelles un enfant a normalement droit. J'étais bien placée pour savoir les effets catastrophiques d'un tel manque ; et encore, je m'estimais heureuse, mon père était formidable et j'avais pu en profiter jusqu'à l'adolescence. Lui n'avait même pas eu cette chance.

Son salut, il le devait à Jace et Mike, et je comprenais mieux ce qui les liait à présent. L'adversité avait réuni ces trois enfants pour le meilleur et pour le pire, pas étonnant qu'ils soient liés comme les doigts de la main.

Je ne l'avais pas cru quand il m'avait dit qu'il trouverait autre chose pour le coincer. Je pensais que c'était un moyen de me calmer ; je m'étais trompée. Il avait pris un risque mais il l'aurait assumé, il n'avait pas l'intention de laisser son père s'en tirer en toute impunité.

J'avais été terrifiée à l'idée de laisser mes sentiments pour lui éclater. J'aurais beau le nier toute une vie et celle d'après, j'étais amoureuse de Rafael Crawford.

Complètement, irrémédiablement et éperdument amoureuse. Plutôt que de me l'avouer, j'avais préféré me terrer sous de fausses accusations, me mettant à l'abri. Un abri factice, je le comprenais à présent.

Car aurais-je la possibilité de rattraper mon erreur ?

Ma gorge se serra un peu plus quand je pensais à notre dernière conversation.

*Tu es ma première et dernière fois, Rebecca. Faire l'amour avec toi est la plus belle chose qui me soit arrivée et je ne l'oublierai jamais.*

Et moi, je l'avais rejeté. Comment avais-je pu être aussi aveugle ?

— Tu dois guérir ! m'écriai-je, étouffée par les sanglots. J'ai tant de choses à te dire. Il n'y a que toi, Rafael, il n'y a jamais eu que toi et il ne peut y avoir que toi… Je t'ai toujours aimé, même quand je te détestais, tu ne peux pas me laisser…

*Toc, toc, toc.*

Je m'essuyais vivement les yeux, ne souhaitant pas que l'on me voie ainsi. J'avais travaillé si dur pour cacher toute trace de vulnérabilité.

Mais je me donnais du mal pour rien, le médecin me donna congé sans cérémonie ni me jeter un œil. Encore un qui avait raté la section « psychologie » de sa formation.

— Je vais examiner le patient, mademoiselle, vous pourrez revenir ensuite.

Mike et Jace patientaient toujours dans le couloir, ils semblaient ne pas avoir bougé depuis que je les avais laissés. Hope était là, elle aussi. S'ils remarquèrent mes yeux rouges et bouffis, ils n'en firent pas état et je leur en sus gré. Hope se contenta de presser ma main lorsque je m'assis auprès d'elle.

Je la voyais pianoter sur son téléphone pour tuer l'attente, mais je ne pouvais pas en faire autant vu que ce dernier était dans ma chambre, laquelle devait être réduite en cendres.

Soudain, elle bondit de sa chaise.

— Mon Dieu !

Les deux garçons se tournèrent vers elle, placides, ce qui n'était pas mon cas.

— Quoi ? demandai-je, pas sûre de pouvoir supporter une autre catastrophe.

Hésitante, elle me jeta un regard en coin.

Finalement, elle se jeta à l'eau.

— Le père de Rafael vient d'être trouvé dans sa cellule. Pendu.

# 84

## *Raf*

J'avais l'impression d'être dans une bulle au fin fond de l'océan. Vivant mais coupé du monde. Comme dans un cauchemar, incapable de réagir alors que j'étais conscient de ce qui se passait autour de moi.

La musique d'*Interstellar* retentit. *Ça, c'est Nicole qui appelle Jace.*

— Oui… Non, toujours pas. Mais oui, le médecin est passé, la commotion cérébrale l'inquiète et tant qu'il n'est pas réveillé, il ne peut se prononcer… Évidemment, maman.

*Commotion cérébrale ?* De quoi parlait-il ? Je tentai de réfléchir mais la fatigue eut raison de moi, je sombrai à nouveau.

Ouvrir mes paupières me sembla la chose la plus difficile que j'aie jamais faite. Et surtout une putain de mauvaise idée. J'avais l'impression qu'on me brûlait la rétine au chalumeau. Je refermai donc immédiatement les yeux. Le bruit d'une chaise qui racle brutalement le sol me poussa à effectuer une nouvelle tentative.

— Raf ?

Je battis cette fois des cils, me laissant un temps d'adaptation.

Un Mike très flou se tenait au-dessus de moi.

— Qu'est-ce que tu fous, mec, à me mater comme ça ? C'est flippant.

Il devait être pris d'un accès de folie, sinon comment expliquer le rire dément qui me vrilla soudain les tympans.

Il attrapa quelque chose à côté de moi puis ouvrit la porte comme s'il était possédé.

— Il est réveillé !

Après la visite du médecin, j'avais été transféré en chambre et franchement j'en étais plus que ravi. Cette pièce sans fenêtre en soins intensifs me foutait les jetons. Cela dit, tous ceux qui s'y trouvaient étaient a priori dans le coaltar ou inconscients, le manque de luminosité naturelle ne devait donc pas beaucoup les gêner.

J'avais eu droit à de nombreux tests et examens, mais le toubib semblait plutôt satisfait. Lorsqu'il m'avait demandé si je savais pourquoi je me trouvais ici, j'avais eu un temps de latence. Puis tout m'était revenu en rafales. Rebecca, l'incendie, l'urgence de la sortir de là, le plafond du salon qui s'effondrait. La dernière chose dont je me souvenais c'était d'avoir déposé Becca dans l'herbe, loin de l'assaut des flammes. Seulement à cet instant, je m'étais autorisé à m'écrouler.

La porte s'ouvrit sur Jace et Mike.

— C'est quoi, ces gueules de déterrés ?

— Tu devrais te préoccuper de la tienne de gueule, frérot, parce qu'une fois que tu seras remis, t'imagines pas la branlée qu'on va te mettre.

— Je flippe.

— Tu devrais.

L'air grave de Mike me fit rouler des yeux.

— J'ai loupé la phase où vous êtes devenus des chochottes de compétition ?

— T'as failli y passer, mec.

Je plantai mon regard dans celui de mon ami. Le bleu de ses

yeux faisait craquer toutes les nanas, mais en cet instant il frôlait le degré zéro.

— Et alors ? Si c'était Hope, tu aurais fait quoi ?

Il ouvrit la bouche, puis la referma.

— Exactement, mec, ne viens pas me faire la morale.

— Je ne pensais pas que c'était aussi sérieux.

— Moi non plus. Et pourtant me voilà sur un lit d'hôpital avec un turban sur la tête.

— Et dans la merde, n'oublie pas de préciser. Parce que si t'es accro à ce point à Rebecca Stiller, t'as pas fini d'en chier.

J'esquissai un sourire, Mike n'avait pas tort.

— Elle ne peut pas être pire que Minnie Mouse.

— Permets-moi d'en douter, répliqua Jace.

— Tu sais quoi, s'enthousiasma Mike, elles pourront se prendre la tête à deux et nous lâcher la grappe.

Nous ricanâmes comme trois idiots, mais cela nous fit du bien. Surtout avant le sujet que j'allais aborder. Je finis par mettre les pieds dans le plat.

— J'ai récupéré mon tél, les mecs. Et j'ai vu les news. Vous m'expliquez ?

— Qu'on t'explique quoi ? demanda Jace

Je lui offris ma meilleure tête de « ne-te-fous-pas-de-ma-gueule ». Et les deux se jetèrent un regard en coin.

— Mon paternel s'aimait bien trop pour mettre fin à sa vie. Il ne reste pas beaucoup d'options.

— Il a peut-être énervé un gardien ? tenta Mike.

— C'était à moi de m'en charger. Vous n'auriez jamais dû être impliqués dans cette merde.

— Tout comme tu n'aurais jamais dû être impliqué avec Rico.

Jace faisait référence au chantage du très dangereux gang Los Desgarradores. Il y a quelques années, Mike et lui s'étaient retrouvés contraints de travailler pour eux sous peine d'être retrouvés un jour éventrés dans un coin d'Encinitas. Ils avaient voulu me mettre à l'écart, mais il n'était pas question que je les laisse tomber. C'était tous les trois ou rien. Et rien n'était pas une option…

Je comprenais leur discours, mais je ne pouvais m'empêcher de m'en vouloir. Ils s'étaient mis en danger et je savais pertinemment pourquoi.

Savoir qu'il fallait buter mon père était une chose. Être celui qui appuyait sur la gâchette en était une autre. Cela me hantait. Je ne leur avais rien dit mais ils le savaient, parce qu'ils étaient qui ils étaient : Jace et Mike, mes meilleurs potes. Et ils avaient voulu m'épargner.

La boule qui m'obstrua la gorge lorsque je tentai de déglutir n'avait rien à voir avec mes blessures.

— Merci.

Nous nous fixâmes un long moment, partageant la détresse qui nous liait.

Sachant tout le mal que mon père aurait perpétué, les remords n'étaient pas de mises, et pourtant… Cela nous hanterait pour le reste de nos vies.

Nous étions assez forts pour encaisser.

Il le fallait.

# 85

## *Raf*

Mon cœur se serra lorsque je la vis entrer. Les cheveux en bataille, elle semblait avoir dix ans de sommeil à rattraper. J'étais au courant pour sa mère ; Hope m'avait toutefois conseillé d'éviter d'en parler. Elle disait ne rien ressentir et se sentait coupable mais, dans tous les cas, elle souffrait. J'étais bien placé pour le savoir.

Elle s'avança vers moi et s'arrêta devant le lit ; j'étais en position assise et n'avais qu'à tendre la main pour la toucher.

— Hey, fit-elle soudain embarrassée.

— Hey.

Je l'observai en silence, souhaitant la laisser décider comment mener cette conversation.

Sa pomme d'Adam fit quelques allers-retours avant qu'elle ne se lance, prenant soin d'éviter mon regard. Moi je ne perdais pas une miette du spectacle qu'elle m'offrait ; elle pourrait sortir d'une centrifugeuse que je la trouverais toujours aussi bandante.

— Comment tu sens ? demanda-t-elle.

— J'ai connu mieux.

— Je suis désolée…

— De quoi ?

— C'est ma faute si tu es blessé.

— C'est toi qui as mis le feu ?

Elle fronça les sourcils.

— Quoi ? Non !

— Alors, tu n'es pas responsable de mon état. Je prends des décisions, elles sont parfois bonnes, parfois mauvaises, mais je les assume. Personne ne m'a forcé à rentrer dans cette maison.

Elle se tenait toujours debout, vêtue d'un jean et d'un T-shirt trop petits pour elle ; des vêtements que Hope lui avait apportés dans l'urgence. Nerveuse, elle se tordait les mains.

— Pourquoi ? questionna-t-elle, cette fois en plantant ses yeux dans les miens.

— C'est important ?

— Je crois… oui.

Je laissai un long silence planer entre nous.

— Il n'y a que toi, Becca, il n'y a jamais eu que toi et il ne peut y avoir que toi…

Elle tressaillit et plissa les paupières, reconnaissant ses propos.

Je soutins son regard sans broncher.

— Tu as entendu tout ce que j'ai dit ?

J'inclinai la tête sur le côté.

— Ça dépend de ce que tu inclus dans le « tout ».

Elle fit un pas en arrière, comme si elle craignait de se brûler.

— Ne recule pas, Rebecca. Pas maintenant.

Elle garda le silence, la tête baissée.

Je me penchai en avant, pris son menton entre mes doigts et relevai son visage, cherchant un contact visuel.

— J'ai commis des erreurs, Becca. De terribles erreurs qui me hanteront toute ma vie. Mais je ne veux plus jamais te faire de mal.

Elle tenta de se dérober, mais je l'en empêchai.

— Comment peux-tu être sûr que cela n'arrivera plus ?

— La seule chose dont je suis sûr, c'est que je suis fou amoureux de toi, Rebecca Stiller. J'ai eu beau lutter, m'obliger à te détester, t'obliger à me détester, rien n'y a fait. Je t'ai dans la peau. Je refusais juste de l'admettre.

Ses yeux s'agrandissaient au fur et à mesure de ma confession. Je caressai sa joue, l'effleurant à peine, et mon cœur battait à tout rompre, comme un ado qui déclare sa première flamme. Je n'étais pas habitué à cette sensation mais l'embrassai à bras ouverts. Cela ne me dérangeait pas – *plus* – d'être vulnérable avec elle.

— Je te voyais comme une faiblesse, *ma* faiblesse. Je ne pouvais pas être plus dans l'erreur. Tu es ma force, *Starlight*, tu me donnes envie d'avancer, d'être meilleur, tu me donnes envie de changer et d'envoyer tout bouler rien que pour retrouver ton petit corps chaud contre le mien. Pour sentir ta peau frissonner sous mes doigts et t'écouter te perdre en moi.

— Rafael, je…

Je mis un doigt sur ses lèvres.

— Je n'ai pas fini, *Starlight*. Tu m'as reproché de ne jamais t'avoir fait passer en premier, et tu avais raison. Et si je n'ai pas hésité à aller te chercher quand j'ai vu ta maison en feu, c'est que j'ai réalisé que rien, absolument rien ne passait avant toi.

Et c'était vrai. Lorsque j'avais pris conscience de l'incendie, la vérité s'était imposée à moi, brutale.

Une larme roula sur sa joue, ses lèvres humides et roses s'entrouvrirent. J'y passai le pouce et me penchai un peu plus. Ça me fit un mal de chien – mon corps était un hymne à la douleur –, mais rien n'aurait pu m'empêcher de l'embrasser à cet instant.

Enfin presque.

— Monsieur Crawford, comment vous sentez-vous ? C'est l'heure de refaire les bandages !

Becca s'écarta vivement de moi, et je jetai un regard meurtrier à l'infirmière qui venait de rentrer et semblait complètement hermétique à ma colère.

# 86

## *Becca*

Fébrile, je composai le numéro de Dayton qui avait à nouveau tenté de me joindre à plusieurs reprises. Je n'étais pas idiote, cette histoire ne tournait pas rond. Trenton Crawford retrouvé pendu dans sa cellule exactement comme mon père ? Ça n'avait rien d'une coïncidence. Je n'en avais pas parlé à Rafael, il venait de sortir du coma, ce n'était certainement pas le moment. Mais ma tête était en ébullition.

— Rebecca ! J'ai cru que tu m'avais ghosté.

— Non, Dayton, désolée, il s'est passé… plein de choses.

— J'imagine que tu as vu les nouvelles.

— J'ai vu.

Un silence gêné s'ensuivit.

— Écoute, je suis désolé. J'aurais dû attendre de t'en parler directement. Mais tu ne répondais pas et honnêtement, j'ai cru bien faire. Et je ne me sentais pas de t'annoncer que cet enfoiré avait aussi buté ton père.

Mon cœur s'emballa, je serrai mon téléphone à m'en faire mal. C'était donc ça, je n'avais pas complètement perdu la tête. Trenton Crawford était l'assassin de mon père !

— Rebecca ?

J'inspirai un grand coup et raffermis ma voix autant que je le pus.

— Ce n'est pas un souci, Dayton. C'est juste que…

— Je ne pensais pas que Rafael irait si loin, je suis navré. Que vas-tu faire ?

*Que vais-je faire ?*

Je venais d'apprendre de manière officielle que Trenton Crawford était responsable du faux suicide de mon père. Cet homme avait bousillé ma vie, par deux fois.

Que croyait-il que j'allais faire ? Exposer mes soupçons à la police et dénoncer Rafael ?

— Rien, Dayton, je ne vais rien faire. Et toi non plus. Tout ceci n'est que supposition, n'est-ce pas ?

Le détective resta silencieux.

— Dayton ?

Ma voix se fit plus sèche.

— Oui, Rebecca, rétorqua-t-il avant de soupirer. Ce ne sont en effet que des suppositions.

Rassurée, je finis par raccrocher quelques minutes plus tard.

Je ne mentais pas réellement, nous n'avions aucune preuve de l'implication de Rafael dans la mort de son père. Mais nous n'allions pas creuser.

Car ce faisant, j'étais sûre de découvrir qu'il en était à l'origine. J'avais toujours douté que mon père ait mis fin à ses jours. Il n'était pas fait de ce bois-là. Et il ne m'aurait pas fait ça, jamais.

*Ne t'en fais pas, Becky, quoi qu'il arrive, je serai toujours avec toi. On surmontera ça ensemble.*

Je frottai mes yeux nerveusement et m'enroulai un peu mieux dans mon plaid, un oreiller derrière le dos. Les yeux fixés sur cette photo de lui qui m'était chère.

Trenton Crawford était un être vil, une pourriture de la pire espèce. Je ne regrettai pas sa mort, loin de là. Cela faisait-il de moi quelqu'un de mauvais ?

Si, comme je le pensais, il avait été assassiné, j'aurais dû me sentir révoltée. Il était en prison, la justice l'aurait condamné, fin de l'histoire. Et pourtant, je ne pouvais m'empêcher de me sentir libérée.

La vengeance avait cet effet-là.

En réalité, je n'avais aucune confiance dans le système. Crawford était bien trop puissant, bien trop riche et bien trop retors ; la justice n'était pas faite pour ces gens-là.

Alors, oui, je me réjouissais de sa mort ; *œil pour œil…*

Ce que mon cerveau avait du mal à intégrer en revanche, c'était le rôle de Rafael dans tout cela. Dayton avait confirmé mes soupçons et il était impossible que son père perde la vie de la même façon que le mien, sans que ça n'ait de lien.

Je savais que les Dark Angels avaient un pied dans des milieux très sombres. Et si je me demandais jusqu'où ils étaient prêts à aller… eh bien j'avais ma réponse.

Rafael était du genre à faire ce qu'il y avait à faire. Peu importaient les conséquences, rien ne l'arrêtait. Mike avait raison.

C'est pour moi que Rafael avait tué son père.

Et j'étais terrifiée.

J'étais complice d'un meurtre. Et je ne l'en aimais que davantage.

Qu'étais-je devenue ?

Probablement ce que Trenton Crawford avait fait de moi : une survivante, qui ne reculerait devant rien ni personne.

*Une Dark Angel…*

# 87

## *Raf*

Mike tira la porte et je pénétrai dans le vestibule. Son odeur, un mélange de cigare et de parfum hors de prix, était toujours présente.

J'ouvris les fenêtres et allai m'avachir sur le canapé du salon, au bord de la nausée. Mike me suivit silencieusement, conscient du cheminement de mes pensées.

— Ta décision était la bonne, Raf, arrête de te torturer. Ton père devait être mis hors d'état de nuire. Définitivement.

Je fermai les yeux un instant, las. Je venais de sortir de l'hôpital, tout danger était écarté, mais je me sentais vidé.

— Beaucoup ne seraient pas de ton avis. Nous ne sommes pas Dieu.

*Ce n'est pas parce que tu veux quelque chose que cela se réalise ! Toi et tes copains vivez avec ce complexe de la toute-puissance depuis des années, mais vous êtes des hommes, pas des dieux !*

Rebecca n'avait pas tort. Et pourtant, je n'arrivais pas à regretter ma décision.

— Non, convint Mike. Mais si tu n'étais pas intervenu, Rebecca serait juste un tas de cendres à l'heure actuelle. Crois-tu qu'il se serait arrêté là ? Étais-tu prêt à prendre le risque ?

Non. Et c'est pour cela que j'avais sauté le pas. Cela n'en restait pas moins amer dans ma bouche.

— On n'est pas sûr que ce soit lui, l'incendie, lui rappelai-je.

— Qui d'autre ? Et puis peu importe, tu sais très bien que Rebecca était en danger.

Je le savais, en effet. Mon père était beaucoup trop imbu de sa personne pour ne pas mettre ses menaces à exécution. Juste pour montrer qu'il détenait toujours le pouvoir. Et, lorsque j'avais été le voir en détention et qu'il avait menacé de s'en prendre à Becca, je savais que ce n'était qu'une question de temps.

Mike interpréta mal mon silence. Il soupira douloureusement.

— Écoute, mec, c'était pas notre daron, mais on sait ce que tu ressens. Tu sais ça ?

Je posai mes yeux sur mon meilleur pote. Ses cheveux blonds étaient complètement défaits et des cernes bleutés lui creusaient le visage. Il avait l'air plus mort que vivant. À cause de moi. Ou plutôt pour moi.

Parce que c'est ce qu'on faisait Mike, Jace et moi, on se serrait les coudes, on se battait les uns pour les autres encore plus virulemment que pour notre propre personne.

— Je regrette juste de vous avoir entraînés dans cette merde.

Mon ami commença à protester, mais je coupai court.

— J'ai pas dit que je n'aurais pas agi de la même façon pour vous. Juste que ça m'emmerde. Mais je sais que je peux compter sur vous, quoi qu'il arrive.

Mike acquiesça.

— Il va nous falloir apprendre à vivre avec ça, comme avec le reste.

Après le départ de Mike, j'allais voir Angela dans sa chambre, mettant tout le personnel dehors. J'avais besoin de me retrouver seul avec elle.

Assise dans le lit, une multitude d'oreillers confortables la soutenant, elle était immobile. Ses yeux étaient ouverts mais ne voyaient rien.

Je m'installai sur le bord du matelas, sa main dans la mienne et parlai, parlai, me vidant de tout ce que je gardais pour moi. Les mots coulaient à flots, c'était facile et libérateur.

Quand j'eus tout craché, je me tus, bercé par le silence apaisant. Et je restai ainsi, les yeux fermés, serrant les doigts de ma mère.

Ce ne fut qu'au bout d'un moment que je réalisai que je ne la tenais plus. Avec stupeur, je regardai sa paume posée sur moi, diffusant une douce chaleur, oubliée après tant d'années.

Mon cœur s'emballa ; je levai les yeux et trouvai son visage baigné de larmes.

Je me rendis compte plus tard que le mien était dans le même état.

# 88

## *Becca*

*Un mois plus tard*

— J'ai un cadeau pour toi.

Allongé sur son lit, il me faisait l'effet d'un gigantesque Magnum Double Gold Caramel dont je ne pourrais jamais me rassasier. Le drap ne couvrait pratiquement rien de sa peau bronzée, et pour faire bonne mesure, il avait passé un bras sous sa tête, mettant en valeur un biceps à croquer. Les cicatrices de ses brûlures étaient bien sûr toujours visibles, mais elles étaient peu nombreuses ; cela étant, je trouvais qu'elles ne faisaient qu'ajouter à son sex-appeal.

— En quel honneur ? demanda-t-il en haussant un sourcil étonné.

Je me penchai vers lui et caressai ses lèvres des miennes. Son regard dévia aussitôt vers ma poitrine libre de toute entrave, qui effleura son torse en une caresse érotique.

— Je ne t'ai pas officiellement remercié de m'avoir sauvé la vie.

Il plissa ses yeux toujours rivés sur mes seins.

— Je ne suis pas d'accord.

Je me redressai en riant.

— J'ai dit officiellement.

Il glissa une main agile entre mes cuisses.

— Je trouve ça très officiel.

Je donnai une pichenette sur son bras et me penchai pour fouiller dans mon sac.

— Tiens, dis-je en lui tendant le bracelet en cuir agrémenté de pierres turquoise que j'avais acheté la veille.

Son regard vert pétilla.

— J'ai gardé celui que tu m'avais offert au lycée.

— Je sais, je l'ai vu quand je suis venue fouiller dans ta chambre. Mais, poursuivis-je en le lui attachant au poignet, c'était avant. Aujourd'hui, je veux me concentrer sur le futur, et oublier le reste. Tout le reste.

Un voile traversa son regard.

— Becca… j'ai quelque chose à te dire.

— Oui ?

J'attendais ce moment depuis un mois maintenant. Que tout soit dit, que plus aucun secret ne se mette entre nous.

Il soupira, et je constatai à quel point c'était dur pour lui. Ça l'était pour moi aussi, mais il fallait en passer par là.

— Ton père ne s'est pas suicidé…

— Je sais.

— Tu veux dire que tu t'en doutes.

— Non, je sais.

Son beau visage aux traits ciselés marqua la surprise.

— Et ton père ne s'est pas suicidé non plus.

Sa mâchoire se contracta en même temps que le reste de son corps, me confirmant ce dont j'avais déjà conscience.

Je pris sa tête entre mes mains. Ses pommettes hautes, sa mâchoire virile, ses yeux étincelants… je n'arrivais pas à croire que cet homme avait risqué sa vie pour moi.

Voilà, la boucle était bouclée. Trenton Crawford avait assassiné mon père, et Rafael lui avait rendu la pareille. J'avais pleuré, crié, tapé dans un sac pour tenter d'évacuer la souffrance. J'avais eu envie de tuer cet enfoiré de Trenton à mains nues, néanmoins une sombre satisfaction m'étreignait chaque fois que je pensais qu'il avait payé.

J'attendais juste que Rafael soit prêt à m'en parler pour laisser tout cela derrière moi. Derrière nous.

— Raf… qu'est-ce que j'ai dit à propos de tout oublier ?

— Il t'avait menacée, Becca. Je ne pouvais pas le laisser faire, je ne…

— Shhhhh, fis-je en posant un doigt sur ses lèvres. Oublier, Raf. Ou-bl-ier.

Nos regards plongèrent l'un dans l'autre, et je le sentis se détendre.

Il posa une main sur ma nuque et captura ma bouche.

Ce baiser fut violent et désespéré, à l'image de ce que nous laissions derrière nous. Nous avions besoin l'un de l'autre comme de l'air pour respirer et chacun voulut asseoir sa domination. Notre corps-à-corps se révéla brusque, sauvage et il impliqua nombre d'ongles et de dents.

Une fois que nous en eûmes terminé, pantelants, peau contre peau, nous nous livrâmes l'un à l'autre.

La détresse qu'il tentait de dissimuler me broya le cœur. Tout lui était tombé dessus si brutalement, en si peu de temps. L'impression d'être dans une mauvaise série B.

Nous nous chuchotâmes des paroles de réconfort, de pardon et de promesses jusqu'au petit matin.

Au lever du jour, nous avions, d'un commun accord, enterré le passé.

# 89

## *Raf*

*Cinq ans plus tard*

— Rebecca Stiller !

Elle s'avança à son tour pour récupérer son diplôme, radieuse. Je n'avais d'yeux que pour elle. Tous les étudiants portaient la tenue de cérémonie, toge et coiffe, mais sur celle que j'aimais, c'était carrément sexy.

Je vins la récupérer en bas de l'estrade et lui offris un long baiser torride.

— Hum, il y a quelqu'un qui est frustré ? railla-t-elle quand elle put reprendre son souffle.

— Je suis toujours frustré, *Starlight*, parce que j'ai toujours envie de toi et que décemment je ne peux pas te sauter vingt-quatre heures sur vingt-quatre.

Elle roula des yeux.

— Prétentieux !

Je haussai les sourcils.

— C'est un défi ?

Le regard indécent qu'elle m'offrit agit directement sous la ceinture.

— Eh, vous deux, prenez une chambre !

Hope Sanders venait vers nous, son diplôme en main, suivie par Jace et Mike.

— Et c'est toi qui me dis ça, s'exclama Becca en se tournant vers elle. Parfois, je n'arrive pas à voir quel membre appartient à Jace ou à toi, se moqua-t-elle.

— N'importe quoi ! Vous êtes collés comme des ventouses en permanence.

— Franchement, quelle mauvaise foi, tu…

Nous les regardâmes partir vers Pepper, soulagés.

— Je t'avais bien dit qu'elles se valaient, dis-je en soupirant.

— Grave. Heureusement qu'elles se sont trouvées, ça nous fait des vacances.

Hope et Rebecca se houspillaient sans arrêt et, franchement, ça nous allait parfaitement. Cela faisait de nous des cibles moins récurrentes.

— Hey, les garçons, félicitations ! Je suis tellement fière de vous.

Nicole nous prit chacun dans les bras. Sa bonne mine me réjouit, le traitement avait tenu ses promesses et elle était en rémission depuis deux ans maintenant. Nous savions qu'il fallait attendre quelques années encore pour crier victoire, mais c'était un réel soulagement.

Patrick, Lucas et Trixie étaient à sa suite. Ces deux derniers semblaient toujours aussi bien s'entendre, mais j'avais capturé quelques regards en coin tout nouveaux qui me faisaient penser que les ennuis n'allaient pas tarder à arriver. Dieu merci, Jace et Hope, tellement concentrés sur eux-mêmes, semblaient aveugles.

— N'oubliez pas de venir ce week-end, qu'on puisse fêter ça tous ensemble.

— Nicole, tu nous as promis tes tagliatelles au homard, on ne raterait ça pour rien au monde.

Elle pointa son doigt vers Mike.

— Donc tu ne viens que pour ma cuisine ?

Mike s'emmêla les pinceaux.

— Euh, bien sûr que non, on adore aussi venir vous voir, mais…

Jace me donna une tape sur l'épaule.

— Lâche l'affaire, mec, elle te charrie.

Nicole rit de bon cœur.

— Pas d'inquiétude, Mike, j'ai deux garçons, l'appel du ventre, je connais.

La cérémonie de remise de diplômes se termina enfin et nous rentrâmes nous changer pour la soirée qui suivait.

Auparavant, je fis un saut à Encinitas pour rendre visite à ma mère. Elle ne retrouverait jamais ses facultés mentales, mais son état s'était nettement amélioré. Elle s'était remplumée, son visage avait repris forme humaine et l'on pouvait même trouver parfois une légère couleur rosée sur ses joues. Elle réagissait de temps en temps, toujours en ma présence et parfois, prononçait mon nom. Chaque fois, ses yeux se transformaient, et pendant quelques secondes je retrouvais le regard brillant et affectueux de ma mère.

Les médecins m'avaient prévenu que c'était le mieux que je pouvais attendre.

J'en profitais un maximum.

Après avoir vu Angela, je retournai à notre appart de San Diego. Becca y avait laissé ses affaires ; comme Hope, elle passait le plus clair son temps ici. Cela ne l'empêchait pas de rester très proche de Pepper avec qui nous partagions de bons moments.

Je pris une douche rapide et enroulai une serviette sur mes hanches. En sortant, je trouvai la femme de ma vie délicieusement nue sur mon lit, une main soutenant sa tête. Je savourai le spectacle de ses courbes parfaites auréolées par les rayons du soleil couchant.

Comme d'habitude, mon corps réagit au quart de tour.

— Tu sais qu'on va être en retard ?

Elle me jeta un regard grave.

— Promets-moi une chose, Rafael.

Je haussai les sourcils, dans l'attente.

— Promets-moi qu'on sera toujours en retard. Dans dix ans, vingt ans, trente ans. Qu'on prendra toujours le temps pour nous.

Je m'allongeai face à elle, dans la même position, et traçai du doigt le contour de ce visage que je connaissais par cœur.

Becca était une femme forte, qui en avait bavé et qui s'était battue, au sens propre et figuré. Comme promis, nous avions laissé les démons de notre passé derrière nous, mais parfois ils nous rattrapaient, sans que nous en parlions explicitement. C'était un de ces moments-là. J'imaginais que voir tous les étudiants entourés de leurs parents en ce jour spécial avait ravivé de douloureux souvenirs. J'étais bien placé pour le savoir.

Elle avait besoin d'être rassurée. De savoir que non, elle n'était pas seule et ne le serait jamais plus. Elle m'avait moi, mais aussi Hope, Jace et Mike. Nous étions plus unis que jamais. Et même si l'ombre de Trenton Crawford planait sur nous, mes deux amis et moi faisions de notre mieux.

L'enquête avait finalement démontré que l'incendie était du fait d'Adelaïde Stiller, laquelle, probablement ivre morte, avait laissé traîner une cigarette allumée. Toutefois, cela n'avait pas remis en question nos actes. Mike avait raison, Trenton avait trop d'ego pour lancer des menaces en l'air et il aurait fini par avoir Rebecca.

Cela ne rendait pas pour autant la chose plus facile. Quand cela devenait trop lourd, nous étions toujours là les uns pour les autres. Et ça ne changerait jamais.

— *Starlight*, murmurai-je. Tu te souviens de notre premier rencard chez Carmina ?

Elle fronça ses jolis sourcils.

— Évidemment.

J'acquiesçai d'un léger mouvement de tête.

— Tu m'avais posé une question. À l'époque, je ne savais pas quoi répondre, mais c'était déjà un progrès. Tu veux bien me la reposer ?

Un éclair de compréhension illumina son visage.

Un sourire se dessina lentement sur ses lèvres, et elle chuchota :

— Voilà que tu crois aux âmes sœurs, maintenant ?

Je réduis l'espace entre nous, au point de sentir son souffle sucré se mêler au mien.

— Plus que jamais.

# Remerciements

J'ai écrit cet ouvrage dans une période de ma vie particulièrement compliquée. Ces moments où mes doigts volaient sur le clavier n'avaient pas de prix. Je me réfugiais dans ma petite bulle, confortablement installée avec ces personnages que j'ai appris à aimer comme s'ils étaient des amis.

Parfois, reprise par la réalité du quotidien, je me laissais décourager. La motivation n'était plus là ; et j'ai même songé à abandonner.

C'était méconnaître ma famille, la vraie, celle sur laquelle on peut compter quoi qu'il arrive. Celle qui vous rattrape quand vous tombez et vous réconforte. Celle qui vous aime de façon inconditionnelle.

Je cite mon mari, mes enfants, mes parents…

Merci d'être là, même quand rien ne va.

Ces remerciements ne seraient pas complets si je ne mentionnais pas HarperCollins France, ma fabuleuse maison d'édition depuis plusieurs années maintenant, et plus particulièrement Roxane pour son formidable travail.

Roxane, tu es ma *Shining Angel* à moi.

Vous avez aimé *University Bad Boy* ?
Découvrez le précédent roman de Julie Perry

Tournez vite la page pour découvrir un extrait !

# 1

## *Hope*

Les garçons se retrouvaient à grand renfort de *high five* ou de tapes viriles dans le dos, mais ils n'étaient pas les plus dérangeants. Non, ce qui m'agaçait par-dessus tout, c'étaient les cris d'orfraie des filles qui se sautaient dans les bras et gesticulaient comme si elles découvraient qu'elles n'avaient pas clamsé pendant les vacances. Tant d'hypocrisie et de sens de la théâtralité, cela me dépassait, moi qui essayais depuis toujours de me fondre dans la masse.

L'une d'elles, une grande blonde élancée qui semblait tout droit sortie d'un défilé Gucci, glapissait à m'en percer les tympans. Ses deux copines gloussaient comme des oies, et j'en aurais bien pris une pour taper sur l'autre.

Étais-je jalouse de leur peau dorée et de leur mine radieuse ? Probablement. Est-ce que j'aurais tué ma mère pour avoir l'air aussi sexy ? Probablement. Et ce n'est pas qu'une façon de parler.

Mais cela n'entachait en rien mon jugement. J'avais toujours été allergique à ce type de comportement débile. Et, oui, j'avais regardé *Gossip Girl.* Je ne confondais juste pas fiction et réalité.

Ma réalité à moi était tout ce qu'il y avait d'ordinaire. J'allais au lycée, je m'occupais de Trixie et je bossais comme une dingue. Je ne parlais pas seulement d'étudier, hein, si ce n'était que ça, cela aurait été le pied intégral. Non, mais d'un vrai job, avec un vrai salaire. Enfin, vu le taux horaire qu'on me proposait (comprenez qu'on m'imposait), il fallait en cumuler, des heures, pour avoir une somme décente.

Mais c'était ma vie, et je n'avais pas le choix. Je n'étais pas chouchoutée comme la plupart de mes camarades, personne ne s'occupait de savoir si j'allais bien, si j'avais de bonnes notes et si je ne me défonçais pas tous les soirs. Ça, c'était pour les autres. Ceux et celles qui avaient de véritables parents. Une famille, un foyer.

Mon père ? Je ne l'avais jamais vu. Il avait tiré sa révérence après avoir appris mon existence. On ne pouvait même pas dire que j'avais été désagréable ou insupportable, je faisais encore la taille d'un pois chiche à l'époque. Il s'était tiré, il avait bien fait. Imaginez si mon paternel avait été à l'image de sa douce et tendre, notre mère à Trixie et moi.

Adossée au mur du couloir, je continuais de passer en revue les petits chanceux qui me tiendraient compagnie cette année. Je ne connaissais personne.

Évidemment, nous avions déménagé en quatrième vitesse et quitté Seattle pour les plages dorées de la Californie. Cela aurait dû me réjouir. Quelle adolescente de seize ans ne rêve pas de profiter du sable chaud, des parties de volley et des hordes de types sexy qui exhibent leurs abdos ?

C'est que j'avais d'autres préoccupations et, surtout, pas le temps d'enfiler un bikini et d'aller me faire frire au soleil.

Donc pour moi, ce déménagement ne changeait pas grand-chose, si ce n'est que je devrais me trouver de nouveaux jobs, puisque j'avais tout laissé tomber en partant quasiment comme une voleuse. Ma mère claironnait que c'était « l'opportunité d'une vie ». Comme toutes les fois où elle s'était emballée, je ne la croyais pas.

Sa copine Shirley avait mis le grappin sur un magnat de l'immobilier, de vingt ans son aîné. La bonne nouvelle, c'est qu'il était très riche et qu'elle n'aurait plus jamais à danser à poil de toute sa vie. Car elle avait réussi l'exploit de se faire passer la bague au doigt, et sans contrat de mariage. N'importe quel Américain doté de bon sens serait horrifié ; ici le *prenup* n'était pas une option. Certains l'inscrivaient même sur la plaque d'immatriculation de leur super voiture de luxe, histoire de mettre les intéressées dans le bain.

Bref, ce qui importait, c'était que, dans le temps, ma mère avait quasiment sauvé la vie de Shirley et que celle-ci ne l'avait pas oublié.

À peine la cérémonie terminée, elle l'avait appelée en lui demandant de ramener ses fesses. Et les nôtres. Nous aurions un *condo* à loyer modéré, une place dans un lycée coté, et ma mère continuerait sa carrière d'effeuilleuse dans l'un des clubs de M. Shirley.

Et moi, dès que la nouvelle se serait répandue (et cela ne tarderait pas), je deviendrais la risée de mon établissement. Rien de neuf, finalement.

C'est donc d'un air placide que j'observais mes futurs tortionnaires.

Je vis soudain la grande blonde se figer et les deux autres se tourner aussitôt dans la direction qu'empruntait son regard.

Trois garçons s'avançaient tranquillement. Peu à peu, les cris se transformèrent en glapissements et murmures ; la foule se fendit fascinée, comme l'eau devant Moïse. J'en aurais ricané si, moi-même, je n'avais pas eu la tête à l'envers.

Dire qu'ils étaient canon ne leur aurait pas rendu justice. J'avais l'impression d'évoluer dans une pub pour après-rasage : regards de feu, pommettes saillantes, mâchoires carrées… Toutes les filles du couloir laissaient apparaître un petit filet de bave disgracieux au coin des lèvres, et je ne m'en étonnais pas.

En revanche, moi, il m'en fallait beaucoup pour me pâmer devant un mec. Non que je ne fusse pas intéressée par le sexe opposé, mais je n'avais pas le temps de me préoccuper de ce genre de choses. Et je ne m'en plaignais pas spécialement. La plupart des filles changeaient au contact d'un garçon, persuadées de devoir être plus comme ci et moins comme ça, bref, elles en devenaient stupides et troquaient leur personnalité pour une autre beaucoup moins engageante.

Amère, moi ? Pff, certainement pas.

Chacun avait son vécu et, avec le mien, envisager une relation sérieuse avec un homme me semblait aussi probable que faire le tour du monde à trottinette.

Malgré tout, et il m'en coûtait de l'avouer, tandis que les trois beaux gosses poursuivaient leur défilé avec une nonchalance qui en disait long sur le fait que cette scène était une réplique de millions d'autres déjà vécues, eh bien… je ne pouvais détacher mes yeux de celui du milieu.

Celui-là était particulier. Il émanait de lui un charisme propre à enflammer un stade, mais pas seulement. Il dégageait… quelque chose d'inquiétant, comme si un panneau « Danger » clignotait au-dessus de sa tête. Il était diaboliquement sexy, envoûtant.

J'avais l'impression qu'il observait tout le monde et personne en même temps, ce qui était plutôt perturbant.

Quelques mèches soyeuses d'un noir intense bouclaient sur son front. Il était semblable à la lumière, celle qui attire les papillons avec frénésie, leur ôtant toute volonté et toute conscience du danger qu'il y a à se brûler les ailes.

Cette réflexion me tira de ma transe ridicule, malheureusement une seconde trop tard.

Deux grands yeux en amande (un peu comme ceux de Twinky, le chat de ma voisine à Seattle) me détaillaient, une lueur intriguée les traversa brièvement.

Je me détournai aussitôt, mortifiée, et dans un accès de panique je vérifiai que les coins de ma bouche étaient secs.

Ouf, Seigneur Jésus ! J'avais évité l'humiliation totale. Totale étant le mot important, puisqu'il n'avait pu manquer le regard de merlan frit que j'avais posé sur lui.

Je n'avais plus qu'à espérer qu'il n'était pas doté de l'audition d'un vampire, car mon cœur battait à tout rompre. J'essuyai maladroitement mes mains moites sur mon jean et je fis mine de me concentrer sur mon téléphone, l'air débordé par tous ces messages dont Insta, Twitter ou Facebook m'assaillaient.

Évidemment, il n'en était rien. J'avais un vieux compte Facebook que je n'avais pas ouvert depuis au moins un an et rien de tout ce dont les ados de mon âge raffolaient. Je n'avais ni le temps à y consacrer ni la motivation. Mais, dans le cas présent, faire semblant me permit de donner le change pendant que je me fustigeais en repensant à la tête d'adoratrice de secte que j'avais dû offrir.

Composé et édité par HarperCollins France.

Achevé d'imprimer en avril 2023.

FIRMIN-DIDOT

à Mesnil-sur-l'Estrée (Eure)

Dépôt légal : mai 2023.

Pour limiter l'empreinte environnementale de ses livres, HarperCollins France s'engage à n'utiliser que du papier fabriqué à partir de bois provenant de forêts gérées durablement et de manière responsable.

*Imprimé en France*